丫鬟我最大 3

風文創 141

凌嘉 著

目錄

第六十章　門當戶對

劉徹定於六月去上林苑狩獵，各項準備都已就位，等時間到了出發即可。

大公子在宮裡忙了一陣子，好不容易得了空閒，想在去上林苑之前歇息幾天，然而從洛陽來的一封信卻打亂了他的計劃。

大公子帶著信匆匆來到弘金閣找雲舒，不待雲舒看完信就說：「奶奶和二娘六月中旬要來長安，這件事竟然不與我商量，她們就決定了！可偏偏我六月要在上林苑跟隨聖駕，到時候家裡的事情，只得辛苦妳多照看一些。我會讓旺叔留下來幫妳，另外韓管事也會隨奶奶從洛陽過來，都是妳熟識的人，應該沒什麼問題。」

雲舒的身分尷尬，本不是府內的管事，卻因跟桑弘羊的情分，管著府內諸多事情。

老夫人和二夫人要來長安，這是件大事，雖然有旺叔和韓管事張羅，可他們畢竟是男人，內院的事情多有不便，雲舒少不得要辛苦一些。

因時間緊迫，大公子要雲舒立刻隨他回桑府安排事情，可偏巧出門的時候，平陽公主的車駕來到了店前。

大公子和雲舒等人急忙接駕，只見平陽公主劉娉和臨江翁主劉蔚一前一後從金紗幃車上走下來。

平陽公主拘謹地站立在弘金閣外，就說：「你們隨意些，我只是過來瞧瞧。」

因怕外面人多手雜，大公子和雲舒便把平陽公主和臨江翁主請到內院的小廳坐下，另外派人專門服侍。

大公子和平陽公主都是劉徹親近的人，兩人常在宮中見面，十分熟悉，大公子也不拘束，大方地招待起平陽公主，並介紹起弘金閣的工藝。

在平陽公主挑選首飾的空檔，大公子問道：「公主今日怎麼會到這裡來？」

公主的首飾都是宮製的，根本用不著買民間的東西。

平陽公主轉頭看向一直站在自己身後的臨江翁主。「臨江前些時間送給我一套纏枝蓮的首飾，十分精緻好看，又聽雲總管說店裡出了幾套適宜夏天配戴的新樣式，我就過來看看。」

大公子有些驚訝地回頭看了垂首不語的雲舒一下，迅速壓住眼底那絲意外和驚詫，命人把新樣式全部端進來給平陽公主挑選。

平陽公主是明眼人，她在下車時看到大公子和雲舒都站在街上，想來正巧有事要出門，就說：「你們是不是有事要辦？去吧，我跟臨江自己挑選首飾就行了，何用你們兩個大忙人作陪？」

雖然平陽公主這麼說，不過大公子跟雲舒都是謹慎之人，還是堅持留下來，直到平陽公主為自己選了套象徵「榴開百子」的玉珮、玉璜，再幫臨江翁主選了幾支蘭花玉簪、蝴蝶對簪等女兒家的首飾，心滿意足地離開之後，他們兩人才返回桑府。

臨江翁主坐在回公主府的馬車上，手上扯著一方絲絹，低聲問平陽公主：「姑姑不是第一次來弘金閣嗎，怎麼跟東家這麼熟？」

平陽公主解釋道：「剛剛招待我們的那個人，不僅是弘金閣的少東家，更重要的是，他是皇上最器重的侍中。他年紀輕輕，卻很受皇上青睞，想來以後也不是個凡物。」

臨江翁主微笑著答道：「難怪呢，看他儀表堂堂，說話做事大方有度，不像個普通商人。」

這兩句話出口，平陽公主忽然察覺到一點意思。她轉過頭含笑打量著臨江翁主說：「蔚兒也知道評價男子儀表堂堂了。」

臨江翁主一下子紅了臉，低下頭小聲說：「我……我只是實話實說，並不是……並不是……」

平陽公主一笑而過，她雖不習慣跟小輩這樣說鬧，卻將這件事放在心上。

臨江翁主已及笄，到了議親的年紀，卻因為無人詢問，平陽公主也沒怎麼在意，如今想來，倒是耽擱她了……

平陽公主心想，桑弘羊雖不是世家名門出身的貴族子弟，但富可敵國，更難得的是，他前途無量。而劉蔚空有翁主身分，卻無權無勢，他們兩人倒也相配。

若娶了劉蔚，桑弘羊就成為宗親，對他的仕途很有幫助；劉蔚嫁給桑弘羊，雖說門第有些低，但日子必定會過得很幸福。

如此一想，平陽公主便拿定了主意，待劉徹這次去上林苑回來之後，她便去求劉徹賜婚。

大公子和雲舒二人匆匆趕回桑府，把旺叔、顧清、丹秋等人叫來，吩咐迎接老夫人與二夫人的事宜。

二夫人之前來長安時，住的是碧馨小院，這次依舊把那邊收拾出來讓她住。

至於老夫人的安置，就有些麻煩了。因桑家第三進的園子裡，環境較好的只有碧馨小院和春榮樓，如今雲舒住在春榮樓，但又不方便讓老夫人住到二進的園子裡，在這種情況下，雲舒便決定主動離開春榮樓，讓老夫人住進去。

大公子有些不樂意。「碧馨小院很大，奶奶和二娘一起住也夠用，她們住在一起，還方便二娘照顧奶奶，妳何必大張旗鼓搬家？」

雲舒心想：大公子怎麼會如此糊塗，不懂長者的心？若她一個外面的管事占著春榮樓，卻讓老夫人和二夫人擠一個園子，只怕等不到大公子從上林苑回來，她就會被收拾出去。

「老夫人和二夫人住進來之後，我若住在春榮樓，整天進進出出的，行動多有不便。我不如搬到二進的小池軒去住，那裡離陸先生的聽虹水榭很近，我去看阿楚、虎妞她們也方便。」

大公子想了一下，雖然小池軒不是獨立的院落，但就在他的抱槐院後面，位置和景色都不錯，便允了這事。

確定好住處之後，就開始安排人手搬家、整理。

老夫人和二夫人都比較講究生活品質，在洛陽過慣了富足的日子，這裡可不能讓她們覺得簡陋。院子的花草樹木、房間的帷帳擺設，都要換最好、最新的。

除了這些，還要打聽服侍老夫人和二夫人的有多少人，他們來了之後住在哪兒、每天需要準備多少吃的、各人要如何安置等等瑣事。

忙活了好幾天，才漸漸理出了眉目，可雲舒總覺得有點不對勁，直到大公子準備要伴駕前去獵場的前一晚，她終於意識到自己忽視了一個很重要的問題！

雲舒由小池軒直接來到抱槐院書房，找到正在整理書簡的大公子，問道：「大公子，老夫人和二夫人這次因何而來？」

六月正熱，雲舒才不會以為她們是為了到長安來玩，頂著酷暑到長安，必定有原因的。

大公子聽到雲舒的詢問，略微遲疑了一會兒，最終決定跟雲舒說實話。

「她們是為我的親事而來，不知怎的，竇家有意與我結親的消息傳到了洛陽，奶奶得知後，決定親自來長安幫我物色人選……」

雲舒頓時無語，不過仔細想想，她也能理解。

想到前世，她不過二十四、五，家裡就急著幫她張羅相親對象，大公子雖然才十九歲，可是身為桑家嫡長子，他至今未婚，的確是件大事。

不過，雲舒對相親一點都沒好感，總有一種待價而沽的感覺，讓她很難接受，更重要的是，她就是在相親時遇到卓成那個大壞蛋……

「哦……原來是為了這件事。」雲舒淡淡地說道。

大公子見雲舒臉上雲淡風輕，內心有些失望，好像家人要幫他說親，是一件再正常、再應該不過的事情。

不過大公子還是沒表現出失落，只道：「好在我六月要隨皇上去上林苑，若皇上在那兒住得盡興，入秋再回長安也有可能。好歹能暫避幾個月，讓我有時間想想對策。」

雲舒真想揪住大公子大罵，他逃得遠倒好，卻讓她留下來伺候那難以搞定的兩個女人！只不過，看見大公子一臉無奈與頭疼，雲舒實在狠不下心責怪，只能多多體諒。

大公子又叮囑道：「到時姊姊應該會常回來看望奶奶，有她在，妳若有拿不準的事，可以問她。」

雲舒一一記下，又說：「這次老夫人和二夫人過來，我會注意她們的動向，去哪裡作客、見了哪家夫人和小姐，我都會及時把消息告訴大公子。只是大公子心裡也要有個底，這樣逃避總不是辦法，還是該找一位門當戶對的小姐成婚才是。」

大公子望著雲舒，對她後半段話不置可否，只道：「這事待我從上林苑回來再商議吧，我明天一早要入宮，得休息了。」

見他有氣無力的模樣，雲舒急忙退了出來，好讓他休息。

大公子站在窗邊，透過縫隙看到雲舒在院子裡跟其他丫鬟核對大公子明天要帶的東西，心中不免嘆息……

門當戶對，該死的門當戶對！

六月初，大公子、韓嫣、衛青、李敢等人陪劉徹前往上林苑狩獵。

大公子身著郎衛的輕甲，與韓嫣並排行在隊伍前面，李敢不遠不近地跟在後面，衛青則在劉徹的馬車左右護衛。

大公子與韓嫣兩人如今是姻親，加上一起輔佐劉徹，關係十分親密。

大公子心不在焉地騎著馬，韓嫣與李敢說笑的話，他都沒聽進去。

看他滿臉冷色，韓嫣衝他叫了一聲，問道：「怎麼一直無精打采的樣子？難道皇上又給你出什麼難題了？」

大公子搖搖頭答道：「沒有。」

韓嫣更覺得奇怪了，追問道：「那能有什麼事，把你為難成這樣？」

見他一直問，大公子只好說：「再沒幾天，奶奶和二娘就要到長安了……」

韓嫣原本當是什麼嚴重的事呢，聽到大公子的回答，就說：「招弟不是在長安嗎？有她在，沒事的。」

大公子擔心的不是這個，而是他的婚事。天知道老夫人會不會突然不顧他的想法，強行為他訂下一門親事。

大公子突然想起韓嫣之前也有過十分淒慘的相親經歷，便問道：「你在娶姊姊之前，是怎麼拒絕韓夫人幫你說的那些親事的？」

韓嫣眼神一亮，了然道：「原來你是在擔心老夫人幫你說親啊！我的方法很簡單，先打聽我娘為我說了哪戶人家的女子，然後想辦法去見那小姐一面，告訴她我喜歡男人，不喜歡女人，這輩子不會碰女人一下，哈哈！你也可以像我這樣說，保管那些小姐對你退避三舍。若你碰到個像你姊姊那樣沒被我嚇到的女子，那就是她了。」

大公子深深覺得自己被韓嫣戲弄了！

當初韓嫣因為跟劉徹走得很近，被劉徹用來當擋箭牌，因此讓皇后陳嬌吃醋大鬧過幾場，使眾人皆誤會他們兩個有龍陽之好，有這樣的謠言當背景，韓嫣說那些話，那些女子自然相信。可他能用這一招嗎？說了只怕沒人相信吧。

大公子捶了韓嫣一拳說：「我正為這事頭疼，你還出些餿主意！」

韓嫣笑道：「誰說是餿主意了？從我認識你的時候開始，你就潔身自好，從不去什麼舞坊歌館，也沒見你跟哪家小姐走得近，天天跟我們這些大男人混在一起，都十九了，雖沒男人，但更沒女人，說你愛男人，定有人信！」

大公子不知是被韓嫣氣到還是羞到，臉上突然脹得通紅。

韓嫣見狀大笑道：「該不會被我說中了吧！」

「說中你個頭！」大公子難得暴怒一回，騎在馬上抬腳就踹了韓嫣一下。

韓嫣急忙閃開，又牽馬騎回來，正經道：「雖不知道你到底打什麼主意，但你自己得有個想法，然後儘快安排好，不然到最後，不等你奶奶幫你說親事，只怕皇上也會插手，我都聽皇上叨念好幾次了。」

大公子倒是第一次聽說這件事，正色問道：「皇上說什麼了？」

「皇上見你車前馬後忙個不停，跟了他幾年，連個女人都沒找到，只怕別人會以為皇上苛待你呢！」韓嫣靠近大公子，壓低了聲音說道：「皇上擔心有人因你的出身而有門第偏見，向我打聽你有沒有看上哪個公侯家的小姐，說要幫你作主，哪怕是翁主也會讓你娶回家。」

大公子心中有些感動。雖然身為皇上的心腹，他卻沒有足夠的官品和地位，平日在宮中、朝廷、軍營裡吃過不少苦頭。劉徹平日說話做事看起來風風火火、毫不留情，沒想到他都明白，也很為自己人著想。

韓嫣又低聲一笑，湊到大公子旁邊說：「說穿了，皇上就是用了你那些錢，心虛，想在他力所能及的地方賞賜、補償你。」

大公子一笑而過，揮揮手說：「為皇上辦事，豈是為了圖這些恩惠？」

雲舒動用長安桑府所有人收拾了十來天，總算把兩個院子收整好了。人到用時方恨少，平日大公子和她都不需要什麼人服侍，現在老夫人和二夫人要來，安排起各處值班的人手時，才覺得不夠。

老夫人在洛陽養尊處優幾十年，雲舒不敢怠慢，想到杏雨以前是服侍老夫人的，便與她商量，讓她重新回去服侍老夫人，緩解一下用人之急。

天公不作美，老夫人和二夫人到長安那天時，又是打雷又是下雨，雲舒待人迎了馬車進府後，一路直接送老夫人和二夫人到春榮樓，待她們下車在樓中坐妥後，才帶各處管事前來行禮。

老夫人年紀大了，長途奔波後精神不濟，整個人十分疲憊，簡單訓示幾句話後，便由身邊的人服侍著進房休息，其他事都交給了二夫人。

許是當家久了，二夫人比幾年前顯得更加有威嚴，不過她口頭上也沒說什麼，只吩咐安置好洛陽來的人手，還有收拾好她們帶來的箱籠，不要摔了、濕了等等。

忙碌了一天，雲舒安排好晚膳等事，趁老夫人和二夫人吃飯的空檔，才回到小池軒，吃起丹秋為她準備的飯菜。

丹秋沒到二夫人跟前去，於是好奇地問道：「這次跟二夫人來的，是哪幾個丫鬟？」

雲舒回憶了一下，說道：「我都不認得呢，只看到老夫人身邊有個略微熟悉一點的。」

丹秋忽然神秘兮兮地跟雲舒說：「雲舒姊姊，有件事妳肯定不知道。」

「哦？什麼好玩的，說來聽聽！」看來丹秋又打聽到一些八卦了。

丹秋壓低聲音說：「還記得以前跟在大小姐身邊的翠屏嗎？就是王大當家的二女兒。當初大小姐要嫁給姑爺的時候，她想當陪嫁一起過去，卻被大小姐拒絕了，自那之後，翠屏就成了二夫人身邊的丫鬟，誰知……誰知她後來竟然勾引老爺，被二夫人打了一頓，看在她爹的面子上才沒要了她的命，最後被王家的人接回去，胡亂嫁了人。」

「啊?!」雲舒聽得目瞪口呆，那個翠屏還真是誇張。

最初在南陽，她對大公子獻殷勤無果，跟著大小姐又被嫌棄，最後隨了二夫人，竟然勾引起老爺！她難道父子不挑，是個富貴人即可嗎？

翠屏一心貪圖富貴，卻落了個慘澹下場，不過這是她自己的原因造成的，也沒什麼好可惜的。

吃完飯，雲舒提筆寫信給大公子，告訴他老夫人和二夫人已安全抵達，一切安好勿念。

雲舒剛讓大平把信送出去，就見杏雨一臉焦急地趕來說：「雲總管，老夫人在路途上受了涼，身上疼得不行，快請陸先生想想辦法吧！」

是風濕吧，雷雨天最容易發作了。

雲舒披上蓑衣，踏上隔水的木屐，舉著油傘，和杏雨去聽虹水榭請陸笠過去看看。

一行人到了老夫人房中，陸笠隔著屏風問了老夫人一些症狀、哪裡疼，年輕時可有病痛史等問題。

待詢問了一番，又讓阿楚走進屏風，掀開老夫人的衣物，查看了疼痛的肩膀及下肢。

老夫人的肩膀和雙腿紅腫疼痛，時而麻木，且頭部沈重，胸悶腹脹，脈象沈緩。

依以上診斷，陸先生判定老夫人是濕痺之症，濕邪留滯於肢體、關節、肌膚之間所導致，於是開了藥方，差人連夜去回春堂拿藥，又拿出他自製的藥酒，要阿楚幫老夫人邊搽邊按摩。

阿楚按了一陣子，老夫人覺得舒適多了，便誇道：「這孩子這麼小，卻這樣能幹，竟然能跟神醫一般醫病治人。」

阿楚靦覥地答道：「只懂一些粗略的東西，處處都要靠爹爹提點。」

老夫人拍拍阿楚的手說：「妳還小，等學得多了，會有出息的。」

阿楚低頭笑了，陸先生卻在屏風外說：「只可惜是個女子，若是個男兒，我一身的本事全部傳給她。」

老夫人聽到這話，不高興地說：「可不能小看女子，我年輕的時候，有一個閨中的好姊妹，家裡世代行醫，到了她這一代，偏偏就她一個獨女，到最後依然繼承衣缽，進宮做醫女去了，還時常接到宮中的賞賜，這是何等榮耀！」

阿楚垂下的眼睛裡重新綻放出一些光彩，有欣喜，也有些希冀。

雲舒在一旁聽到這些話，心中卻替阿楚著急。去宮中做醫女，為後宮看病，這種事情豈是好玩的？且不說容易被人當槍使，哪怕是規規矩矩做事，只要稍不小心有什麼錯，可是要掉腦袋的！

治療完老夫人，雲舒送陸笠父女回聽虹水榭，路上她聽阿楚問陸笠：「爹爹，我可以進宮當醫女嗎？」

陸笠神色複雜地停下腳步，看著自己的女兒，什麼也沒說。看來，他內心也是徬徨不定。

雲舒摸摸阿楚的頭說：「妳若真想當大夫，等長大了，姊姊幫妳作主，一定讓妳在回春堂當上坐診的大夫。皇宮就別去了，去了那裡，阿楚可就再也見不到爹爹，也見不到吳嬸娘、三福，還有我了。」

阿楚滿臉失望地說：「真的見不到嗎？那我再想想……」

雲舒不願干涉孩子的意志，便讓阿楚自己再想想。

第六十一章 不顧顏面

夏天的雨，來得快，去得也快。這場雷雨過後，樹上的知了開始鳴叫，盛夏降臨。

老夫人身上的濕痺之症，隨著天氣放晴，也不疼了。

其間桑招弟回來探過老夫人幾次，但老夫人怕她總往娘家跑，婆婆會有意見，就不准她過來。

待休息了幾天，老夫人將二夫人喊來，吩咐道：「準備一份厚禮，給丞相府送一份拜帖，我們明天邀上招弟，一起去丞相府拜會妳的族兄和嫂嫂。」

田蚡曾因趙綰、王臧的事情受到牽連而被免職，然而竇太皇太后去世後，他又當上了丞相。老夫人這次來長安，自然少不了得攀親帶故一番。

自得了老夫人的命令，二夫人就派採買的人上街四處買珍貴的東西，並親自去弘金閣為丞相府各人挑選首飾。

沒多久，老夫人和二夫人接到丞相府的請帖去參加夏荷宴，雲舒特地送她們去參加宴會，豈料她們不過午時就打道回府。雲舒還在弘金閣接到消息，說二夫人回來時渾身濕漉漉，狼狽不已，要雲舒快回家看看。

雲舒匆匆回到桑府，趕去二夫人的碧馨小院，果然見院裡的丫鬟低頭沈默，大氣也不敢出，應該是二夫人發過脾氣了。

雲舒在門口張望了一下，就有一個丫鬟上前說道：「雲總管晚些過來瞧二夫人吧，二夫人剛剛午歇，好不容易才睡著。」

雲舒點點頭，感激地看了那丫鬟一眼，問道：「妳叫什麼名字？」

那丫鬟說：「我叫穗香，跟雲總管的丫鬟丹秋是一起進府的。」

有了這句話，雲舒便了然了。看來穗香跟丹秋關係很好，難怪要趕上來提醒她。

雲舒轉而去春榮樓探望老夫人，春榮樓的氣氛比碧馨小院好不了多少，眾人也是一副戰戰兢兢的模樣。

她找到杏雨低聲問道：「杏雨姊姊，老夫人和二夫人匆匆回來，到底出了什麼事？二夫人怎麼落水了？」

杏雨送雲舒出了春榮樓，待到了花徑上，才說：「二夫人被田家大小姐推下荷花池，老夫人口頭上雖然說是孩子們玩鬧，誤撞下去的，但是二夫人回來的時候，衣服上有泥腳印呢！」

雲舒頓時感到震驚不已。她之前曾聽說田家大小姐蠻橫霸道，但沒想到慓悍至此，竟然把客人往湖裡推！

「這是為什麼？」雲舒不解地問道。

杏雨低聲道：「二夫人一直在田小姐跟前說她是她的姑母，田小姐說不認識她，讓二夫人覺得很沒面子，二夫人於是在眾人面前解釋族中的關係，還說曾經救濟過丞相大人的父親，最終把田小姐惹怒了……田小姐還說，要不是看在大公子的面子上，才不會請二夫人來參加夏荷宴，叫她不要往自己臉上貼金……」

雲舒聽得呆住了，沒想到二夫人竟被田家這樣不留情地駁了臉面……

雲舒默默地回房，這種事，還真是無從勸解。

桑府這一天氣氛都很沈悶，雲舒晚上早早就睡了，可原本寂靜的夜晚，忽然傳來一聲虎嘯，她一下子就被驚醒了過來。

是小虎的吼聲！一般情況下，小虎晚上從不亂吼，定是有什麼異常！

丹秋迅速點起小池軒的燈，待雲舒穿妥衣裳來到園子時，墨勤已跟一個黑衣人纏鬥在一起。

只見墨勤一招斜刺，寬厚的長劍毫不留情地刺進黑衣人肋下，黑衣人身形一軟，便被墨勤擒在手裡，兩人一起落到雲舒面前。

雲舒對血腥場面有心理陰影，一直都儘量避開，可這人闖進桑府，她又不能置之不理，於是她抖著聲音問道：「你是誰，為什麼夜闖桑府？」

那人低著頭，不說話也不抬頭。

墨勤抓住他的頭提起，喝問道：「哪裡來的毛賊，這裡也敢闖！」

還等著他回話，誰知雲舒驚叫著指著那人說：「死……死了！」

墨勤一看，果然，黑衣人七竅流血，死狀異常恐怖。

稍作檢查後，墨勤說：「他服了劇毒，自殺身亡。」沈吟了一會兒，墨勤補充道：「看來是名死士……」

雲舒深知「死士」的意義，只有非常權貴的人，才有實力養得起死士，不管是誰指使的，至少說明這個黑衣人的背後，站著一個大人物。

是針對雲舒，還是針對桑家？雲舒不得而知。

她冷靜下來，對墨勤說：「去請陸先生過來檢查一下，看能不能根據他身上的毒，查出什麼線索。」

墨勤十分賞識地看了雲舒一眼，立即找陸笠去了。

陸笠的聽虹水榭離小池軒很近，他早被虎嘯聲吵醒，所以很快就隨墨勤過來，他舉著油燈檢查了很久，又是聞、又是摸，弄得雲舒很擔心他會中毒。

過了好半晌，陸笠抬頭說：「應該是一種叫做『一息散』的劇毒，毒如其名，中毒之人在一個呼吸之間，就會身亡。此毒常見於南方，北方極少見。」

只有這一點線索，雲舒也查不出什麼，只得暫時作罷，等天亮再找大平、胡壯去長安各個角落打聽一下是否有「一息散」的線索。

翌日一早，陸笠就被人請去出診，不過這次不是館陶長公主，而是韓府請他過去。

老夫人十分關切地喊來雲舒問道：「昨日就聽說韓夫人不舒服，今日招弟就派人請陸先生去，恐怕真的出了大事，妳快去打聽打聽，究竟怎麼一回事？」

桑招弟昨天本來應該陪老夫人一起參加丞相府的夏荷宴，但出門時因婆婆韓夫人身體不適，臨時不能來，老夫人一直把此事放在心上。

雲舒奉命去韓府打探情況，她趕過去的時候，陸笠已經揹著藥箱出來了。

「陸先生，韓夫人的身體怎樣了？」

陸笠笑著搖頭，道：「不是韓夫人身體不適。」

雲舒急忙問道：「難道是大小姐身體不好？」

陸笠樂呵呵地說道：「大小姐身體不是不好，而是大好！」

雲舒困惑極了，陸笠解釋道：「大小姐是喜脈，她懷有身孕了。」

雲舒不禁欣喜不已。這真是太好了，桑招弟嫁人已有五年，肚子終於有動靜了。「真的嗎？」

陸笠點頭道：「大小姐懷孕時間尚短，脈象十分模糊，她昨天請了幾位郎中來看，都不是十分確定，所以今天才讓我瞧瞧。」

雲舒點了點頭。事情原來是這樣！

由於接下來陸笠要去回春堂，雲舒便與他辭別，進韓府探望桑招弟。

桑招弟房中鬧哄哄的全是人，韓夫人滿臉歡喜地坐在她床邊，握著桑招弟的手，一個勁兒地說著「好」。

桑招弟滿臉羞紅，嬌羞地靠在床頭。

雲舒笑盈盈地前去恭喜道：「恭喜大小姐、賀喜大小姐，這等好事，老夫人和二夫人知道了，不知有多高興呢！」

桑招弟微微抬頭對雲舒說：「我昨天臨出門時險些暈在路上，因未確診，不敢讓奶奶和二娘擔心，所以一直隱瞞，妳回去了，要好好替我向奶奶解釋。」

雲舒點頭保證道：「您安心休養，老夫人知道後歡喜還來不及呢，怎會責怪您。」

因不斷有韓家的女眷前來探望桑招弟，加上老夫人還在等消息，雲舒便告辭回了桑府。

雲舒見了老夫人，把這個喜訊一說，老夫人果然欣喜不已，合掌唸道：「老天開眼，招弟總算懷上了！」

桑招弟的肚子這幾年來一直沒動靜，起初責問起來，韓嫣總說他喜歡男人，把責任攬在自己身上。韓家的人以為韓嫣虧待了桑招弟，所以並不怪她。

只是韓家的人雖不責怪桑招弟，但她自己心中十分愧疚，因為韓嫣並不是真的喜歡男人，他們之間的夫妻關係十分正常和諧，在這種情況下，她幾年都沒懷上，心中難免惴惴不安。如今終於有了身孕，真的是闔家歡喜。

府中有了喜事，人人臉上都顯露出喜色，連因在宴會上出醜而閉門不出的二夫人，也振作起精神，隨老夫人一起去韓府看望桑招弟。

在韓府作客時，因怕驚擾桑招弟，只是去她房中與她說幾句話，而後就由韓夫人帶著眾人去花廳坐下喝茶閒聊。

韓夫人看向二夫人，提起丞相府夏荷宴之事，二夫人一聽，神色就變得尷尬，幾乎不願搭話。老夫人怕兩家人有嫌隙，便錯開話題，說起如何幫桑招弟進補身子。

雲舒注意到韓夫人的神色有些猶豫，像是有些話想說而未說。

韓夫人也是交際場上的老手，斷不會無緣無故提起讓人尷尬的事情，許是念著兩家的情分，想提點二夫人什麼，偏偏她們沒看出來，倒讓雲舒覺得可惜。辭別的時候，雲舒故意將披風落在花廳，然後返回去取。她小心地追上準備返回內院的韓夫人，探問道：「韓夫人，斗膽請問，您可知道丞相府的田小姐，為什麼對桑府有敵意？」

韓夫人臉上閃過一絲欣喜，她原本以為桑家都是些見識淺薄的婦人，沒想到還是有明眼人，於是笑著說：「田夫人膝下無子，想從宗族裡過繼一個兒子，這也不是什麼秘密，聽說二夫人的幼子桑辰龍也破例被田丞相提及了，只是妳家老夫人和二夫人，似乎還不知道？」

雲舒瞬間明白了。田小姐當眾讓二夫人出醜，大概就是因為不喜歡這件事吧。

只是，田夫人雖然是田家的人，但桑辰龍是桑家的兒子，田丞相縱使想要兒子，也應該在田家宗族內尋找合適的後輩，怎麼會把主意打到桑家頭上？

雲舒滿懷疑惑地出了韓府，追上桑家的馬車，將此事以及心中的疑惑都告訴了老夫人和二夫人。

兩人聽完之後臉色蒼白，二夫人抖著嘴唇說：「她竟然對辰兒有這樣的心思，那是妄想！辰兒是桑家的兒子，是我的兒子，怎麼可能送給她！」

老夫人倒是稍微冷靜一些。「妳先別急，連雲舒都知道田家不可過繼我桑家的兒子，妳慌什麼？」

二夫人依然掩不住驚慌地猜測道：「田家那些人我豈不清楚，若能在田家挑出合適的孩子，也不用做外姓人的打算了，必定圖謀了很久！」

老夫人一聲低喝：「荒唐，我桑家雖是商賈之家，但豈能任人欺負？到時候有我和老爺出面，自然不會把辰兒易與他人！」

二夫人這才收了聲，低低啜泣。

雲舒在一旁沈思，按常理來說，田蚡斷然不可能收個異姓兒子繼承自己的家業，但田蚡膽大妄為，打壓桑家強行奪取也有可能，到時候第一個受打擊的就是大公子，看來，此事需找機會與他商議。

雲舒託胡壯打聽田家的事情，五天內有了結果。

傳聞田夫人曾相中田氏宗族裡兩個小孩，其中一個於入夏時在塘裡玩水，溺水而亡；另一個則家裡失火，被燒死了。

因為這些緣故，田氏族內已無人敢把自己的孩子過繼給田蚡夫妻，縱使不能富貴，也要求孩子平安，所以他們才把目光轉向族外的姻親之家。

雲舒聽完，半天不能言語。這兩起事件是巧合，還是有人蓄謀殘害？若是有人蓄意為之，那真是太惡劣了，她還得提醒洛陽本家的人，注意二公子的安全。

至於「一息散」的事情，長安完全打探不出絲毫線索。正當雲舒為此事頭疼時，墨勤告訴她，墨俠們也許可以打探到消息。

雲舒不禁感謝萬分，但墨勤只是面無表情地說了句：「保護妳的安全，是我的責任。」

雲舒頓時感動得不得了。有墨勤這樣的人在她身邊，真的可以少操很多心呢！

活。

六月底，隆慮公主劉姈和淮南翁主劉陵一起光臨弘金閣，讓羅三爺受寵若驚，好一陣忙

隆慮公主對弘金閣的金石玉器很感興趣，大大小小、各式各樣挑了很多，她指著一座「子孫萬代」的金雕說：「這個東西要包裝精緻一些，是準備獻給皇后娘娘的。」

「子孫萬代」的金雕是以「葫蘆」和「葫蘆藤蔓」構成的吉祥圖案，「葫蘆」為多籽植物，寓意子孫繁衍；「蔓」和「萬」諧音，藤蔓纏繞、盤曲綿長，寓意萬代久長之意。

這座金雕製作得格外精美，上面每個葫蘆都能搖晃，藤蔓上的葉和鬚都十分逼真細膩。

羅三爺親自將它捧下來，並用最好的木匣裝好。

挑選首飾期間，雲舒聽到劉陵問劉姈說：「妳什麼時候去上林苑？約個時間，咱們姊妹好結伴前去。」

隆慮公主劉姈說：「我打算今天準備好皇上的賀禮，明天就啟程去上林苑。我回長安一次不容易，趁著這次皇上在那邊舉辦宴會，想多和皇上相處一些時間，敘敘兄妹之情。」

淮南翁主劉陵歡喜地說：「那我跟妳一塊兒出發，我也好久沒見到皇上了！」

雲舒這才知劉徹要在上林苑辦宴會，暫時不打算回長安未央宮，看來要大公子回家還有得等了。

晚上剛回到家，老夫人就急匆匆派人將雲舒喊過去。

雲舒恭恭敬敬站在老夫人面前，老夫人說：「韓嫣大人得知招弟懷有身孕，特地從上林苑趕回來探望她。」說完，老夫人就定定望著雲舒。

雲舒仔細聽著，卻不知老夫人將這件事告訴她，有什麼用意？

雲舒也定定看著老夫人，老夫人打量了她一番之後說：「韓嫣大人特地派人來找妳，要妳明天過府一趟，他有事跟妳說。」

之前韓府派人來傳話時，老夫人曾詢問何事要找雲舒，可傳話之人卻說不清楚。老夫人不禁懷疑韓嫣該不會是想在桑招弟懷孕期間，找個通房小妾吧？

雲舒倒沒老夫人想得那麼多，她覺得極有可能是大公子要韓嫣幫她帶話回來了。

第二天早上，雲舒就去韓府找韓嫣。韓府的丫鬟直接把她帶到內院主房，見到韓嫣時，他正摟著桑招弟的腰，坐在一張軟榻上。

軟榻臨窗而放，窗外是盛開的茉莉花，潔白的花朵點綴在綠油油的樹叢中，格外嬌羞，清風吹過，花香四溢，令人心情格外舒暢。

桑招弟和韓嫣靠著大紅錦團，一對璧人顯得格外甜蜜。

見雲舒進來，桑招弟顯得十分扭捏，她在韓嫣懷裡紅著臉要推開他，韓嫣卻說：「怕什麼，雲舒又不是外人。」

雲舒聽了，驚訝得不得了。她跟韓嫣認識好幾年，但說不上太熟，沒料到韓嫣不把她當外人，難道發生了什麼她不知道的事嗎？

韓嫣一手摟著桑招弟，一手召喚雲舒上前。「妳回去收拾一下行裝，三日後隨我一起去上林苑。」

「去上林苑？」雲舒難以置信地問道。

韓嫣似笑非笑地看著她說：「是啊，桑弘羊想見妳了，皇上特地恩准的。」

雲舒的臉一下子紅透了。韓嫣說什麼話？好像大公子跟她是「那種關係」似的……

桑招弟看雲舒羞赧不已，也覺得韓嫣說話不妥，於是拍了韓嫣擱在她腰上的手一下說：「你又胡說！」

桑招弟接著對雲舒說：「許是弘弟那裡需要幫什麼忙才找妳去，妳別緊張。」

雲舒低低應了一聲，然後逃也似地跑出了韓府。

雲舒將此事稟報老夫人，老夫人一顆心才放了下來。「既然是弘兒要妳去幫忙，妳就去吧，要仔細伺候，全心做事。」

雲舒應了下來，正要告退，老夫人又招手要她上前，小聲問道：「妳去韓府，有沒有聽聞韓嫣大人要納妾之事？」

雲舒嚇了一跳，瞪大眼睛問道：「韓嫣大人要納妾？此事我從未聽說過！今天我看他跟大小姐兩人好得不得了，怎麼會突然要納妾？」

老夫人笑呵呵地說：「沒有就好！我只是擔心，招弟如今有了身子，不能服侍他，他若真起了納妾的心思，倒不如從我們家提前選個老實的人送過去，也免得招弟他日受別人的氣。」

雲舒對老夫人的古舊思想十分不認同。「韓嫣大人跟大小姐成親這麼些年，從未讓大小姐受什麼委屈，以後想來也不會，老夫人且安心。」

老夫人放心地點了點頭，而後要杏雨去請二夫人過來說話，雲舒便跟杏雨一起退了出去。

走在路上時，雲舒問杏雨：「也不知二夫人好些了沒有？」

二夫人經歷夏荷宴落水和田家想過繼桑辰龍的事件後，就託病不願出門見人，老夫人也無法強求，只好任由她去。可是這樣一來，老夫人原先打算來長安選孫媳婦的事情，也給耽誤了。

杏雨低聲說：「二夫人是心病，她大概是怕出門又遇到田家的人吧。」

雲舒點了點頭。二夫人現在應該怕極了田家母女，不過這樣一來，大公子應該就安心了吧。

第六十二章　再訪上林

在雲舒收拾東西，並妥善安排府中及弘金閣的各項事務後，也到了出發去上林苑的時候了。

大平被雲舒留在弘金閣，丹秋則留在桑府，她只帶了墨勤，就隨韓嫣上路。

韓嫣做事一向高調，這次也不例外。他這次在上林苑和長安間來回，乘坐的是天子御駕的副車，帶了八十名期門軍護衛。

因只有一輛馬車，韓嫣便讓雲舒跟他同乘。雲舒有些心虛地上了車，從車窗由內向外看去，兵士整齊、戎裝威嚴，她還是第一次受到這麼高的待遇。

韓嫣一聲令下，隊伍便向上林苑趕去。由於韓嫣即將為人父，心情顯得格外激動，一直跟雲舒說話。因雲舒一直對韓嫣如何跟桑招弟走在一起格外感興趣，見目前兩人氣氛融洽，便大膽地問了出來。

韓嫣回憶起往事，笑著說：「第一次見招弟，是在一場宴會上，我跟她在後花園相遇，她拉住我，說了一番駭人聽聞的話，讓我對她刮目相看。」

「大小姐當時說了什麼？」雲舒想像不出來，外表看起來柔弱的桑招弟，究竟說了怎樣的話。

韓嫣笑了，學桑招弟溫柔平和的腔調說：「聽聞韓公子久尋良妻而不得，小女子待字閨中，自信與你乃天作之合，不知韓公子以為如何？」

雲舒一臉訝異，桑招弟好大的膽，真夠主動啊！

看到雲舒吃驚的表情，韓嫣十分滿意。「我當時算是長見識了，不知是哪家的小姐，竟如此大膽，細問下來才知，果然如她所說，我跟她是天作之合！

「我需要一位妻子，她不能介意我的流言蜚語，不能企圖藉我跟皇上的交情而謀利。而她，需要一位不介意她平民出身的丈夫，且要堅定站在皇上這一邊，不能讓剛剛踏入仕途的桑弘羊因她的婚姻而被劃分到其他的黨羽行列。我們各取所需，自然一拍即合。」

雲舒若有所思地點點頭，這樣聽來，的確是桑招弟會做的事。

韓嫣微笑著說：「我原本以為跟她只是各取所需，沒想到她卻讓我愈來愈放不下、丟不開……」

是在婚後產生感情了吧？雲舒真心為他們兩人感到開心，也希望他們能愈來愈幸福！

行至半路，有將士稟報，說前方有車隊位於兩側恭迎，詢問韓嫣是否停車致意。

韓嫣趕著去上林苑參加劉徹辦的宴會，隨意揮了揮手說：「休管他，我們趕路，直接走！」

雲舒如被當頭潑下一盆涼水。她記得很清楚，歷史上的韓嫣，因為乘坐皇上的車駕，被江都王誤以為是天子御駕，急忙吩咐隨從避讓，一干人等在道路旁伏地拜見，然而韓嫣卻視而不見，驅車離去。江都王過後知道實情，怒不可遏地到王太后那裡告了韓嫣一狀，此後太后便非常厭惡韓嫣。

這件事是韓嫣悲劇的開始，雲舒揪心地想著，卻不知該怎麼辦。

她是穿越者，知道歷史，也尊重歷史，並沒有篡改歷史的雄心、野心和信心。可是她又無法眼睜睜看著韓嫣一步步走向盡頭，更無法看到桑招弟母子變成孤兒寡母！

一邊，是任由歷史發展，她冷眼旁觀；一邊，是運用自己知道的歷史，提前預防……

雲舒左思右想，就在車駕快與前面的車隊相遇時，她拉住韓嫣喊道：「快停車！」

不管怎樣，就讓她不自量力一回吧！

韓嫣不解地問道：「停車做什麼？再不快些，天黑之前就到不了上林苑了！」

雲舒焦急地說：「前方的人極有可能是趕赴皇上宴會的皇親國戚，他們行大禮避讓，你若直接駛過，定然會得罪人。不如停車看看是誰的車隊，再做應對。」

韓嫣從不考慮這些，一向都是隨心而做，如今聽雲舒這樣說，皺起了眉頭。

雲舒急得不得了。「你現在不是一個人，你還有大小姐和她肚子裡的孩子，若得罪了權貴，大小姐又怎能安心休養身子？」

這些話觸動了韓嫣，他提聲向外喊道：「停！」

有將士前來詢問，韓嫣就說：「去問問前面路上是什麼人？」

片刻後，將士回稟道：「前面是江都王的車駕。」

雲舒心中一緊，果然是江都王！

她見韓嫣臉上仍舊一副不在意的神色，在旁低聲勸諫道：「江都王年紀輕輕就開始領兵征戰，還平息了七國之亂，他是有軍功在身的人，並不是賦閒的諸侯王，你還是下車與他見見比較好。」

韓嫣雖然自傲慣了，不是很把江都王放在心上，可他也沒料到堂堂一個諸侯王會向他的車駕行如此大禮，於是疑惑地走下馬車。

雲舒在馬車中靜靜等韓嫣回來，她神情恍惚，不知自己能否改變韓嫣的命運，更不知自己這樣做，會有怎樣的後果，可是至少在這一刻，她並不後悔做了這樣與歷史抗爭的事。

過了好一會兒，韓嫣才回到馬車裡。

他笑著搖頭對雲舒說：「江都王這個莽夫，竟然把我們當成皇上御駕，在路旁跪下磕頭行禮呢！」

雲舒見他在笑，心中輕鬆了很多，問道：「那跟江都王說清楚後，他生氣了嗎？」

「哈哈，他見到是我，臉上脹成了豬肝色，不過還好，他也是豁達的人，說笑兩句就過去了。他也要趕去上林苑參加皇上辦的宴會，我們一起上路，啟程！」

雲舒心中的大石徹底放下了，她笑道：「那就好。」

車隊重新奔跑起來，韓嫣再看向雲舒時，不禁多了幾分打量。他過去聽桑弘羊誇獎雲舒，總以為是他個人感情，雲舒並沒有他說得那麼聰明能幹。

今天這件事，讓韓嫣對雲舒改觀不少，她處事周到，且知道的東西很多，有哪個尋常婦人能知道江都王的輕重？又有哪個尋常婦人知道受了君王大禮的後果？

看來，桑弘羊的眼光的確不錯！

行至上林苑時，天色已漆黑。

漆黑的山林與夜色融為一體，從下方遠遠遙望山坡上的上林苑，唯有燈火輝煌的殿宇樓閣凸顯出來，宛如空中樓閣般美麗神奇。

雲舒再次來到上林苑，趴在車窗上看著外面，一臉感慨地說：「果然與之前大不一樣了。」

幾年前，雲舒以丫鬟的身分來過一次，那時候的上林，只是一個前秦遺留下來半廢棄的獵場，殿宇有一定程度的破損，很多地方都不能住人。

如今，哪怕是在夜晚，雲舒也能感覺到這座行宮的恢弘和貴氣。

韓嫣看雲舒一臉嚮往，笑著說：「皇上第一次來到修繕完畢的上林苑時，也是這副表情，真不知桑家砸了多少錢進去，也不得不讓人重新審視桑家的實力，竟能修繕這樣廣闊的一片行宮和獵場！」

雲舒身為桑家的人，謙虛地說道：「能為皇上辦事，是多大的榮耀！桑家幾輩人積累的一些家底，為了皇上，就算是全獻出來，也絕無二話。」

韓嫣不置可否地笑了笑，不禁讓雲舒的臉有點泛紅。這些冠冕堂皇的話，也不知他信不信。

說穿了，桑家只圖以錢換權，有了權，財路自然不會少，整個家族的地位也能提升。縱使把闔家的家底都投進去，也是心甘情願。

兩人閒話間，車隊已來到上林苑殿門前，雲舒看韓嫣的架勢，是準備直接乘馬車進入上林苑，她嚇到不行，忙說：「民女不敢在宮內乘車，韓大人快讓我下車！」

韓嫣嗤笑了一聲，搖了搖頭，也跟著下車。「罷，我跟妳一塊兒走，我答應桑弘羊，要把妳領到他眼前的。」

雲舒提了包袱走下馬車，走在他們前面的江都王也下車步行進去。

雲舒忍不住慶幸，還好她把韓嫣拉下馬車，不然他們直接坐車進去，江都王在後面看著，又是不分尊卑、無視宮規，若被有心人參了一本，也是麻煩。

韓嫣一路快步前行，侍衛見了他頻頻致意，全無阻攔和查問。雲舒跟在他身後小跑，終於來到博望苑。

博望苑的位置跟之前一樣，只是裡面的宮牆、石磚和園林全部翻修過，角落裡的小竹林鬱鬱蔥蔥，十分雅致。

一走進博望苑，韓嫣就喊著：「桑弘羊，我辛辛苦苦把人給帶到了，你還不出來！」

一名穿著青色綢衣的內侍從裡面小跑步出來，對韓嫣低頭說：「韓大人，桑大人被皇上傳去多時，一直未歸。」

「哦？」韓嫣略有些失望，轉身對雲舒說：「走，我們上御宿苑找他們去！」

雲舒卻站著不肯動。「皇上召見大公子，必然是有要事相談，我怎麼好去打擾？還是在這裡等大公子回來吧。」

韓嫣笑說：「他們商量的那點事，我能不知道？妳快隨我來！」

然而雲舒橫豎都不去，韓嫣又不能強行拉她，爭執之間，只見大公子快步從外面走了進來。

見到雲舒，大公子驚訝到不行。「我還以為我聽錯了聲音，沒想到真是妳來了！」

雲舒瞪圓了眼睛看向韓嫣，他不是說大公子要見她嗎？為什麼大公子看起來如此吃驚？

韓嫣大笑著走到大公子身邊，拍著他的肩膀說：「怎樣，驚喜吧？」

雲舒不好意思地解釋說：「聽說大公子有事找我，所以我就跟韓大人過來了，沒想到竟然不是這樣，我明天一早就回去。」

大公子忙說：「不必回去，來了也好，的確是有些事情……要與妳相商。」

韓嫣顯得很興奮。「你們慢慢說，我先吃飯去，餓死我也！」

雲舒在長安聽了韓嫣的話，就覺得怪異，現在見了大公子，更覺得古怪，他們兩人的言行和神色都不自然，一定是有什麼事瞞著她！

不過雲舒並不急著弄清楚，只是順從地依照大公子的安排，在博望苑後面一間單獨居室裡安置下來。

正在收拾行裝，就有內侍把晚飯送過來，大公子也隨之來到她屋裡。雲舒是真的餓了，並不介意大公子在一旁看著她，接過東西就吃了起來。

宮中準備的飯菜，比外面要精緻許多，雲舒難得吃到比較合胃口的飯菜，所以顯得格外歡喜。

大公子見她吃得如此香甜，看著看著，不由得出了神，發起呆。

雲舒被大公子瞪得有些不自在，她嚥下口中的飯菜後抬頭問道：「大公子，您這樣看著我做什麼？」

大公子忽然回神，頓時覺得窘迫。「我……我沒有看妳，只是在想事情。」

雲舒應了一聲，放下筷子，直起身子端坐，望向大公子。「大公子是遇到了什麼煩心事嗎？」

大公子凝視著雲舒，嘴唇開開合合好幾次，終究沒把嘴邊的話說出來。

雲舒皺眉問道：「大公子？」

以往大公子有心事，第一個會說給她聽，怎麼現在變得如此扭捏？

大公子苦笑了一下。「妳今天累了，我明天再跟妳說吧。」

在雲舒不解的目光中，大公子起身離開。

雲舒不是呆子，透過韓嫣的暗示、大公子的表現，她大概能猜出，大公子煩惱之事應該跟他的感情有關。想到這裡，雲舒躊躇起來，不知明日該不該聽大公子說……

大公子一臉猶豫地回到房裡，剛一進房，就被兩個青年摟著肩膀拉到涼蓆上，一左一右，一個韓嫣，一個李敢。

二人眼神晶亮地看著大公子，韓嫣迫不及待地問道：「跟她說了沒有？」

大公子搖搖頭說：「此時不是絕佳之機，貿然開口，恐怕會壞事！」

李敢一聽，在旁邊笑得捶地，指著大公子和韓嫣二人說：「我是怎麼說的？就算雲舒在他面前，他也不敢說出自己的情意！唉呀呀，你不行！」

大公子被他激得面紅耳赤，低聲吼道：「誰說我不行？我只是不想驚嚇到雲舒！」

一句「你不行」把大公子氣得喘粗氣，可李敢仍兀自笑道：「我看那丫頭的膽子比你大多了。她又不傻，你在這裡磨磨蹭蹭，說不定她早看穿了你的心思。」

韓嫣見大公子真的要動氣了，就勸李敢道：「別說了，你一個粗人懂什麼？桑弘羊跟雲舒都不是任性妄為的人，他們這樣思前想後，心中不知憂慮多少事，你哪懂其中的為難之處？」

李敢不以為然地說：「有什麼為難的？你喜歡她，就去告訴她，問她願不願意嫁給你，她願意你就娶，不願意就拉倒，就這麼簡單！」

簡單？大公子真是氣到苦笑。若是簡單，他又何苦拖到今日？

他怕家人反對，讓雲舒去面對長輩的責難；他怕雲舒拒絕，因為那不知期限的婚約；他更怕自己沒有辦法讓雲舒幸福，要她被迫跟自己一起面對重重困境。

他一直都知道，一句「我喜歡妳」的背後，隱藏著多大的意義和負擔！

李敢一根直腸子通到底，他說道：「我覺得那丫頭挺有意思的，你明天若不跟她說清楚，我可要下手了，我本就是讓著你的！」

大公子聽了一陣煩躁，都怪幾天前的一個晚上。

那晚他被韓嫣和李敢拉著喝酒，豈料被兩人灌醉了，醉酒之下，被韓嫣問出他喜歡雲舒的心事，還跟李敢立下了賭約：若他見到雲舒之後不敢跟她表白，或表白不成功，那麼李敢就要對雲舒下手了。

大公子從沒想過自己會在這樣的事情上失策，酒果然不是好東西，以後都不喝了！賭也絕對不行，以後再也不賭！

李敢笑著說：「抓緊抓緊，要是你沒把人抓住，可別說是我背地裡挖牆腳，我可是事先跟你說好了哦！」

話說到這個分兒上，大公子抬頭斜睨著李敢，冷笑道：「你且滅了這個心思，雲舒是我的，我誰也不給！」

李敢被大公子突然這麼一瞪，頓時覺得背後涼氣直冒。

不知怎的，他突然想起了劉徹曾經評價桑弘羊的話。「表面溫柔似羊，可他卻有一副虎骨和狼心，惹了他，你們誰都不是對手。」

當時他還不屑，可是回頭想想，劉徹從未誇大其辭地稱讚過誰，如此說來，必定是桑弘羊做過一些他們不曉得，但劉徹知道的大事。

李敢收斂起臉上的玩世不恭，起身拍拍衣襬說：「我走嘍，你好好想想明天怎麼說吧！」

韓嫣拍了大公子兩把，也隨李敢出了房門。

韓嫣跟李敢一起走在路上，韓嫣似是玩笑，又似是認真地說：「別故意惹他生氣，他真的生起氣來，可是很壞很壞的。」

李敢原本就在擔心這件事，再聽韓嫣一說，心中真的有些不安，但臉上卻鄙夷地說：「你嚇誰呢，他跟我比劍，可接不了我三招！」

韓嫣抱著手臂說：「你用的是蠻力，別人用的是腦子，能一樣嗎？」
李敢覺得很是無趣，誰說英勇無敵不如智慧無雙？他頗不服氣地推了韓嫣一把，快步走回房休息去了。

雲舒哪裡知道他們三人在玩這些把戲？她在房裡安穩地睡了一覺，第二天早上睡到自然醒。起床後就得到內侍的傳話，說大公子請她起身之後去明鏡湖畔找他。
雲舒穿戴好之後，便出門朝明鏡湖畔走。內侍告訴她，沿著石階一直往東走，就能看到明鏡湖，可她走了半天，卻覺得自己在往樹林前進。
因為是獵場，雲舒不敢亂闖，否則要是遇到野獸就完了。她按原路折回，正巧碰到一小隊捧著大紅漆盤的宮女，於是急忙上前問道：「請問幾位姊妹，往明鏡湖怎麼走？」
為首的宮女打量了雲舒一番，覺得她不像是參加宴會的王公貴人，也不是宮女，於是問道：「妳是什麼人？怎麼在上林苑裡亂走？這裡可不能亂闖！」
雲舒解釋道：「我是桑侍中的隨侍，正要去明鏡湖找我家公子。」
宮女聽了，眼睛頓時一亮，問道：「可是桑弘羊桑大人？」
雲舒點點頭。
宮女們頓時嘰嘰喳喳起來，其中還有人說：「桑大人在明鏡湖？我們從那邊走，順道看看他吧！」
雲舒想了一會兒，終於明白了。用現代話來說，這些宮女就是大公子的「腦殘粉」，竟然不在乎要多繞一段路，只為了遠遠看大公子兩眼。

雲舒乾笑了兩聲，看來大公子在女孩子們之中人氣很高嘛！

宮女們討論得正開心，突然被一道頗有威嚴的聲音打斷。「吵吵鬧鬧，成何體統？」

眾宮女齊齊回身，對小路上正朝她們走來的一名女子垂首行禮，齊喊道：「夏姑姑！」

雲舒看著那個女子，很年輕，也就二十來歲，隱約覺得有些眼熟，可是卻記不起來，便跟那些宮女一起站在一旁。

夏姑姑走近喝問道：「不去送器具，在這裡吵鬧什麼？」

宮女忙辯解道：「回夏姑姑，是有個陌生女子攔住我們問路，我們才停下的。」

隨著眾人的目光，雲舒被夏姑姑盯住了。

夏姑姑的眼神看向雲舒，目光由審視變成驚喜，並疾步上前對雲舒問道：「可是雲舒？」

雲舒呆愣愣地點了點頭，反問道：「妳認識我？」

夏姑姑笑著說：「妳不記得我了嗎？我是夏芷，以前我們就是在來上林苑的路上認識的！」

雲舒恍然大悟，原來她是那個虛心認字的小宮女，沒想到幾年過去，她竟然成了管教宮女的「姑姑」！

「沒想到又遇到妳了！」雖然不熟，但好歹也是故人，而且夏芷還曾向她傳達過善意的訊息。

夏芷命那些宮女趕緊做事去，而後便與雲舒攀談了起來。

「我一年前被調到上林苑，時常在這裡遇到桑大人，卻總不見妳，我跟桑大人不熟，一直沒有機會詢問，今日總算見到妳了！」

雲舒笑道：「我在長安幫桑家做生意，不在大公子身邊服侍了。」

夏芷了然地點點頭，說道：「原來如此！」

聽說雲舒要找明鏡湖，夏芷熱心地親自帶雲舒過去。

第六十三章 表明心跡

遠遠的，雲舒看到大公子騎在馬上，在河邊慢慢散步，初昇的朝陽在他身上照出一片璀璨。

明鏡湖畔的蘆葦有一個成年人那般高，長得十分茂密，形成了一汪不小的蘆葦海。

大公子騎在馬背上，略高出蘆葦一頭，眺望著遠處的水面。

雲舒與夏芷道別，往湖畔走去。踏在碎石灘上時，雲舒的心也像踩著石頭的腳底板，愈來愈不平。

大公子聽到腳步聲時，回頭從馬背上跳下來，牽著韁繩在水邊等雲舒走近。

雲舒儘量讓自己顯得自然，她走到離大公子十步遠時就開始說道：「這兒好漂亮啊！」

大公子注視著她，微笑著說：「看到蘆葦，我就想起我們第一次見面。」

雲舒微微發愣。第一次見面，那豈不是大公子從水裡把她撈出來的那一次？

果然，大公子說道：「妳落水的那個池塘邊，也長了好多蘆葦，當我把妳從水裡撈出來時，以為妳活不了了，就在我準備放棄時，妳卻掙扎著動了一下，拉住了我的衣服，我這才把妳帶走。」

雲舒清醒過來時，是在行進的車隊上，她根本沒有落水的記憶，也不知道還有這樣一段。

大公子今天看起來似乎很惆悵，他感慨道：「沒想到這一晃眼，五、六年的時間都過去了。」

雲舒笑著應道：「嗯，時間過得真快。」

兩人邊說話邊沿著湖邊走，雲舒問起大公子為什麼叫她過來，大公子隨意地說：「就是想問問長安的情況，奶奶和二娘都還好吧？」

雲舒寫過信給大公子，不過寫得不具體，還是得親口說，於是將之前發生的事情講了一遍。

說完，雲舒略顯擔憂地說：「老夫人說她會叮囑洛陽的人，注意二公子的安全問題，但願丞相夫人和小姐，不會真的找上二公子。」

大公子點點頭說：「這件事情我會跟父親商量，適當的時候，也會找丞相說清楚。桑家雖不是名門望族，但也不是能被人隨意欺壓的小戶人家，我們桑家之子，豈有被人奪走的道理？」

其實大公子對這件事並不是特別擔心，覺得只是田夫人一個婦道人家在胡思亂想，他更在意老夫人和二夫人的行動。

「……這樣說來，奶奶和二娘鮮少出門，並沒有與長安各戶夫人和小姐交際往來？」聽了雲舒的敘述，大公子在言語間透露出一絲絲慶幸的感覺。

雲舒一眼看穿他的心思，說道：「大公子，你躲得了初一躲不過十五，好歹要娶妻，這樣下去怎麼辦呢？」

大公子微笑地看著雲舒說：「是呀，怎麼辦呢？」

雲舒認真想了起來，因她跟大公子商討事情時向來直言直語，於是問道：「要不大公子說個標準，我們也好從旁幫你挑選一番。是需要家世好，得皇上信賴的權貴之女，還是家世一般，但有潛力的未來之秀？」

大公子側頭看著雲舒說：「我覺得那些女子的家世如何都不要緊，關鍵是那女子本人要聰慧有見識，能與我趣味相投。」

雲舒以前就聽說過，聰明人喜歡與聰明人在一起，那樣會輕鬆許多，不然反而會難以溝通。原來大公子就是這一類型的，他多年不娶，是覺得周圍女子的見識太有限了吧？

可這個問題真的難倒雲舒了。古代大環境限制了女子的學識、眼光、思想、行動等各方面，想找一個聰慧有見識的還真不容易，若是找貌美溫順的，倒容易許多。

兩人在石灘上走了一會兒，雲舒穿的繡花鞋底子很薄，腳底板被石子硌得慌，腿已經有點抽筋了。

大公子見雲舒走路有點不正常，就問：「妳是不是走累了?上馬歇一會兒吧!」

雲舒左看右看，這一帶沒有別人，便不跟大公子客氣，爬上馬背坐了上去。

高處的風景不太一樣，從上面看著蘆葦，蘆葦的穗子隨微風搖擺，宛如一片絨絮海洋，太陽照在湖面上，波光粼粼，真是美極了！

雲舒在心中讚嘆著，卻沒聽清大公子在旁邊說了一句什麼話。

「大公子，你說什麼？」雲舒看向大公子，大公子正牽著馬韁，在前面走著。

忽然間，大公子回過身，仰頭看著馬背上的雲舒，極認真地說：「我剛剛說，其實聰慧有見識的女子並不難找，我身邊就有一個……」

雲舒心中打了個突，頓時覺得氣氛不對。

她思路急轉，笑著打馬虎眼。「可是大小姐是大公子您的大姊呀！」

大公子微愣，繼而皺眉道：「我指的人自然不是大姊，我是說妳！」

似是很滿意雲舒愣住的表情，大公子誠摯地說：「雲舒，我想娶妳，妳才是我心目中理想的妻子！」

雲舒真想說一句「風好大，我沒聽見」，可是這也僅限於想像。

她萬萬沒想到，大公子最終還是把這句話說了出來，戳破了他們之間的那層紗。

她幾輩子加起來，被男孩子表白的次數都不超過三次，對這種情況實在一點經驗也沒有。

雲舒在馬背上坐不安穩，顯得有些侷促不安。「可是大公子，我們不合適，您是公子，我是下人。」

「別這麼說！」大公子阻止雲舒繼續往下講。「沒有人生來就低下，我從未把妳當成下人看待，妳的聰慧、能力，足以讓那些權貴小姐汗顏。」

若是在追求平等的現代，大公子這個論調十分常見，人與人之間比的是個人本事和素質，但他們現在是在追求權力和階級差異的古代，大公子竟然還能說出這樣一番話來。

「大公子快別說了，總之我們不合適！」雖然雲舒對大公子的想法很吃驚，然而說什麼她都不能輕易破壞他們之間的平衡點。

「依我看很合適，妳未嫁我未娶，而且我們在一起這麼久，對彼此都了解，也相處得很開心，為什麼不能永遠在一起？」

面對大公子的窮追猛打，雲舒把關鍵的一點低吼了出來。「我無父無母孤女一個，但是您要挑起整個桑家的重擔，豈能隨意而為？您必須挑一位對桑家有幫助的妻子才行。」

大公子瞪著雲舒，堅持道：「雲舒！妳不要考慮其他原因，只需要為自己想想。告訴我妳的心意，妳是否願意永遠跟我在一起，其他的問題和困難，由我來解決。」

雲舒感覺到大公子的真誠和決心，讓她一時之間難以抉擇。

自從再次活過來，她就是為了好好活下去而努力求生存。做每一件事，她都會思前想後，考慮是否合適、會有怎樣的後果，極少有隨心所欲的時候。可是大公子的正面積極，似乎讓她的心意有所動搖……

「我……大公子，我……」雲舒支支吾吾半天也沒說出一個結果，低著頭臉紅得不得了。

大公子反而笑了。「我知道妳願意跟我在一起，我感覺得到。」說完他就高興地翻上馬背，從後面抱住雲舒，騎馬奔跑起來。

雲舒原本雜亂到不行的心，在大公子懷裡反而安定了下來。既然大公子要她自私地為自己考慮一次，那麼她便自私一次吧！

雲舒側過臉，對大公子說：「大公子，雲舒不才，雖然是孤女一人，沒有家世、沒有地位，卻也有我自己的堅持。我此生絕不會與其他女人共享一個男人，所以大公子若選擇了我，也只能選我一個人！」

大公子在她耳邊呵呵笑道：「我明白，就是妳說的『願求一心人，白首不相離』，我答應妳，此生絕無二心！」

鏗鏘有力的諾言在雲舒耳邊迴盪，她沒想到大公子竟然這樣就答應了她！

雲舒恍若置身雲霧中，怎麼被大公子帶回博望苑的都不知道。大公子把她送到房裡後說：「皇上晚上要擺宴，我必須過去了，妳在房裡休息，我忙完了就回來找妳，我還有好多話要跟妳說。」

雲舒有些發愣……她就這麼答應大公子了？

就在大公子出門前那一剎那，雲舒急忙上前拉住大公子的衣袖說：「大公子，您若要娶我為妻，桑家絕對無人會同意，您也會被同僚恥笑的！到時候家無寧日，我們兩人縱使有再深厚的情誼，只怕也熬不過生活的蹉跎。」

大公子看著雲舒驚恐不安的雙眼，好似看到她徬徨的心，於是握著她的手安撫道：「妳放心，在迎娶妳之前，我會設法解決這些問題，我們會開心幸福在一起的。」

這一瞬間，大公子展現出無比的自信與堅定，雲舒不自覺地點了點頭，選擇相信他。

大公子離開後，雲舒用雙手捧著自己火熱到發燙的雙頰，整整一天都覺得自己像在作夢。

夏日的傍晚有些悶熱，雲舒更覺得透不過氣，她推開窗，坐在窗邊回憶著大公子向她告白的事，時而為自己的決定感到擔憂，時而又不自覺地低笑出來。

雲舒的雙拳不禁緊握，縱使知道她和大公子之間差距很大、困難重重，但是有了大公子的承諾，她的心中，也燃起了為守衛幸福而戰的決心……

一開始她是不敢奢望，只祈求好好活下去，現在既然有一份幸福放在她眼前，她不願錯過！

金錢，她已經有了一些；地位，她為什麼不能有？

她心中暗暗對自己說：雲舒，加油，妳可以的！

第六十四章　陰影再現

晚上夜色漸濃，雲舒關上窗坐在屋內，忽然覺得肚子有些餓了。於是她走到門外，揮手招來內侍，詢問晚膳何時能送來。

內侍低頭稟告道：「因今晚廚房要準備皇上的晚宴，所以其他地方的飯菜會送得晚一些，要不我取些點心來，姑娘先墊墊肚子？」

雲舒不太喜歡吃零嘴，搖頭說：「不用了，我再等等吧。」

她剛要轉身回房，就有個宮女模樣的女子走來，對雲舒行了一禮說：「雲舒姑娘，桑大人請妳過去。」

「現在？」雲舒詫異不已，現在正是宴會開席的時候，怎麼會叫她？

那宮女說：「是的，請姑娘隨我來。」

雲舒原本想回房再梳理一下，可那宮女催得急，雲舒顧不得許多，便匆匆隨她而去。

兩人走入夜色中，沿著小路愈走愈遠，到處黑漆漆的，雲舒心中不禁狐疑，這個宮女怎麼連個燈也不提？但看她行色匆匆，可能是忙於傳達訊息，一時忘了吧。

兩人愈走愈偏，一直走到看不見宮殿的樹林裡，雲舒停下腳步，問道：「我們這是在往哪兒走？怎麼如此偏僻？」

宮女回頭說：「桑大人就在前面等妳呢，快走吧。」

雲舒不信，這個時候桑弘羊肯定陪在劉徹身邊，就算有急事要見她，也是把她叫到宴廳附近，怎麼可能來到這麼偏僻的樹林裡？

她正思索著，那宮女突然指著另一方向說：「看，桑大人來了！」

雲舒順她手指的方向看去，可一個人影都沒見到，黑漆漆一片，什麼也沒有。

「在哪兒？」雲舒回轉去問宮女，誰知宮女剛剛站的地方也不見人影！

雲舒嚇了一跳，心中暗道：難不成見了鬼？

她左看看右看看，周圍的樹林枝椏在夜色中張牙舞爪地朝她撲來，實在恐怖。她抱著手臂急速沿原路返回，誰知才剛走兩步，樹林裡就出現兩隻綠瑩瑩的眼睛……

「狼？不是吧？」雲舒喃喃自語道。

雖然是獵場，但這裡離宮殿也不是特別遠，野獸斷沒有跑到這裡的道理。可是隨著那雙綠眼睛逐漸靠近，雲舒看清楚了，真的是隻齜牙咧嘴的餓狼！

雲舒後背「咻」地升起一股寒氣，她努力鎮定下來，躡手躡腳往後退，可那餓狼就這樣盯著雲舒，亦步亦趨慢慢靠近她。

雲舒退著退著，忽然撞到一個堅硬的東西，她嚇得尖叫，耳邊卻響起熟悉的聲音，只聽見墨勤沈穩地說：「是我，別怕。」

原來墨勤一直在暗地裡保護她！

雲舒一顆心總算落回胸膛裡，可對面的餓狼卻被她的尖叫鼓勵，頓時飛撲了過來。

雲舒嚇得躲到墨勤背後，只聽見一陣亂響，餓狼的低吼漸漸變成小狗般的哼唧聲。

墨勤說：「好了，睜開眼吧，狼已經被我制伏了。」

雲舒悄悄睜開了眼。果然，墨勤一腳踩著狼的脖子，一手拿著還未出鞘的劍頂著狼的臀部，把這隻餓狼壓得四肢貼地，動彈不得。

雲舒指著那隻狼問道：「現在怎麼辦？」

放生？不知該放到哪兒，這隻狼才不會跑出來危害人們；殺了？這是皇家獵場的野獸，若有人追究起來，他們豈不是麻煩了？

躊躇不定間，幾枝火把朝他們靠近，轉眼間，一小隊衛兵已出現在他們倆眼前。

火把將這片小樹林照得驟亮，雲舒和墨勤，以及那隻狼完全暴露在他們視線之下。

「怎麼回事？」衛兵前列有一位長相英俊挺拔的軍官，他穿著黑色的輕甲，與其他士兵穿的銅甲很不一樣，看來這位應該是領頭之人。

雲舒分辨出來之後，急忙上前說：「這位大人，我被一名宮女帶到此處，險些被狼攻擊，我的朋友為了保護我，挺身制伏這隻狼。」

穿輕甲的士兵打量了一下雲舒，問道：「宮女怎麼會帶妳來這裡？再往前百步，就到了獵場入口，那裡面野獸無數，十分危險。」

雲舒後背出了冷汗，感覺涼颼颼的，想到方才的情景，也有些害怕。

「我……我也不知道她為什麼帶我來這裡……我當時疑惑，不願繼續往前走，誰知一轉眼就找不到那個宮女了，再之後，狼就出現了。」

領頭人皺著眉思忖了一下，而後對後面兩名士兵招手，命令道：「你們將這匹狼送回獵場，剩下的人，帶著他們兩人隨我來！」

「喏！」

雲舒被巡邏的士兵帶回他們換班休息的偏殿，領頭人派士兵詢問並記錄了他們的身分來歷，而後不斷重複詢問今晚事情的經過，並要雲舒形容那個宮女的模樣。

由於天色昏暗，且宮女的衣服、髮式都一樣，雲舒根本記不清宮女的模樣，一時之間還真說不清楚。不知被問了多久，雲舒終於等到大公子來了。

大公子臉色十分焦急，來到偏殿之後，就對坐在一旁喝水的士兵領頭人問道：「衛青，怎麼回事？」

雲舒驚訝得下巴都要掉下來了，原來這個把她捉到這裡詢問的官兵，竟然是大名鼎鼎的衛青！

衛青起身對桑弘羊說：「我帶士兵巡邏時，在獵場東邊入口處發現這兩個人。他們正準備宰殺一頭狼，詢問之下，說是你的人，所以讓你來認領。」

大公子不解地看向衛青，雲舒在旁急忙解釋道：「大公子，我跟墨勤不是故意要宰殺狼，是我被人騙到那裡，突然被狼襲擊，墨勤為了保護我，才制伏了那匹狼！」

大公子對雲舒點了點頭，表示相信她的話，可衛青卻說：「周圍完全沒有其他人的蹤跡，妳又說不清宮女的長相，如何讓人相信？」

雲舒最恨別人不信她，辯解道：「您可以去問博望苑的內侍，那個宮女把我叫走時，有人在旁邊的。」
衛青死板地說：「嗯，很早就派人去查問了，但現在還沒回音。」
眼見兩人爭論不下，大公子在中間說道：「一頭狼而已，有什麼要緊？衛青你快把雲舒放了！」
衛青指指敞開的殿門，很淡定地說：「嗯，就是讓你來領人的，你們可以走了。」
大公子拉著雲舒往外走，見雲舒悶悶不樂，就問道：「晚膳用了沒有？」
雲舒搖頭道：「沒呢，餓死我了！」
大公子說：「走，回去讓人烤狼肉給妳吃……」
雲舒忍俊不禁，「噗哧」一下笑出聲來。
衛青聽見兩人說笑，也淡笑著搖了搖頭，目送他們離去。

過了一會兒，有人進來在衛青耳邊低聲說道：「大人，卓先生要見您。」
衛青一愣，沈默地點了點頭，隨那人出去。
兜兜轉轉來到一間偏僻的房間，卓成正在房裡盤腿而坐，喝著案桌上的酒。見衛青進來了，卓成並不起身，而是指指對面的席位，要衛青坐下。
衛青跟卓成同在平陽公主府做過事，兩人很熟，於是他直接坐下，並問道：「你怎麼到上林苑來了？」
卓成品了一口手中的酒，說道：「皇上在這裡擺宴，這麼熱鬧的事，怎能錯過？」

衛青點了點頭說：「你不是說我們兩人最好不要見面，即使見了，也要當作不認識嗎？為何今天找我來？」

卓成說：「現在眾人都還在宴會上，沒人會注意到我們的。我今天見你，只為了一個人……」

「誰？」衛青不解地問道。

卓成臉上浮現陰狠的神色，一雙眼睛也如惡狼般恐怖。

他乾瘦的五指抓著酒樽說：「雲舒！就是那個讓我沒辦法光明正大出現在長安，害我只能活在陰暗中的女人！」

衛青看了看他，猜測著問道：「今晚是你派人把她帶去獵場的？那個宮女，是你的人？」

卓成直言不諱地承認道：「嗯，沒想到她的警覺性那麼高，竟然不上當，更沒想到她身邊隨時有高手保護。」

衛青沈默不語，端起酒樽喝了一杯酒。

卓成看向他說：「這件事情你就不要再查了，我好不容易安插進宮的棋子，不想因此廢掉。」

衛青低低應了一聲，繼續保持沈默。

見時候不早，擔心宴席散後，人來人往會比較麻煩，衛青便起身離開。

卓成在屋內看著衛青的背影，幽幽說道：「衛青啊，若是你他日顯達，不會忘了我的恩情吧？」

衛青離去的背影稍顯遲疑，他低聲說了句：「衛家上下銘記大恩，並不敢忘。」

卓成當年逃獄，在離開長安之前，偷偷找過衛青一次，向衛青連獻數計。

一是讓衛青的姊姊衛子夫努力討得平陽公主歡心，以透過平陽公主的舉薦，得到皇帝劉徹的歡心。

二是讓衛青本人向平陽公主表明從軍的意向，以期能夠進宮當兵。

不過幾年，衛家姊弟按照卓成所「鋪」的路，勢如青雲扶搖直上，雖然衛子夫在皇宮內數次受到皇后、太后為難，但在關鍵時刻，衛青總能收到卓成的訊息，幫助衛子夫逃過劫難。

如今衛子夫貴為夫人，深得皇帝寵愛，衛青也成為侍中，深受皇上信任。當年為姬為奴的衛家兒女，如今已翻身成為人上人，如何敢不記住卓成的恩情？

雲舒夜間臥不安寢，左思右想，不明白那個宮女為什麼要害她。

躺在床上，雲舒想起之前闖入桑府的那名死士，那個人的目標也是她嗎？這兩件事有關聯嗎？

死士背後定然有權貴指使，宮女也極有可能只是棋子，他們的背後，到底是誰……

雲舒睡不著，索性披上衣服下床倒了一杯水喝。涼水下肚，她徹底沒了睡意，一面思考事情，一面在屋內踱步。不一會兒，有人輕輕敲她的門。

雲舒警戒地問道：「誰？」

一道深沈而帶有磁性的聲音響起。「是我，墨勤。」

雲舒放下心，這才打開門，望著衣衫齊整的墨勤問道：「這麼晚了，還不睡？」

墨勤說：「我在外面聽到妳的腳步聲。若睡不著，就出來坐一坐吧。」

夏天的房裡有點悶熱，雲舒睡不著，索性跟墨勤一起，在門外的走廊上，沿木質階梯坐下。

雲舒有些歉意地問道：「你該不會是為了保護我，一直在周圍，連覺也不睡了吧？」

墨勤淡淡地說：「其實我剛剛在屋頂上看著星空就快睡著了，卻聽到了妳的腳步聲。」

雲舒下意識地抬頭看向屋頂——接近兩人高，他竟然來去自如！

墨勤看到雲舒的表情有些驚訝，還帶了些希冀，於是問道：「想上去？」

雲舒下意識地搖頭，稍愣了一會兒，又小心翼翼地問道：「你能帶我上去？」

墨勤咧嘴輕笑，一手抓住雲舒的胳膊，另一手摟住她的腰身，縱身一躍，眨眼間，兩人就跳上了屋頂。

「天吶，真神奇！」雲舒俯身看向地面，再抬頭仰望天空，歡喜地說道。

墨勤鬆開雲舒，自己在一旁坐下，順勢躺在屋頂上。雲舒不敢站在斜簷邊上，趕緊在墨勤身邊躺下。

今夜的天空格外璀璨，雲舒已經許多年不曾見過這麼純淨而美麗的星空了，一時之間心情格外暢快。

墨勤在旁低聲問道：「妳得罪過權貴之人嗎？」

雲舒轉頭看了墨勤一眼，他是在為自己連番受人危害而擔心吧？「我不記得得罪過什麼權貴之人，只是最近的事情一樁接一樁，看來要想辦法查查了。」

「妳準備怎麼查？」墨勤問道。

雲舒說：「我上次被死士刺殺，是在我送老夫人和二夫人參加夏荷宴回來之後；這一次，是皇上舉辦宴會時。等我向大公子要了此次赴宴之人的名單，再看看其中有誰也參加過夏荷宴，那麼害我的人，定然在他們之中。」

墨勤點頭道：「不錯！」

雲舒想到墨勤這樣盡責地保護她，感激地說：「多謝你，如果不是有你在，我指不定死好幾次了！因為保護我，弄得你連睡覺也睡不好，真過意不去。」

墨勤反而有些不好意思。「習武之人，睡眠本就淺，而且夏天房內悶熱，我喜歡在戶外睡，並不是因為妳。」

雲舒對他笑了笑，這種事情，彼此心領神會就好，沒必要非爭論出一個結果。

兩人有一搭沒一搭地說了一會兒話，忽聽到院內有動靜，兩人循聲望去，對面一排房間裡，有人開門走了出來。

屋內的燈光從內投射出，照在幾人身上，使雲舒看得格外清楚——是大公子、韓嫣和李敢三人。

看樣子，這三人是聚在一起小飲了幾杯。

大公子對韓嫣和李敢作揖送別，待兩人走下臺階後，轉身關門回房。

韓嫣和李敢兩人一起往外走，韓嫣見李敢面色凝重不說話，於是拍拍李敢的肩膀說：「沒事吧？不過是見了幾面的女子，轉眼就忘了。」

剛剛在房裡，大公子跟他們兩人說了他向雲舒表白，並獲得她回應的事情，正式告訴李敢，要他不可對雲舒下手。

李敢「哼」了一聲，用十分不爽的語氣說：「桑弘羊是為了跟我打賭，才對雲舒表白心意，我才不信他們真的能走到一塊兒，你等著瞧吧！」

韓嫣知道李敢心裡不痛快，此時只是為了逞口舌之快，便笑了笑，沒有反駁他的話。

兩人漸漸遠去之後，墨勤不安地看向雲舒，問道：「妳沒事吧？」

雲舒呼了口氣，轉過頭笑說：「沒事啊。」

墨勤看雲舒笑得勉強，覺得她說的不像真話，於是勸道：「大公子對妳很好，不會是因為打賭才……」

「我知道！」雲舒打斷墨勤的話。「我很了解大公子，我並沒有因為他們打賭的事情而生氣，只是大家都認為我跟他不可能在一起……會用什麼眼光看我呢？會覺得我很好笑吧？」

墨勤擰起眉頭說：「何必管他人如何說？看不起妳，是他們沒眼光！」

有些道理說起來很簡單，實行和面對的時候，就很難。縱然如此，雲舒依然很感謝墨勤無條件的支持、鼓勵她。

雲舒淡然一笑說：「墨勤，你真好，謝謝你！」

墨勤今晚破天荒地說了不少話，雲舒不斷對他說謝謝，讓他有點不好意思地說：「夜色已深，我送妳回房休息吧。」

雲舒點了點頭，墨勤便提起她兩隻胳膊，把她穩穩當當送回地面。

第六十五章　追查主謀

關於雲舒屢次遭人陷害之事，大公子想了很久。翌日一早，當雲舒向大公子索要這次來上林苑赴宴者的名單時，大公子就從書案上取出一卷竹簡，正是雲舒要的東西。

雲舒訝異得不得了，問道：「大公子怎麼知道我需要這份名單？」

大公子笑著看她，並沒有解釋為什麼會提前準備好，只說：「皇上一會兒就要下場狩獵，我得趕過去了。妳先看看名單，琢磨一下，我回來之後找妳細聊。」

雲舒握著書簡，高興地點著頭，目送大公子離去。

回到房中，雲舒仔細地看起竹簡。竹簡上的字有些潦草，看來是臨時寫的。

想來也是，大公子昨晚先是赴宴，再把雲舒從衛青那邊接回來，最後還跟韓嫣、李敢等人小聚，這名單，想必是他半夜趕出來的。

看著大公子的筆跡，雲舒心頭覺得暖暖的。

因這次宴會不在長安未央宮舉辦，所以宴請的人不多，名單上的人名多數是男人，要麼是劉徹身邊的親信，要麼是跟劉家搭得上關係的王侯。

雲舒認識的人不多，在丞相府也見過的，根本就沒有。而在寥寥可數的幾個女賓當中，雲舒恰好認識兩位。

「隆慮公主、淮南翁主……」雲舒唸著她們的名字回憶了一番，當初她送老夫人跟二夫人去丞相府參加夏荷宴時，曾在門口碰到她們，這兩位看到她時並沒有什麼異常，夏荷宴過後甚至還光顧弘金閣，完全談不上得罪一說。

若真是她們指派人來害自己，又是為了什麼？

雲舒想到了「一息散」，陸笠說這種毒藥是南方一種秘藥，若依此藥推斷，嫌疑人只有一個——淮南翁主，劉陵！

雲舒在她的名字上輕輕畫了一個圈，可幕後指使人真的是她嗎？做案動機是什麼，又能得到什麼好處？

雲舒心中拿不定注意，畢竟一切都只是猜測而已，沒有任何證據，她也不想冤枉別人。合上竹簡後，雲舒站起身，翻出一件高腰裙，走到銅鏡前面換上，然後細細裝扮一番。因有了前車之鑑，雲舒現在出門會主動喊上墨勤，以確保安全。

雲舒與墨勤兩人一起緩緩朝皇室女眷休息的御宿苑走去，路上偶爾有宮女走過，都會回頭打量雲舒，只因她的穿著十分新奇。

她上身跟時下少女穿的一樣，是粉色的右衽上衣，只是長度短了一截；下身則是米色的高腰裙，大大的裙襬曳地而下，上面再用嫩黃色的寬腰帶一繫，格外青春靚麗。

雲舒推斷，上午劉徹要打獵，男賓肯定會陪伴左右，女賓按照傳統，會先去捧場，然後中途退出休息，算算時間，差不多是回來的時候了。

若巧的話，應該能在附近碰到淮南翁主；若不巧，雲舒只得找藉口去拜會她一次。

正如雲舒所料，當太陽高昇之時，淮南翁主和隆慮公主一起從獵場退出來。

淮南翁主劉陵甩著手中的手絹，對隆慮公主抱怨天氣太熱。兩人正說著話，隆慮公主忽然推了劉陵一下，說道：「看那邊是誰？」

劉陵好奇地望過去，表情頗為誇張地說：「我沒看錯吧，是她？」

隆慮公主也以為自己看錯了，可是那迎面走來的女子，正是長安的桑家總管，雲舒。

劉陵一雙漂亮的眼睛，上下打量著雲舒，小聲對隆慮公主說：「妳瞧她穿的這一身！」

隆慮公主聽出劉陵言語中的醋意，就說：「妳若喜歡，就向她討圖樣，她難道敢不給？」

劉陵用手絹捂嘴笑了，她就是喜歡好看的衣裳，隆慮公主一下子就戳中她的心思。

雲舒迎上這兩位時，臉上寫滿訝異的神色，跪下說道：「一早上就有喜鵲在枝頭上歡叫，原來是今天要遇到二位貴人！雲舒給公主和翁主問安。」

隆慮公主說道：「不必多禮，起身吧。我們也沒想到會在這裡碰上妳，妳怎麼來上林苑了？」

劉陵在一旁補充道：「該不會把生意做到這裡來了吧？」

雲舒笑道：「我家大公子要我幫他送些東西來，順便留我在這裡小住幾天，過幾天跟他一起回長安。」

她們都知道雲舒家的大公子是桑弘羊，劉徹身邊的紅人，便了然地點了點頭。

「原來如此。」隆慮公主說：「外面太陽大，我們進院子坐下說話。」

御宿苑裡有一棵非常高大的槐樹，遮出很大一片樹蔭。隆慮公主命人在樹蔭下鋪了席位，擺了果盤和點心，邀幾人一起坐下。才剛坐好，劉陵已迫不及待拉著雲舒說起衣服的事情。

「雲舒，妳的裙子很漂亮，明明是一樣的衣和裙，為什麼穿在妳身上，就這麼不一樣？」

雲舒站起來解釋道：「這條裙子是高腰裙，腰身要比翁主身上的裙子高很多，會改變上身和下身的長度，所以看起來很不一樣。」

「哦，竟是這樣！高腰裙的圖樣，妳可以給我一份嗎？」劉陵淺笑著要求道。

雲舒笑著說：「這個不用什麼圖樣，跟普通裙子做法一樣，只是在量裙長時，要往上量一些，腰要做得寬一點、緊一點，免得裙子下滑。」

劉陵一面看著雲舒的裙子，一面點著頭。見劉陵很是喜歡，雲舒又另外告訴她留仙裙的做法，讓劉陵非常歡喜。

女人之間聊起這些話題時，時間總是過得極快，眼看就要到傳膳的時間了，雲舒便起身告辭。

劉陵跟雲舒談得十分投機，雲舒臨走時，劉陵賞了她兩疋宮緞，那是她才從劉徹那裡得來的賞，轉眼就送給了雲舒。

在技術發達的現代，雲舒什麼樣的好布料沒見過？但是在古代，宮緞卻是有錢也買不到的東西。穿著宮緞做的衣服，是一種身分地位的象徵。

雲舒得了賞賜，真心地謝過劉陵，這才跟墨勤兩人從御宿苑離開。

墨勤幫雲舒抱著布疋，聽雲舒在他身邊低聲說話。「看隆慮公主和淮南翁主的樣子，並不像提前知道我在上林苑，特別是淮南翁主，對我如此親和，沒有害我的道理。難道我猜錯了，並不是她們指使的？」

墨勤也不太明白，兩位貴女的反應和言行都太自然了，他也看不出什麼破綻，只好說：「再慢慢查看吧，畢竟人心隔肚皮。」

雲舒也是這麼覺得，現在還不用急著妄下結論。

大公子從獵場回來後，先回房換下被汗水浸透的外衣，而後去雲舒房中找她。可雲舒房中一個人影都沒有，只有他早上給雲舒的竹簡，於是他上前翻開確認了一番，只見淮南翁主的名字上，畫了一個朱紅色的圈。

大公子心中十分不安。淮南翁主是有名的厲害女子，皇后陳嬌那樣潑辣的女子，在劉陵面前都討不了好，他十分擔心雲舒會在劉陵身上吃虧，於是匆匆往御宿苑趕去。

大公子急匆匆地趕路，走了一陣子後碰到雲舒跟墨勤兩個人，不禁鬆了口氣，但依然緊張地問道：「妳沒事吧？」

雲舒疑惑地問道：「我沒事呀，怎麼了？」

大公子說：「我怕妳去找淮南翁主，兩人會起衝突。」

雲舒說：「大公子放心，淮南翁主對我很好。您看，這兩疋宮緞還是她賞給我的呢！」

大公子有些驚訝，沒料到劉陵竟然會對雲舒這麼好！

在一起往回走的路上，兩人說起最近的事情，雲舒將心中的推測以及劉陵的表現都告知大公子，大公子思索了一會兒說：「隆慮公主和淮南翁主若要害妳，何必選擇暗殺這種方法？」

大公子一言點醒了雲舒。的確，兩位高高在上的貴女，若要害雲舒，只要隨便揪點小錯誤，就能將身為平民的她處死，何必派出死士和宮女？縱使大公子有心保護她，也不一定鬥得過皇室宗親。

雲舒推敲了半天，心中只剩下一個她不太樂意看到的可能性。「大公子，你能幫我查一下淮南翁主身邊有哪些親隨嗎？」

大公子似是想到了什麼，欲言又止，只是點頭答應雲舒會幫她去查。

大公子負責這次宴會的大小事宜，進出上林苑的人，紀錄都在他手邊。

他下午找來劉陵進入上林苑的紀錄，翻開一看——竹簡上記載她隨行侍女八人、護衛四十人、文士三人，一個個名字看下來，並沒有什麼異常。大公子的目光在「文士晉昌、伍被、左吳」這三個名字上梭巡了一番，終是放下書簡，起身往歲寒園走去。

歲寒園裡住的是赴宴賓客所帶的親隨，淮南翁主的人也住在裡面。

負責守衛歲寒園的期門軍衛士看到桑弘羊來到這兒，覺得十分奇怪，待他走近了，便主動行禮喊道：「桑大人！」

桑弘羊衝著衛士點點頭，問道：「淮南翁主的文士在院內嗎？我要替翁主傳個話。」

衛士回稟道：「在，請大人隨我來。」

繞過一片矮松林後，一間竹樓出現在大公子視線中。

衛士在前介紹道：「淮南翁主帶來的文士就住在這裡。」

大公子要衛士退下，一個人站在松樹的陰影下，負手而立。

「晴川。」大公子低聲喚了一聲，一個人影便如鬼魅般出現在他身後的樹林裡，他身上穿著暗青色的衣服，右衽領口上用黑絲線繡了兩片羽毛，這是皇家暗衛──「暗羽」的服裝特徵。

那名叫晴川的男子低頭不語，靜靜聽著大公子吩咐。

「去把屋裡的人引出來，但別讓他們發現你。」

「喏。」

晴川悄無聲息地退進樹林裡，不過片刻，只聽見一聲巨響，園子右側一個石質圓桌轟然傾倒，圓形的石頭桌面在地上打了兩個滾，「哐噹」砸在地上。

巨響引起騷動，房間裡陸陸續續走出三個男人，他們看到石桌倒了，都驚訝不已。

大公子掃視著屋內出來的幾人，其中一個身穿灰藍袍、留著小八字鬍的青年引起了大公子的注意。

其中一個文士對另兩人說：「晉昌兄、伍被兄，我們今天幸而沒有坐在桌子旁，不然腿豈不是要被砸斷了？咱們還是快快告訴守衛，要他查看查看，別說是我們幾個弄壞的。」

大公子一直盯著身穿灰藍袍的青年，只聽那人口中念念有詞：「左吳兄，一張石桌有什麼要緊？別說是石桌，就算是玉做的桌子，翁主也賠得起，她怎會因此讓我們難看？」

另一人附和道：「晉昌兄說得極是。」
大公子彷彿盯著獵物一般，牢牢地看著那個叫「晉昌」的灰藍袍男子，若他沒有認錯，此人就是卓成！
雖然已過了幾年，他頭髮長了並留起小鬍子，但是大公子卻看得真切，這個人，正是卓成！
大公子捏了捏拳頭，心道：原來是他回來了……
此時名為左吳的文士喊來歲寒園的衛士，要他們將傾倒的石桌抬走，並解釋了一番，澄清石桌毀損與他們幾個無關。至於伍被和化名為「晉昌」的卓成，則早早回了屋。
待園子重新歸於安靜之時，大公子再次喊來晴川，並吩咐道：「盯住晉昌，他的一舉一動，我都要知道。」
雲舒在房中看起書，卻有些坐立不安，待她自窗中看到大公子從外面回來時，便笑著在窗戶邊跟大公子打招呼。
大公子一言不發，走進雲舒房中，神色凝重地看向她。
雲舒被他看得奇怪，便問：「為什麼這麼看著我？」
大公子正色對雲舒說：「雲舒，卓成可能回來了。」
雲舒禁不住苦笑。她就猜到了，只是她不太想去證實而已。
這世上最容不下雲舒的人，卓成當排第一。

雲舒清楚卓成的底細，他逃出長安，絕不會默默度過餘生，勢必會攀附在一些權貴人物身邊，靜待捲土重來的機會。而淮南王劉安和淮南翁主劉陵這兩個「絕代」人物，是極佳的人選。

「幾年的時間足夠他尋找新主人，也足夠他換個身分回長安。我實在不願意見到他，若讓我再看到他……絕不再忍讓退步！」雲舒堅定地說道。

卓成三番兩次要置她於死地，讓雲舒終於明白了一個道理：對敵人的仁慈，就是對自己殘忍！

若她一味躲避與卓成之間的矛盾，只會令卓成得寸進尺，到最後反而會危害到她，乃至她身邊的朋友。

大公子見雲舒態度如此堅決，便說：「我正派人盯著他，想把他重新捉拿歸案，抑或是讓他徹底消失。妳想怎樣？」

在上林苑的獵場裡弄死一個人並不困難，叢林深處有數不清的野獸，想造成一個「誤入獵場，被野獸咬死」的假象也很容易。

聽見大公子這麼說，雲舒猶豫了……

她是被卓成殺死，再次重生的人。要是她把卓成殺掉，卓成會不會再次重生？若讓卓成的靈魂逃脫再生，跟放走他又有什麼區別呢？

殺了他，反而不是一個妥善的辦法。

「大公子，還是把他緝拿歸案吧，若能讓他在牢中過一輩子，再好不過。」雲舒向大公子說出自己的想法。

大公子微微皺眉，問道：「妳確定就這樣放過他？他之前能越獄，就有可能做出第二次。把他送進牢裡，並不能確保妳的安全，還是……」

雲舒斷然搖頭道：「不行，他不能死！」

大公子深感不解，然而雲舒不便解釋，只說：「他現在還不能死，等我找到……找到一個安全的辦法，再殺了他也不遲。」

大公子聽她語焉不詳，誤以為雲舒還要從卓成身上得到什麼東西，所以要留他性命，只好答應了下來。

當夜，大公子派人連夜趕往長安廷尉，去取關於卓成的追緝文書。因要捉的人是淮南翁主劉陵的文士，唯恐劉陵從中阻攔，大公子特地求見劉徹，告知此事。

劉徹聽完後十分驚訝，問道：「阿陵的文士晉昌，就是逃犯卓成？」

大公子點頭道：「是微臣親眼所見，正是當年那人。」

劉徹微微有些猶豫。「人有相似，再說過了好幾年，你會不會認錯人了？」

大公子十分篤定地說：「正是此人，等將他捉拿歸案之後，皇上可以查看他脖子上的印跡。」

漢朝要受黥面之刑的犯人，會在其臉上用墨水刻上字，但在漢文帝時，黥刑就做了更改，變成頸上戴著鐵製的刑具去做苦役。

雖然規定有所更變，犯人逃過臉上刻下刺青的終生恥辱，但獄卒會把燒得通紅的鐵圈套到犯人脖子上，留下燙傷的痕跡。

卓成當年所犯之罪，訂下的刑罰便是戴著鐵圈勞役三年，若無大人物關照，卓成必定逃不過被鐵圈烙燙脖子的命運。

大公子見劉徹仍然猶豫，不支持他捉劉陵的人，只好繼續勸說道：「卓成此人，皇上是知道的。他當初被皇上、平陽公主及田丞相厭惡，足見此人狡猾惡毒，絕非善類，斷然不能讓他留在淮南翁主身邊啊。」

劉徹聽了大公子的諫言，便說：「那就捉了他吧，只是此事必然會得罪阿陵，她若一陣大鬧，你必須給朕立即想出應對之策，聽到沒有？」

大公子笑著應道：「喏！」原來皇上是因為怕淮南翁主鬧場子，才不願意抓人啊！

大公子派出的快馬，一夜跑了一個來回，從長安取來追緝令，再帶著劉徹口令，命衛青帶領期門軍前去捉拿晉昌。

豈知人算不如天算，大公子以為捉晉昌已如同探囊取物時，衛青卻告訴他：晉昌跑了！

大公子對卓成的失蹤十分不能理解，他明明派了暗羽晴川在旁監視，人為什麼不見了？而卓成不僅不見了，暗羽晴川也沒回來稟報？

待到太陽高昇時，巡邏的衛兵在一片偏僻的樹林裡發現一具棄屍，當大公子匆匆趕到時，赫然察覺那具屍體竟然是晴川！

暗羽是劉徹手上的重要隱藏力量，知道暗羽存在的人很少。在大公子看來，晴川的武功

第六十六章　落花無意

「跑了？」雲舒得到這個消息後，掩飾不住內心的驚訝。

卓成好本事，這麼能逃?!當初讓他從勞役現場跑掉了，這回更讓他從上林苑逃掉了！

雲舒看向幫忙傳達消息的韓嫣，問道：「韓大人知道具體是怎麼回事嗎？」

韓嫣搖頭道：「桑弘羊正在徹查，他擔心妳的安危，所以要我來提前告知一聲，讓妳不要跟護衛分開，千萬注意安全。」

雲舒和墨勤聽了，同時點頭。

由於上林苑出了命案，此地不再安全，為了參加宴會而來的賓客匆匆被遣散，劉徹也決定於三日後返回長安。

上林苑所有人都忙碌地準備打包，但其中並不包括李敢。

墨勤倚在雲舒房間的門框上，看著雲舒收拾返回長安的行裝，時不時轉頭朝園子某個方向看去。

「李大人一直在附近徘徊，妳要不要去見見他？」墨勤冷不防地說了這麼一句。

雲舒停下收拾衣服的手，抬頭問道：「他？他在這附近徘徊幹麼？」

墨勤說：「應該是擔心妳吧。」

雲舒嘆了一口氣。自前幾天晚上無意間偷聽到李敢跟韓嫣的對話，知道李敢喜歡自己後，雲舒就不打算再跟李敢往來。

一是不喜歡他的那個論調——大公子是因為跟他打賭才對雲舒表白；二是雲舒很清楚一件事，若沒有意願，就不要給別人希望。

李敢跟她只見過幾面，雲舒根本不認為李敢對她有什麼感情，頂多是覺得新奇，以及男人普遍都有的獨占慾。既然如此，還理他做什麼？

雲舒重新彎下腰，繼續收拾沒有摺疊完的衣服，可沒一會兒，門口就傳來李敢的聲音。

「咳咳，有沒有水呀？給我一口水喝！」

雲舒轉身對李敢行禮，規規矩矩地說：「李大人請稍等。」

而後默不作聲地倒來一杯水，端給李敢說：「李大人請用水。」

李敢不禁有些發愣，他沒見過雲舒對他這麼禮貌，這種感覺讓他覺得十分疏遠。他仰頭把水灌下，擦了擦嘴說：「最近妳要注意安全，天黑了別到處亂跑，聽說上回妳差點跑到獵場去，還碰到狼，以後非要出門的話，把門口的侍衛帶上。」

不知什麼時候，李敢竟然在雲舒房門口安置了兩個侍衛。

李敢原本考慮到來赴宴的貴賓都有護衛，雲舒一介平民，想來沒有人保護她，而桑弘羊忙得焦頭爛額，沒空管雲舒，於是就帶著手下過來看看。

可雲舒卻不打算領他這個人情。她看了看那兩個穿軍甲的士兵一眼，而後面無表情地對李敢說：「多謝李大人關心，不過有墨勤保護我，想來不會出什麼事。」

「墨勤？」李敢這才向一直默立在一旁的墨勤看去，只見這個穿著粗糙麻衣的青年額頭上勒了一條兩指寬的青布帶，腳上穿著草鞋，是當下最普通的百姓打扮。
不過他目光內斂但有神，看那健碩的身形，的確像是個練家子，不過李敢以為他是普通的下等護衛，有些懷疑地說：「這次死掉的士兵武功高強，說明凶手實力更強大，只這一個護衛能保護妳嗎？」
雲舒不想讓李敢的人留在自己身邊，便說：「我還沒見過比墨勤大哥更厲害的人，李大人多慮了。」
李敢一向爭強好勝，他不信雲舒的話，笑道：「瞧不出來他這麼厲害？反正閒來無事，要不讓他跟我兄弟切磋切磋？」
雲舒用詢問的眼光向墨勤看去，墨勤明白雲舒想跟李敢疏遠的心思，便對李敢抱拳說：「請李大人多多指教！」
幾人來到外面的院子裡，李敢指向一名士兵說：「你跟他過兩招。」
墨勤站在一邊沒動，只說：「讓他們兩個一起來吧。」
李敢譏諷地笑了一聲，認為墨勤不自量力。他帶的士兵雖不是期門軍中最厲害的，但也是上等士兵，在戰場上一個可以當五個甚至十個普通士兵用，墨勤一個不入流的護衛，竟然敢藐視他們！
李敢心想墨勤這麼狂，給他一點教訓也好，於是讓兩名士兵一起上場。
雲舒覺得這個切磋沒什麼意義，她很信任墨勤的能力，於是在屋內繼續收拾衣服，只是時不時抬頭向窗外看一眼。

兵器的撞擊聲響起，大概過了五、六招的樣子，墨勤一拳又一腳，直接把兩名士兵踢飛，手中是他還沒出鞘的劍，以及從士兵手上收繳來的刀。

「廢物！」李敢有些難以置信，也有些動怒。輸贏雖然是尋常事，但他沒料到這兩人竟然輸得這麼慘！幾招而已，他們兩人就被對方收繳了兵器，真孬！

李敢二話不說，直接從一旁跳下場，對墨勤說：「倒是我小看你了，來，咱倆切磋切磋！」

雲舒從屋內走出，阻攔道：「墨勤一介平民，哪敢跟李大人動手？李大人別開玩笑了。」

雲舒怕李敢在墨勤手上輸得太慘，在手下面前丟了顏面。但李敢哪裡聽得進去，他對著雲舒擺擺手說：「男人間的事妳別管，武場之上靠實力說話，來！」

墨勤還算比較尊重李敢，將劍拔出劍鞘，亮了武器，不像之前那一場，到結束都沒亮劍。

李敢也從腰間拔出軍刀，兩人致禮後如猛獸一般撲向對方。

墨勤從小學的就是近身搏擊和劍法，而李敢從小學的是兩軍之間的戰術、兵法，以及戰場上的拚殺和騎射。

這次切磋，墨勤顯然占有優勢，不過二十多招，李敢就已完全被壓制。李敢好歹是飛將軍李廣親自調教出來的，憑著那一股視死如歸的狠勁和韌性，他竟一直堅持到四十多招，然而到最後軍刀還是被墨勤踢飛了。

李敢感覺到墨勤其實有所保留，並沒有出狠招讓他輸得很難看，既已如此，他不好說什麼，撿起軍刀後，對墨勤說了句「好功夫，在下佩服」，便帶著士兵走了。

雲舒看著李敢離去的背影鬆了口氣，這下子他以後應該不會再來找自己了吧，畢竟男人都很在意在女人面前丟臉的事。

墨勤走回雲舒身邊時，雲舒送上一杯水給他，笑著說：「墨大哥真厲害，辛苦你了！」

墨勤笑著喝了水，而後繼續站到一旁，看雲舒收拾東西。

大公子晚上回來的時候，一臉倦容，他忙了兩天一夜，絲毫沒有休息，讓雲舒看得格外心疼。

來到大公子房中，雲舒幫大公子脫去輕甲，換上寬鬆的常服，大公子這才覺得渾身輕鬆，坐下來開始吃飯。

「妳吃過了嗎？要不要一起吃一些？」大公子問道。

雲舒搖搖頭，她早已吃過，這會兒在一旁看著大公子，也覺得很好。

大公子一面吃飯，一面說起今天的事來。

「死去的侍衛是我的一名暗羽，我要他在歲寒園監視卓成，沒想到卻命喪他手。看來，卓成變厲害了。」他擔憂地看了雲舒一眼，說：「不過妳別擔心，這次我一定要好好保護妳！」

說著，大公子態度堅定地握住雲舒的手。

雲舒反握住大公子的手說：「我也不再是以前的我，我現在已經不怕他了。既然無法避免，那麼我會做好準備，與他全力一戰。」

兩人的手緊緊相握，溫暖著彼此。

雲舒微笑道：「其實……要認真對付卓成，還是有些辦法，我有這個自信。」

雲舒心境的成長與轉變，大公子能感覺到，她懂得培養手下人才、懂得編織交際網、懂得利用……

大公子一向都認為雲舒是個聰明的女子，現在聽到她能自信地說她已能對付卓成，大公子覺得十分寬慰，卻也有些失落。他忽然有些怕雲舒成長得太快，若有一天，她不再需要依靠他，他該怎麼辦？

第六十七章　穿針引線

大公子回長安的第一件事，便是去韓家探望桑招弟。

因是較為正式的拜訪，桑家的老夫人、二夫人都一起來了，韓家也準備了宴席，讓兩家人一起熱絡熱絡。

老夫人和二夫人在探望過桑招弟，拉著她的手叮嚀了幾句注意身子的問題後，便由韓夫人陪伴去花廳，坐下來喝茶敘話。

大公子叫雲舒來到桑招弟房中，這裡只剩他們幾個年輕人，更為自由輕鬆。

桑招弟雖然看起來跟以前沒兩樣，但因為是雙身子的人，在韓嫣的呵護下，顯得格外嬌弱。她坐在榻上，看著大公子與雲舒這一雙人走近，眼中雖有歡愉，但更多的，卻是擔憂。

大公子向雲舒表白的事情，韓嫣已經告訴桑招弟，桑招弟既為弟弟高興，也為他們兩人感到憂心。

大公子手中提著一個盒子，是給桑招弟和未來外甥的禮物，他來到桑招弟面前，把盒子打開，取出裡面的一對母子連心鎖說：「姊姊，這禮物是雲舒挑的，送給妳和我未來的外甥，願你們平安康泰！」

那一對金鎖十分精緻，鎖邊雕有祥雲的圖案，下面還掛著幾個小金鈴。

桑招弟命丫鬟把禮物收起，招呼他們兩人坐下。「都是自家人，還客氣什麼？你多來看看我，我就很高興了。」

大公子有些興奮，坐下之後就問：「先生有沒有說是男孩兒還是女孩兒？」

桑招弟被他逗樂了，笑著說：「這才幾個月，哪能知道是男是女？」

雲舒也在旁邊笑著說：「陸先生說要五個月後才能診斷是男是女，韓大人不急，大公子倒急成這樣了。」

韓嫣摟著桑招弟說：「不管是男是女，我都喜歡！」

雲舒見韓嫣對桑招弟這麼好，對他越發滿意。在古代能夠沒有男尊女卑的思想，多麼難得。

桑招弟卻有些憂心地說：「一定要是男孩兒，你是獨子，又不肯再娶，若生不出兒子，我無顏面對列祖列宗。」

韓嫣捏著桑招弟的手說：「這有什麼？韓家又不指望我傳宗接代，咱們自己過得好就行了。」

韓嫣雖是獨子，但他們家這一脈卻不是韓氏的嫡房，他沒有祭祀和傳承的壓力。

韓嫣能這麼體貼桑招弟，旁人看了都覺得幸福，只是桑招弟畢竟傳統守舊一點，不管是為了韓嫣或是為了自己，還是更喜歡兒子一些。

坐下聊天沒一會兒，桑招弟就開始犯睏。

大公子看她精神不濟，緊張地問道：「姊姊身體不舒服嗎？要不我讓陸先生住到韓府來照顧姊姊？」

桑招弟忙擺手說：「沒有不舒服，就是睏得厲害，總有睡不完的覺，你就別煩勞陸先生了。」

「那姊姊趕緊休息，我們不吵妳了。」說完，大公子便起身要告辭。

桑招弟對韓嫣說：「你帶他們去園子裡走走，我躺一會兒，等用膳的時候，我再去找你們。」

韓嫣點了點頭，讓丫鬟進來伺候桑招弟。

大公子和雲舒隨韓嫣一起走到後院散步，夏天有點熱，韓嫣便選了處臨水的亭子，命人擺上瓜果，幾人在那裡坐下。

雲舒見池子裡有一群色彩非常豔麗的紅鯉魚，便抓了一些果子，到水邊餵魚。

韓嫣看了十幾步之外的雲舒一眼，而後湊到大公子身邊，對他說：「你姊姊昨晚知道你們的事情後，擔心了一整晚，怕老夫人和岳父那邊不會同意。她的意見，是要你娶個大戶小姐，再把雲舒納進門，只要正妻選個性子柔和的，又有你疼愛雲舒，哪怕她做小，也不會受什麼苦。倘若你執意娶雲舒做正妻，只怕要鬧翻天，雲舒也不會好受。」

大公子聞言沈默，只抬眼靜靜看著雲舒。

良久，大公子才說：「讓奶奶和爹同意我跟雲舒的婚事，也不是完全不可能，只是時機未到，現在不能讓他們知道。你和姊姊，得幫我們多瞞一段時間。」

韓嫣拍了拍他的肩膀，又說：「這個自然，我們不會亂說的，只是……你真有法子？」

大公子點了點頭說：「還記得我從婁煩帶回來的馬鐙和馬鞍嗎？那是雲舒弄出來的東

西。皇上正在下令招工匠打造，為所有騎兵都配上，等那些東西上了戰場，打了勝仗，我就會幫雲舒請功……而且，我想讓雲舒認薛澤為義父，到時候有了身分，什麼都好說。」

韓嫣大驚，難以置信的問道：「平棘侯薛澤？」

平棘侯薛澤是高祖功臣廣平侯薛歐的孫子，此人頗有才學，但是卻信奉「中庸無為」的行事準則，不朋不黨，靠著朝廷的俸祿和祖上的蔭庇，過著十分安定的生活。

韓嫣乍聽到薛澤的名字，十分不解，不知道桑弘羊怎麼跟平棘侯扯上關係，更不解為什麼會選中這樣一個沒有交集的人。

不過再一細想，韓嫣就明白了桑弘羊的用意。

平棘侯薛澤此生最大的不幸，就是中年喪子，他唯一的兒子薛沁在二十歲時病故，薛沁當時雖已娶妻，卻沒留下任何血脈。如今薛澤膝下無人，正因如此，桑弘羊才選了他。

韓嫣十分擔憂地說：「薛澤此人十分不容易親近，縱使你有意，他又怎麼會願意認雲舒為義女？」

大公子淡然一笑，說：「有一點機會……」

韓嫣還要追問，可雲舒已餵完魚，轉身走了回來。

大公子低聲對韓嫣叮囑了一句：「此事暫且不要告訴雲舒，等我有七成把握，再跟她說。」

韓嫣自然答應下來。

「你們在聊什麼呢？喊你們過來看魚你們也不理！」雲舒說道。

大公子不答反問：「什麼魚這麼好看，把妳迷得在那邊待了那麼久。」
雲舒笑著說：「裡面有條白色的鯉魚，它太厲害了，我想給周圍的紅鯉魚餵些東西吃，誰知全被那條白鯉魚搶光了，我投到哪兒，它游到哪兒，完全沒辦法。」
大公子跟著笑道：「它也不怕撐破肚皮！」
沒多久，有丫鬟過來請他們去宴廳，說是要開飯了。
韓嫣問桑招弟過去了沒，丫鬟說已有人去請她了，他們三人才向宴廳走去。
雲舒眾人走到宴廳時，老夫人跟韓夫人正聊得開心，大公子上前去向韓夫人見禮，老夫人就拉住大公子的手對韓夫人說：「我這孫兒，什麼都乖，可偏偏在婚事上讓我不省心。親家夫人認識的人多，幫我留意些，若有什麼合適的，就告訴我。」
韓夫人當年被韓嫣折騰得夠嗆，知道孩子婚事沒著落有多讓人操心，便應下老夫人的話。「放心，我一定會幫您物色物色的。」
老夫人高高興興入席坐下，大公子卻百般不是滋味，入席後一直打量位居末席的雲舒，見她似是沒聽到老夫人和韓夫人的對話，他才略微放心。
只是，宴廳不算大，雲舒又怎可能沒聽到那番話？
但她不能有所表現，大公子雖喜歡她，可這件事還不能對桑家的人說，在外人面前更是要遮掩，這種不能見光的感覺，讓她很難受。
不過雲舒又想到，這點難受算什麼？一切才剛剛開始，若連這一點都受不住，當初又為什麼要接受大公子的表白？

悄悄安慰著自己，雲舒的心漸漸豁然開朗。

從韓府出來，雲舒直接去了弘金閣，大公子則陪老夫人和二夫人回家去。

雲舒離開了幾天，雖有大平幫忙處理，但有些非得她決定的事，都積累了下來。晚上有桑家小廝請雲舒回去用膳，她都推辭了，一直忙到深夜。

一盞豆燈在帳房裡閃著微弱的光，雲舒手中的小算盤打得噼啪亂響，好不容易才把帳都做完，她伸了個懶腰，這才覺得好餓。

「墨大哥！」雲舒知道墨勤一定在房外等她，便揚聲喊了一下，誰知推開門的卻是大公子！

「大公子怎麼來了？」雲舒訝異地問道。

大公子走到她身邊問道：「見妳這麼晚還不回去，就過來看看。事情都做完了嗎？要不要我幫忙？」

雲舒搖頭說：「都做好了，我正準備喊墨大哥鎖門回去呢。」

「嗯。」大公子將雲舒從榻上拉起來，雲舒原本盤腿坐在榻上，空腹忙了這麼久，起身時突然眼前一黑，整個人站不太穩。

她搖晃了兩下，猛然抓住大公子的手，倒在了他懷裡。

大公子大驚，忙問道：「怎麼了？雲舒！」

雲舒閉著眼睛搖手說：「沒事沒事，起來得太猛，頭一下子暈了。」

大公子把雲舒攬在懷裡說：「要不我跟爹說一說，讓妳把帳房總管的職務辭了吧，何必這麼辛苦？」

雲舒睜開眼睛，急忙搖頭說：「不行不行，我每天有點事情做，生活才有意思，只不過這幾天積累的事情多了，偶爾累這麼一次，不要緊的。」

見她堅持，大公子也不再多說，便牽著雲舒的手回桑府。

路上，大公子突然跟雲舒提起一件事。「阿楚很想進宮做醫女，陸先生也求到我面前，要我想辦法把阿楚送進宮。」

雲舒怔住了。沒想到……阿楚還是選擇了入宮這條路。

大公子分析道：「我想了想，若阿楚就在家裡跟著父親，等大了，擇戶差不多的人家嫁為人婦，這一輩子也就這樣過去。若進了宮，憑陸先生教她的醫術，以及她的聰慧，說不定能成為女醫官，出宮後也能嫁個好人家。這件事對她來說，是好事。」

雲舒知道大公子說得有道理，可她很怕阿楚進去會有危險。「她還小，皇宮規矩多，進去萬一犯錯被人欺負怎麼辦？阿楚雖不是桑家的女兒，可從小在桑家長大，也是小姐般養著，從沒受過苦的。」

大公子解釋道：「這點不用擔心，阿楚跟著陸先生去過幾次館陶長公主府，大公主見阿楚聰明伶俐，很喜歡她。若阿楚要入宮當醫女，還要借助館陶長公主幫忙，到時候有皇后在宮內照顧阿楚，想來無恙。」

雲舒心中盤算了一下，近些年後宮還是陳嬌的天下，縱使劉徹現在很喜歡衛子夫，但在衛子夫生下兒子之前，後宮一直是陳嬌說了算，阿楚若真有皇后罩著，自然不用擔心。

不管阿楚要走哪條路，那都是她的前程，雲舒縱使擔心，也沒道理去阻攔她，何況現在裡外都安排妥當，雲舒便同意了。

「可是有一點……」她一直以來最擔心的事情，必須先跟大公子說清楚。「館陶長公主和皇后之所以青睞陸先生，是希望陸先生能治好皇后的身子，讓她懷上龍嗣，可是皇后注定終身無子，若皇后怪罪下來，對陸先生翻臉怎麼辦？」

「皇后終身無子？」大公子很奇怪雲舒怎麼能說出這樣確定的話來。

雲舒自知失言，趕緊說：「我的意思是……皇上和皇后成親這麼多年，要能懷上的話，早懷上了，萬一皇后不能生，怪到陸先生頭上怎麼辦？」

大公子淡然地笑說：「縱使皇后生不出孩子，她也有需要陸先生和阿楚幫忙的時候，這點妳就不用擔心了。」

雲舒聽了這些話，陷入沈默。

只要陸先生父女還有利用的價值，皇后就不會對他們下手嗎？若以這個角度為出發點，那麼雲舒真的很難想像，阿楚以後進宮，會被皇后怎樣利用。

太醫院，那是個敏感而危險的地方啊……

大公子早就知道告訴雲舒後，她會擔憂個沒完，不過有些事他已決定，眼下只能勸雲舒接受。

「館陶長公主明天下午會光顧弘金閣，到時候我也會過來，妳把館陶長公主請到後院休息，我有事要跟她商量。」

自從竇太皇太后去世，竇家衰敗後，劉徹最恨的人，就變成陳家。大公子是劉徹的人，劉徹絕對不允許自己的人跟皇后一族有任何牽扯，所以跟館陶長公主會面，大公子顯得格外謹慎。

雲舒好奇地問道：「您怎麼知道館陶長公主明天下午會來弘金閣？」

大公子輕輕一笑，說：「還不是因為妳！平陽公主買了弘金閣的玉飾，而後就懷孕了，這個消息傳到隆慮公主耳中，她也當真，便從弘金閣買了玉送給皇后。館陶長公主自然曉得這件事，便向陸先生打聽，陸先生巧妙地圓了這個說法，於是館陶長公主就說明天下午要來弘金閣，親自挑選玉器送給皇后。」

雲舒沒料到一件巧合之事，竟然會引起這麼大的反應，若再來幾個人懷孕，弘金閣的玉豈不是成了「求子玉」？

「陸先生怎麼跟館陶長公主說的？若皇后沒懷孕，可不能怪咱們的玉不好啊！」雖然弘金閣可能因為這樣而賺大錢，但雲舒還是有些擔心。

大公子說道：「妳還不了解陸先生？他是個穩妥的人，自然沒有一口保證會得子，只說玉石本就有調理經絡、疏通臟腑的功效，戴一戴，沒有壞處。」

聽大公子這樣說，雲舒才稍稍放下心來。

果然，翌日下午，兩排侍衛開路，引著一輛豪華的馬車停在弘金閣門口。

館陶長公主是皇后之母、皇帝的姑母，地位絲毫不比太后差。

羅三爺緊張而又興奮地清了弘金閣的場，然後將店裡所有珍寶都擺出來，供館陶長公主挑選。館陶長公主都挑些自己喜歡、寓意吉利的物品，絲毫不在乎價錢，讓羅三爺高興得合不攏嘴。

雲舒適時對羅三爺說：「倉庫裡還有一批剛剛製作好的新貨，還沒來得及運到店裡。羅三爺不如請公主去店裡歇一歇，再派人將那批貨運來，到時候再讓公主選一些。」

來了這麼大一個買主，羅三爺自然點頭同意，一面讓人請公主進去歇息，一面差人去運貨物。

待館陶長公主聽說還有新貨，便在後院稍作歇息，等他們把好貨送過來。她剛坐下沒多久，就有人在門口向她請安，她抬頭一看，訝異道：「桑侍中？」

對於這個耗費大量家財為劉徹修繕上林苑的侍中，館陶長公主有所耳聞。最早聽到桑弘羊的事時，館陶長公主只覺得他瘋了，花盡祖輩賺的錢，只為了給劉徹修個玩鬧的場所。

可後來她接二連三得到消息，劉徹不斷利用皇權為桑家的生意疏通關係，不僅在長安開了金店，而且在鑄幣、鐵鹽、茶葉、米油、礦場等諸多生意上，也對桑家多有照顧。

做這些生意，官場上沒有人照拂是不行的，可誰能有直接被皇上關照的桑家厲害？依目前的發展態勢，桑家很快就會把修建上林苑的錢成倍賺回來！

此外，劉徹對桑弘羊十分器重，他在官路上的前途也不可限量。對於聰明而有前途的後生，館陶長公主向來都不會拒他們於千里之外，反而會和藹地與他們打招呼。只不過，桑弘羊在這個時候與她在這個場合碰面，為的是什麼呢……？

就在大公子與館陶長公主會面時，倉庫的玉器已經送了過來，羅三爺命人將玉器挑揀出來，準備捧進去給館陶長公主看，誰料雲舒攔著他說：「大公子在裡面呢，等一會兒吧。」

羅三爺也是個人精，兩人交換了幾個眼神，他已明白了一些，忙讓眾人退下，連端茶倒水的人都不准他們靠近打擾。

過了約莫半個時辰，館陶長公主才和大公子從後院出來，館陶長公主看起來很是高興，想來跟大公子相談甚歡。

館陶長公主出來後又挑選了幾件玉器，準備結帳回府時，大公子卻免了她所有單子，將滿滿兩箱、價值千兩的玉器全送給了館陶長公主！

羅三爺愣住，雲舒也傻了，眾人都以為是個大客戶，誰料錢沒賺到卻賠了這麼多貨。

雲舒雖知道大公子是有求於館陶長公主，卻沒想到他下這麼厚的血本。

送走館陶長公主後，面對羅三爺的震驚和雲舒的不理解，大公子只是淡笑著說了四個字——「來日方長。」

雲舒只好努力淡化那千兩銀子帶來的震驚，把它看成一種投資，等著它日後的收益……

館陶長公主上車之後，從低笑漸漸笑出了聲。

一旁的貼身侍女被她這種笑法弄得有些莫名，便輕聲喚道：「公主……」

館陶長公主收了笑聲，說：「給皇后送個信，我明天進宮看她。」

「喏。」

最近館陶長公主和皇后很頭疼，因為衛子夫極為受寵。劉徹寵愛衛子夫，幾年如一日不曾改變，讓皇后嫉妒得快發瘋了。

在劉徹還未親政時，館陶長公主對尚是宮女的衛子夫出過手，弄掉她一個孩子。可衛子夫現在貴為夫人，在太皇太后去世後，館陶長公主在後宮的勢力日漸縮小，皇后母女很怕衛子夫生下皇長子，在這種無人可用的情況下，桑弘羊找到了她，為她們送來了一個醫女。

這還不是最讓館陶長公主高興的，最讓館陶長公主滿意的，是桑弘羊本人。他向館陶長公主示好，那便是向皇后示好。一直以來，館陶長公主都認為劉徹身邊的親隨不可能被自己利用，沒想到，這個最有用的人自己送上門來了！

第六十八章　拒絕賜婚

在平陽公主府中，穿著便衣的劉徹，正在平陽公主劉嫖房中探望她。

平陽公主穿著寬鬆的紅色衣衫，靠在床邊說：「徹兒，這次你舉辦宴會，姊姊沒有去，你不會怪姊姊吧？」

劉徹忙搖頭說：「朕是這麼不講理的人嗎？皇姊有了身孕，自然該好好休養，怎麼能讓妳四處奔波？宴會年年都有，姊姊的身子卻不一樣，要好好保重才是。」

劉嫖聽了非常高興，一隻手撫摸著自己的肚子說：「徹兒知道體貼人了。」

劉徹怪不好意思的。「朕以前難道對皇姊不好嗎？姊姊府上可缺什麼東西？只管跟朕說，朕讓人送來。」

劉嫖眉眼轉動，忽然想起一事，便說：「東西我倒不缺，只是有一事，我要求徹兒作個主。」

劉嫖不輕易開口求人，劉徹微微有些驚訝，問道：「是何事？」

「徹兒還記得蔚兒那孩子吧？自從奶奶去世後，她一直跟著我，如今她也大了，該嫁人了。前段時間，我從她口中探聽到，她似乎對桑侍中頗為心儀，徹兒不如做件好事，成全了他們兩人吧！」

劉徹沒料到是這件事，頗為驚喜地說：「哦？還有此事？」

劉嫖笑著點頭。

劉徹很是開心，他本就對桑弘羊不娶妻的事情很發愁，若他真的跟劉蔚情投意合，就太好了。「行，這事就包在朕身上！」

這一日，大朝過後，劉徹將桑弘羊單獨留在宣室殿。

大公子以為劉徹單獨找他是有事要吩咐他做，於是安靜地候命，誰料劉徹開口第一句話卻是：「桑愛卿，聽說你跟臨江翁主認識？」

大公子不明白劉徹怎麼突然提起臨江翁主，十分疑惑而不確定地說：「臨江翁主曾隨平陽公主光臨過弘金閣，我恰巧在店中，有過一面之緣，倒也算不上認識。」

劉徹覺得他很含蓄，於是追問道：「你覺得我這個姪女如何？」

大公子心裡的警鐘響起，忙說：「臨江翁主乃金枝玉葉，非我等能夠隨意評論。」

劉徹笑了笑說：「這有什麼不能評論，有人請朕為你和臨江賜婚，不知道你是否珍視臨江，朕怎麼放心把她交給你？」

大公子心中大呼「不好」，竟出了這樣的事！

「皇上！微臣出身低賤，配不得臨江翁主這等金枝玉葉，望皇上為臨江翁主另擇佳婿。」大公子趕緊跪下說道。

劉徹臉色變得不太好看，聲音低沈地問道：「你莫非是嫌棄臨江的出身？她雖然是無父無母的孤女，但也是宗室之女，你娶了她，斷然不會折辱你的身分。」

「微臣不敢！」大公子頭上微微冒出冷汗，這種事情若不解釋好，劉徹只怕對他會有成見，於是便斟酌道：「微臣並非勢利小人，斷不會因為臨江翁主父母早亡而看輕她，但微臣正是為臨江翁主著想，才不願答應此事。皇上您也明白，感情之事勉強不來，如果微臣勉強娶了臨江翁主，那就是兩個人一生的悲哀。」

這句話戳中劉徹的弱點。

劉徹當初為了皇位，依父母之命娶了陳嬌，兩人磕磕絆絆數年走到今天，不光沒有日久生情，還磨光了早年積累起的親情，想來他也覺得心寒。

劉徹再一回味，此事由平陽公主提起，只怕是臨江一個人一廂情願。他細細琢磨道：「桑愛卿，你至今不願娶妻，究竟是何緣故？」

大公子不願欺君，但也不能不回答，若他一味隱瞞，萬一皇上又要賜婚，那該如何是好？

思來想去，大公子只得說：「微臣已有意中人，只是……因為各種緣故，一直未能成親。」

「哦？還有你搞不定的事？是哪家小姐，說來與朕聽聽！」劉徹來了興致。

「皇上……」大公子頗為無奈地說：「此事還未能有頭緒，微臣怎能隨意說？」

劉徹倒也乾脆。「罷了罷了，反正朕想喝你的喜酒，你別讓朕等太久了。」

大公子笑著說：「微臣謹記，一定儘快！」

說完這些，大公子想起有正事要說。

他原本就有要事要稟報給劉徹，於是上前彙報道：「皇上，那件事……晴川暴斃在上林苑一事，微臣已查出一些端倪。」

對於暗羽成員之死，劉徹十分關心，畢竟暗羽是他精心挑選培養出來的暗衛，若有人能隨意斬殺暗羽，對他來說自然是極大的威脅。

「查出什麼了？」劉徹收起說笑的神情，認真地問道。

大公子凝重地說：「依晴川的死狀和傷口分析，他是被人從背後勒住，一劍封喉。晴川的武功，皇上也很清楚，斷然不可能在有人靠近的情況下，一點反應都沒有，而且還是一招斃命！依微臣推測，只有一個可能——凶手是熟人！」

劉徹的眉頭擰緊了，這種結論比有一個武功高強的高手還要可怕，內部人員竟然出了問題！「可有盤問眾人當晚都在做什麼？」

大公子說：「各院落鎖之後，並未有人出入，唯有期門軍巡查之人，有出勤紀錄。當晚各隊並沒有缺人，只是有一事……」

「什麼事？」劉徹追問道。

大公子目光閃爍，似是有難言之隱。

劉徹正色說道：「殿中只有你與朕二人，在朕面前，還有什麼話不能說？」

大公子低聲說道：「那晚衛大人曾單獨離開過半個時辰，他說衛夫人找他有急事，他奉命前去。因是衛夫人幫他作證，微臣也不好深究。」

劉徹聽了以後，雙手的五指漸漸收攏，在桌面上捏成了一個拳頭。

過了好一會兒，劉徹突然笑道：「哦，朕記起來了，那一晚子夫招衛青前來，朕也知道，你不必再多追究此事了……」

大公子應聲退下，心中卻敲著細鼓……

劉徹最後說的話，分明就是在替衛青掩飾，他是知道真相，還是無條件地信任衛青？

不管是哪一種結果，他都要再思量思量……

在古老而淳樸的古代，名人效應的作用相當明顯。

在平陽公主、臨江翁主、隆慮公主、淮南翁主、館陶長公主甚至皇后都用了弘金閣的飾品後，弘金閣一躍成為長安貴婦小姐購買首飾的首選品牌。

雲舒每天忙碌個不停，幫眾人推選首飾並整理帳務，偏巧時常有貴人邀她過府小聚。有的是送首飾上門，有的是訂做首飾，還有淮南翁主這種……純粹屬於沒事添亂，非要雲舒過去看她新做的幾身衣服。

淮南王的封地雖遠，但他在長安置有房產，劉陵正是住在淮南王府別院中。

雲舒被淮南王府的僕婦領入綠意盎然的小院中時，劉陵正在三、四名女子的服侍下更換衣服。

劉陵見雲舒來了，忙招手說：「雲舒快來，看我的留仙裙和高腰裙！」

這兩樣裙子都是依照雲舒所說的樣式來做，劉陵很怕有哪個地方做錯了，非要讓雲舒看看。

這兩件樣式雖是新樣子，但一點也不難，雲舒看了看，並沒有做錯，只是覺得劉陵選的顏色頗為大膽。

劉陵做了一件翠綠色的留仙裙，上面配了紫色的上衣；高腰裙則是做了一件大紅色的，配了黑色滾金邊的上衣。

「好不好看？」劉陵像是很希望得到雲舒讚美似的。

雲舒自然笑著點頭說：「好看，只是顏色太華麗了一些，不適合平日穿，若是參加宴會，倒是不錯。」

劉陵嘴角一揚說：「我正是要進宮赴宴！若皇上還敢說衛子夫是最漂亮的女人，我定然不依！」

咦？劉陵怎麼跟衛子夫爭風吃醋起來了？雲舒心底起疑，但也未追問。

劉陵試穿新衣正高興著，突然有僕從隔著竹簾在外稟報有傳信送到。

劉陵伸手接過信箋，看完後氣得把竹簡摔在地上，穿著竹簡的藤線被摔斷，竹片散了一地。

雲舒嚇了一大跳。好傢伙，劉陵喜怒無常，情緒變化得也太快了些吧！

劉陵對竹簾外的僕從吼道：「帶下去、帶下去，不管他是留在長安還是回淮南國，總之別讓我再見到他！」

外頭的人輕聲應下，然後躡手躡腳地退下。

劉陵氣得在房內走動了好幾圈，這才把嘴一噘，坐在雲舒面前說：「出了一點事，讓妳看笑話了。」

雲舒微笑道：「若能為翁主解難排憂，是我的榮幸。」

劉陵想了想，說道：「其實這事妳也知道一些，就是上次在上林苑，皇上突然派人抓我身邊一名叫『晉昌』的文士，說他是逃犯。我原本不信，與皇上大鬧了一場，誰知我那文士當晚就逃跑，把自己的罪名給坐實了，讓我在皇上面前丟盡了顏面。偏偏晉昌他跑回來找我，我原本想把他攆回淮南，誰知我父王卻堅持要我把他留在身邊，氣死我了！」

晉昌……就是卓成吧！

雲舒思索了一番，對劉陵說：「翁主不必生氣，此人既然畏罪潛逃，說明他心中有所懼怕，但他敢回來找您，則表示他有所倚仗，再看淮南王的反應，即可說明，淮南王早就知道他是待罪之身，並打算掩護、收留他。能讓淮南王冒險至此，足以說明晉昌此人有讓淮南王難以割捨的才能。既是如此，翁主怎不先見一見他再說？」

劉陵聽雲舒講得十分有理，心頭的怒氣也漸漸消了。

當初她要來長安玩，淮南王就擔心她貪玩過頭做出荒唐之事，派了幾名文士在旁輔佐。劉陵嫌那幾人礙眼，原本就不願意看到他們，更別說好好談話了。現在想來，倒是失去好好了解他們幾個人跟父王想法的機會。

「既然妳這樣說，那我就見他一面，也算是給妳面子了。來人，傳晉昌！」劉陵說道。

雲舒臉上帶著微笑，端坐在竹簾之後，看著卓成被人從院裡帶領進房中，忽然覺得好笑。這一回，卓成在明，她在暗，也不知會是怎樣的境況。

第六十九章　敵明我暗

劉陵、雲舒二人，一主一次坐在竹簾後，卓成在門口跪下，非常誠懇地向劉陵請罪。

劉陵冷哼一聲道：「你這罪人，竟敢欺瞞我，也不知你如何矇騙我的父王，竟然讓他留你在身邊數年！」

卓成致歉道：「我對王上和翁主的赤誠之心可昭日月，絕無故意欺瞞之意！往事過錯，非我能夠改變，不過日後，我定當竭盡全力為翁主分憂解勞！」

劉陵頗不以為然地笑了笑，說：「你且說說你有什麼能力為我解難排憂？」

卓成思索了一下，直起身子滿臉自信地說：「鄙人不才，對天下形勢有幾分把握，對要事走向有些推斷，對達官貴人的運勢也有一點估測。」

雲舒聽了，覺得十分可笑，卓成竟然把自己當成一個未卜先知的算命師了……

劉陵聽他這麼說，有些好奇，又有點不信地問道：「哦？那你且說說，京城裡要發生什麼大事？我的運勢又是如何？」

卓成作勢捏了捏鬍鬚，說道：「不出百日，皇上必定要調兵遣將，將李廣、程不識二位將軍調往邊郡。而翁主妳……」

他笑了笑，不再言語。

劉陵瞪圓了眼睛，問道：「我怎樣？你怎麼不把話說完？」

卓成低笑著說：「鄙人要是如實說了，怕翁主生氣……」

劉陵眉頭一揚。「你若說準了，我自然不怪你，若說不準，我要你的命！」

卓成不慌不忙地說：「翁主紅鸞星動，只是『風透湘簾花滿庭，庭前春色自多情』，翁主心中的多情人似無情，對妳多情之人，翁主又似無情……」

由於關係到自身，劉陵聽得格外認真。「你的意思是說，我喜歡的人不喜歡我，但我不喜歡的人卻偏偏喜歡我？」

卓成點了點頭。

劉陵顯得十分苦惱，並有些焦躁。她糾結了一會兒，揮手對卓成說：「你下去，若你說的兩件事都應驗了，我自會把你奉做上賓，不然的話……你洗好脖子，本翁主可不是那麼好耍的！」

卓成點頭稱是，起身退了出去。

卓成說的兩件事都是歷史有記載的，第一件調遣李廣和程不識兩位將軍去邊郡，是為明年的「馬邑之謀」做準備；第二件關於劉陵的私事，說的是劉陵和劉徹的緋聞，以及劉陵和丞相田蚡之前的隱密私情……

看了卓成的表現，雲舒大概明白他這幾年是靠什麼樣的方式存活下來，也漸漸想出對付他的計謀……

劉陵見雲舒坐在旁邊不說話，便問她：「雲舒，妳看晉昌這個人怎麼樣？」

雲舒笑著搖頭道：「我不懂這些，哪裡看得出來呢！」

劉陵想想也是，雲舒不過是個生意場上的管事，也不是什麼都懂，便說：「那妳先回去吧，我晚些時候還要進宮一趟，今天要妳過來陪我試衣服，耽擱了許久，改天我再去找妳玩。」

雲舒施禮退下，回到弘金閣繼續忙碌，同時派出大平，要他聯繫胡壯，盯好田蚡一家人。

傍晚宮中傳出信來，大公子要幫皇上張羅家宴，不能回來用膳，要雲舒陪老夫人和二夫人先用。

雲舒回到桑府，服侍老夫人和二夫人用過晚膳，依然不見大公子回家，看來這個皇家晚宴開得十分盡興。想到劉陵急著穿新衣跟衛子夫比美，也是為了吸引劉徹的注意力吧？

雲舒原本以為劉徹跟自己姑姑的女兒結婚已是近親，現在想想，劉陵和劉徹可是堂兄妹，更瘋狂！

龍首原的未央宮中，燈火輝煌，一片光明。

承壽殿中，陸陸續續來了不少人在長安的皇親國戚，淮南翁主、平陽公主還有臨江翁主等人悉數到場，只是皇上、皇后、太后三人還沒到臨。

「太后娘娘、皇上、皇后娘娘駕到！」

聞音，眾人紛紛入席，分列兩側跪坐並低頭彎腰恭迎三位正主大駕。

王太后大病初癒，臉色微微有些蠟黃，但喜慶的深紅色衣服為她的臉色添了幾分紅潤；劉徹穿著黑紅相間的袍服，皇后陳嬌則穿著明黃色漢服。

他們三人在上席坐下之後，晚宴正式開始，有樂工敲著鐘磬奏樂，宮女則靜悄悄地上菜，也有人出列上前問候太后安好。

酒席之中，劉徹與劉陵頻頻往來，又與平陽公主說悄悄話，惹得陳嬌妒恨不已，特別是她最近聽說了不少劉徹、劉陵堂兄妹倆之間的荒唐緋聞……

少年之時，劉陵與劉徹牽手、擁抱，毫不避諱。劉陵有次落水，劉徹去救她，反被劉陵拉下水一起戲耍，他們甚至還一起在榻上睡過午覺。

想到過往的種種，陳嬌醋意橫生，看向劉陵的目光也多了幾分厲色。

「陵妹妹，妳的酒喝慢點！」陳嬌冷笑著說：「這次妳若喝醉了，可沒有人把妳抱上床。妳醉醺醺地回去，若出了意外，要皇上怎麼跟淮南王交代？」

眾人都沒料到皇后會對一個未出閣的翁主說這種話，氣氛頓時冷了下去。

劉徹與劉陵對望一眼，心中都明白陳嬌暗指的是什麼事，一時間有些尷尬。

平陽公主適時跳出來說：「阿陵別怕，醉了有皇姊送妳回去。」

由於兩人聯合起來對付陳嬌的態度太明顯，若讓這三個女人繼續鬧下去，晚宴只怕會不歡而散，於是劉徹趕緊說：「今天是為了慶祝母后身體康復，妳們誰也不許多喝，朕待會兒還有事情與妳們單獨談談，妳們先退下去吧！」

劉陵猜到劉徹找她是為了晉昌之事，平陽公主也猜測劉徹要跟她說劉蔚的婚事，於是幾個人便熄了戰火，溫順地退了下去。

劉徹打發了那兩人，陳嬌卻依然板著臉說：「你要與她們說什麼？」

劉徹悶嘆了一口氣。陳嬌疑心極重，且醋意很大，他若不明白地告訴陳嬌，只怕她會鬧得不可開交，便簡單說明了一下。

「在上林苑死了一個護衛，此事跟劉陵有些關係，但又不能聲張，朕先問問她的話。另外皇姊要朕幫臨江說門親事，這件事不成，朕總得跟皇姊說說。」

見劉徹好言好語解釋著，陳嬌這才覺得有面子。「她們真討厭，總是給徹兒你添亂！」

劉徹見陳嬌這樣得意，嘆了一聲道：「妳們原本是姊妹，何必說這樣的話？」

陳嬌不樂意了，回嘴道：「你看看她們如何待我？像姊妹嗎？」

劉徹不想吵得下面的人都聽到，便搖了搖頭，息事寧人不再說話。

宴會完畢，劉蔚在偏殿等平陽公主，因跟她的婚事有關，她顯得格外忐忑。

而在內殿中，平陽公主難以置信地反問道：「什麼？他不願意？」

劉徹點頭說：「他有意中人了。」

平陽公主追問道：「是誰？我不信能比蔚兒尊貴！」

劉徹有點頭疼，他沒女人這麼愛追根究柢，哪裡知道是誰？「桑愛卿沒有說。」

「哼，沒有說是誰？我看他是嫌棄蔚兒無父無母吧？也不想想他自己，不過是商人出身，我是念在皇上您重用他的分上，才提起這門親事，沒想到他這麼不自量力！」

劉徹頗為偏袒大公子。「皇姊也不必多想，婚姻之事的確不可強求，妳別生氣，注意保養身子。」

平陽公主氣沖沖地從內殿走出來，看到守候在殿外的大公子時，狠狠冷哼了一聲，而後甩袖離開。

大公子身旁還站著劉陵，劉陵並不知道平陽公主這般態度所為何事，一時之間滿頭霧水。

「翁主，請。」大公子將劉陵請進去見劉徹，然後關上門重新候在殿外。

劉陵進了內殿之後，就問道：「皇姊這是怎麼了？怎麼生那樣大的氣？」

劉徹很是無奈地說：「別問了，她生氣的事與妳不相干。」

劉陵眼珠一轉，嬌嗔道：「皇上就告訴我吧！我最近時常跟皇姊走動，萬一我不小心說錯話，惹她生氣就不好了，皇上透露一點，我也好知道什麼不該說。」

劉徹身邊很多女人，但是沒一個像劉陵這般直截了當而有風情，面對她的撒嬌，劉徹經常覺得難以應付。

「罷了，此事朕告訴妳，但妳切不可外傳……」

劉陵聽後頗感到驚訝，但也沒做評論，轉而問起晉昌之事。

劉徹也不跟劉陵拐彎抹角，直接問道：「妳可認識衛青？」

劉陵突然笑了，說：「衛子夫的弟弟，從馬奴變成侍中的衛青，沒幾個人不認識吧？」

劉徹懶得跟劉陵計較言語上的細節，只問：「我是問你們有沒有交情。」

劉陵撇嘴道：「我對衛家的人沒興趣……」

劉徹想想也是，劉陵跟衛子夫見過幾面，但凡碰上了，就針鋒相對，她沒道理跟衛家的人走得親近，看來衛青救下晉昌，不是為了劉陵……

「晉昌這個人，跟衛青認識嗎？」劉徹又問道。

「這個我不知道。」劉陵對劉徹十分坦誠，劉徹也算相信她。

劉陵想了想，反問道：「皇上是不是查到什麼了？難道晉昌跟衛青有關係？」

劉徹模稜兩可地說：「還沒查清楚，所以才問妳。」

「呵呵，皇上，晉昌的事就算了吧，我也打聽過了，他早年入獄只是因為一件小事，這次他縱使做得不對，也不過是死了一個侍衛，皇上且看在我和我父王的面上，放過他吧！」

劉徹對晉昌的死活沒興趣，他關注的是衛青是否參與這件事情。「那便算了，只是別讓他到處惹是生非。」

見所求之事被應允了，劉陵高興地上前抱住劉徹的手臂，又是一陣撒嬌。

劉徹被劉陵弄得渾身酥軟，連忙推開她，清咳了兩聲說：「好了，很晚了，妳快點回去吧。」

「皇上……」劉陵依依不捨地望著劉徹，但劉徹轉過身揮了揮手，劉陵只好不甘地退了出去。

第七十章　風雨前夕

上午辰時，是街上最熱鬧的時候。正隆大街是長安的主要大街之一，此刻也是人滿為患。

一輛馬車擠在人流中，駛入了正隆大街，停在弘金閣對面一條小巷子中。

馬夫停穩車之後，坐在車轅上的僕婦轉身對車廂內小聲說道：「翁主，我這就去了。」

車簾被掀開一小條縫，劉蔚在裡面對僕婦低語道：「不要報我的名號，先問一下桑公子是否在店內，如果不在，妳就不要說什麼了。」

「喏。」

劉蔚看著僕婦走進弘金閣，拽著車簾的手，不禁有些發抖。

她看著街上人來人往，不想拋頭露面，終是放下了手中的車簾，獨自在車廂中憂傷。

昨夜，平陽公主告訴她大公子拒婚一事，悲傷之餘，她的自信和尊嚴也受到不小的打擊。

論身分，她不差，更何況，對世間男子來說，得到皇上賜婚，娶一位宗室之女，這是多大的榮耀，可她偏偏就遇到了拒婚這樣的事……

僕婦沒多久就回來了，她對劉蔚回稟道：「桑公子今日並沒有到店裡來，聽夥計說，桑公子經常在酉時到店中來和雲總管一起回家，翁主不如酉時再來吧。」

劉蔚愣住了，她問道：「夥計果真這樣說？」

僕婦老實地說：「的確是這樣說的。」

劉蔚沈默了一會兒，說：「那我們下午再來吧。」

馬車晃悠悠匯入人流中，劉蔚的心，則如同街上嘈雜的人聲一般煩亂。

忙碌了一天，雲舒伸了伸懶腰，愉悅地自言自語道：「嘿嘿，又漲了！」

大公子正巧推門進來，問道：「什麼又漲了？」

雲舒笑著說：「營業額一直在漲，長安的有錢人真多。」

她跟大公子交流時加入許多現代用語，起初大公子對「營業額」這辭彙有些不解，不過次數一多，倒也習慣了。

大公子讚嘆道：「都是雲舒妳的功勞。」

「大公子過獎啦！」雲舒淺笑道。

略微收拾了一下，兩人便一起歡喜地回桑宅。

夏日的傍晚，街道上熱氣蒸騰，兩人正迎著夕陽往回走。夕陽的威力其實不小，大公子關切地為雲舒撐起油傘，雲舒覺得很不好意思，但並沒有拒絕，低頭一笑，兩人就這樣默默並肩走了下去。

臨江翁主從馬車中看到這一幕，一顆心頓時涼得徹底。

昨夜平陽公主跟她說，桑公子拒婚的原因是有了心上人，她還不信，覺得他一定是嫌棄自己無依無靠是個孤女，今日好不容易鼓起勇氣想為自己爭取一下，沒想到他真的有心上人！

而且，那個人還是雲舒……

看到此情此景，劉蔚咬緊嘴唇，紅了眼眶。

雲舒只當今日是順順當當而又普通的一天，心滿意足地用完晚膳後，到小池軒的園中散步，拿著手中的魚食向池裡的鯉魚投食。

這個池子裡原本只種著睡蓮，大公子見她在韓府逗魚玩得不亦樂乎，便命人買了二十條上好的紅錦鯉放養在池子裡。雲舒每每用過晚膳，總會圍著小池子玩一會兒，或散步或投食，非常愜意。

大平知道她這個時候有空閒時間，就找了過來，在她耳邊說：「雲姊姊，今天有件奇怪的事。弘金閣對面的巷子裡停了一輛馬車，下午在那裡等候了兩個時辰，在妳跟大公子離開店鋪後，那輛馬車也離去了。我怕咱們店被人盯梢，於是跟了過去，妳猜那是誰家的馬車？」

雲舒搖了搖頭，大平十分神秘地說：「是平陽公主府的馬車，我看到臨江翁主從馬車裡下來了。」

雲舒頗為吃驚，反問道：「臨江？她既然來了，怎麼不進去找我？」

大平也不知道原因，稟報清楚之後便回去了。

雲舒獨自琢磨了一會兒，一直想不通，也就作罷了。

翌日一早，雲舒剛到弘金閣，就有僕婦來找她。「平陽公主請雲舒姑娘過府一敘。」

雲舒想起昨天臨江的事情，以為是臨江有事找她，於是跟著僕婦去了，誰知的確是長公主有事要找她。

雲舒被僕婦領到平陽公主的房間，侍女幫雲舒上了一杯水，而後就被平陽公主遣退下去。雲舒看氣氛嚴肅，心情頓時凝重了起來。

平陽公主笑咪咪地看著雲舒，和藹地問道：「最近弘金閣的生意還好嗎？」

雲舒恭敬地回答道：「託公主的福，最近生意特別好。」

平陽公主笑了笑，轉而問道：「最近不見妳來找蔚兒，她難得有個朋友，妳該多跟她走動走動。」

雲舒笑著稱是。

平陽公主東扯西拉，絲毫不入正題，雲舒也不急，反正是平陽公主有話要說，她就慢慢等她開口。

說了一會兒，平陽公主終於說到正題上。「雲姑娘今年也不小了吧，為何遲遲沒有嫁人？是不是因為沒有長輩作主，所以耽擱了？」

雲舒頗覺得意外，平陽公主怎麼會閒到來關心她的婚事？

之前謊稱有婚約的藉口已不能再用了，不然她跟大公子的事情一旦公開，非但不能自圓其說，還會成為別人攻擊她的理由。

略微思索了一下，雲舒說：「女孩兒家的女紅我完全不會，還成天在外拋頭露面，又是無依無靠的孤女，這樣不知家底的女子，哪有人會要……」

平陽公主笑說：「這有什麼難？只要我為妳作保，不知有多少男子會主動求娶。我看妳是個不錯的女子，若妳願意，我可以幫妳保媒。」

雲舒呆住了，平陽公主怎麼如此主動，要為她一個民女保媒?!

震驚之餘，雲舒趕緊說：「民女怎敢煩勞公主大駕，折煞民女了！」

平陽公主回道：「這有什麼煩勞？不過是一句話的事情罷了。」

雲舒微微有些焦急，她可不能真的讓平陽公主幫她保媒，可是她若硬生生拒絕，又怕觸怒平陽公主，權衡之下，雲舒只好運用「拖字訣」，說：「民女為弘金閣效力，也非完全的自由之身，事關終身，民女恐怕得回去跟家主人商議一番，免得辜負公主一片好意。」

話已至此，平陽公主便淡淡笑了笑。「好吧，妳去見見蔚兒，她知道妳來，也等著妳呢。」

雲舒滿頭霧水地辭別平陽公主，來到劉蔚居住的小院，發現劉蔚正倚著門框在等她。

劉蔚氣色很不好，眼眶深陷、面色蒼白，雲舒看了，疾步上前問道：「翁主病了嗎？臉色怎麼這樣差？」

劉蔚勉強笑道：「這幾天可能太熱了，睡不好，所以氣色差了些。」

兩人攜手走進屋內，劉蔚關切地問道：「妳跟姑姑談得怎樣？」

雲舒猜測可能是劉蔚出面請平陽公主幫她保媒，覺得劉蔚也是好心，於是笑著說：「公主要幫我保媒，可是我真的受不起，我現在還不想嫁人。」

「為什麼呢？」劉蔚有些焦急地說：「姑姑一定會幫妳找個合適的人家的。」

雲舒看劉蔚焦急的模樣，忽然覺得有些意思。她們恨不得馬上把自己嫁掉，是怎麼回事？她不嫁人，難道干涉她們了？

見雲舒不語，劉蔚又低下頭說：「其實，我願意跟妳做一輩子的好姊妹，由姑姑出面幫妳保媒，妳嫁過去一定能做正妻，這樣有什麼不好？」

雲舒愈聽愈奇怪，她與劉蔚能不能做好姊妹，與她嫁不嫁人又有什麼關係？

見劉蔚狀態不好，雲舒沒有多留，應承了幾句，又要劉蔚注意身體後，便告辭離開了公主府。

帶著滿腹疑惑，雲舒晚上將此事告知大公子。

大公子聽了，眼神急閃。

看著大公子在房內不斷踱步的樣子，雲舒意識到肯定發生什麼她不知道的事情了！「大公子，發生什麼事了嗎？為何會這樣？」

大公子停在雲舒面前，蹲下身子，與坐著的雲舒平視。「前幾日，皇上想幫我賜婚，就是和臨江翁主……我說我已有意中人，所以拒絕了賜婚。」

雲舒瞬間明白過來，她驚訝地說：「她們難道已經知道大公子和我……」

大公子點了點頭說：「看來是這樣，不然她們也不會催妳出嫁。」

雲舒皺起眉頭，她還以為劉蔚是關心她、為了她好，沒想到是因為大公子那邊無法下手，才從她這裡開刀。

雲舒又苦笑著搖了搖頭，想要清除她這個障礙，對平陽公主來說並不難，她們的做法倒還算仁慈……

大公子看雲舒臉色變了幾變，鼓勵她說：「別擔心，我會解決這件事的。」

「嗯，我不擔心，只是在想要怎麼應對……」

大公子略微安心了一點。「要與平陽公主抗衡，最佳人選就是館陶長公主，我會想辦法讓館陶長公主和皇后娘娘助我們一臂之力。」

雲舒擔憂地說：「館陶長公主和皇后娘娘怎會為了我們得罪平陽公主？」

大公子摸摸她的頭說：「雖然不容易，但也是可能，有我在呢。」

雲舒腦海中突然想起一事，她急忙抓住大公子問道：「大公子，您是不是很快就要去邊郡籌辦糧草之事了？到時候您要老爺把我調遣到邊郡吧，我想跟大公子一起，只要咱們都不在長安，平陽公主也管不著。」

雲舒的話把大公子嚇了一跳，劉徹的確在籌劃對匈奴用兵之事，所謂兵馬未動糧草先行，劉徹也的確跟他提過，要他秋天參與籌備糧草之事。軍事計劃乃是絕頂機密，這件事大公子也未對雲舒提過，怎麼她會知道得這麼清楚？

「此事妳聽誰說的？」大公子緊張地問道。

雲舒一開口就後悔了，此時大公子卻要她回答，只好胡扯道：「唔……我夜觀星象，那個……七殺星有異動，近期恐有戰事……有戰事就要籌備糧草，我便猜皇上應該會讓大公子去辦。」

大公子半信半疑地問道：「妳還會看星象？」

雲舒心虛地說：「一點點……瞎矇的……」

大公子不由得失笑，朝廷機密還讓她「矇」到了。

「妳我一起去邊郡，雖然是個好辦法，但是邊郡危險，戰事一起便兵荒馬亂，妳還是留在長安好。」

雲舒卻不依。「戰事不論大小，一興起，至少要耽誤一年時間，我實在怕出什麼事端。」

大公子考慮起雲舒的說法，也知道她的擔心並不是多餘。雲舒在長安受到多方面的牽制，並不能完全作主，若遇到難事，他遠在千里之外，遠水救不了近火，恐怕真的會出事。

來回思索後，大公子就說：「此事還不急，再讓我思考一下。」

雲舒完全相信大公子，安心地說了一句「好」，就回房了。

平陽公主府中，平陽公主歪在榻上嘆了口氣，在一旁服侍的劉蔚聽到了，忙問：「姑姑哪裡不舒服嗎？要不要叫太醫？」

平陽公主看了劉蔚一眼，頗為嚴厲地訓斥道：「妳真是不爭氣，身為翁主，竟然因為一個民女被拒婚！」

劉蔚低下頭，難過得一個字也說不出來。

平陽公主又瞥了她一下，說道：「不過妳也不用著急，這件事倒不難。」

劉蔚心中焦急，鼓起勇氣問道：「姑姑不是說雲舒不願意讓您出面為她保媒嗎？」

想到雲舒下午的搪塞之言，平陽公主已明白雲舒的意思，斷然不會天真到以為雲舒是真的要回去請示家主。

她冷笑道：「我已給了她最好的選擇，她既然不接受，就休得怪我無情了。」

劉蔚微微有些心顫，問道：「姑姑，您準備怎樣？」

平陽公主但笑不語。

第七十一章　棒打鴛鴦

夜空忽然閃過一道亮光，似乎像是要把漆黑的夜撕裂一般，繼而傳來一陣悶雷，大雨瓢潑而下。

一個灰衣漢子走在夜間的路上，大雨這樣一下，頓時把他淋成落湯雞。他一面低聲罵著，一面疾步跑到桑家前大力敲起門。

桑家的門房探出頭來，以為是要避雨的路人，正準備打發他走，誰知那人卻拿出一個竹筒說：「這是我家主人給桑家老夫人的信！」

門房聽了，連忙開門收取信件往內院送去。

因已入夜，後院快要落鎖，加上大雨，竹筒輾轉多次，才被丫鬟送到二夫人手上。

二夫人抱怨道：「老夫人早已歇下，什麼人這個時候送信過來？有沒有說是哪家的？」

丫鬟搖頭說：「許是下大雨，送信人慌張了一些，沒說清楚就走了。」

二夫人接過竹筒，拿在手中思量了一下，想不出是哪家人送來的信，好奇之下，她揭開了竹筒上的蠟封，取出裡面的竹簡……

信不長，只有三、四片竹簡，看完上面的字之後，二夫人頓時慌張失措，口中叨念著：「不得了了，出大事了，快，去叫醒老夫人！」

丫鬟見二夫人慌張，也十分緊張，傘都忘了拿，直接向春榮樓跑去。

因突然下大雨，杏雨起床檢查春榮樓各處門窗，正要回去睡下，就聽到有人大力敲著春榮樓的大門。

她披著衣服將門打開，只見一個丫鬟淋得渾身濕透，頭髮都黏在臉上，幾乎認不出樣子。

那丫鬟喊道：「二夫人請老夫人快起身，出大事了！」

杏雨看了那丫鬟一眼，沈穩地低聲喝道：「天塌了不成？夜裡大呼小叫，成什麼體統？」

那丫鬟被吼了一句，這才冷靜下來，她怯怯地說道：「杏雨姊姊……真的有急事，二夫人馬上就來了……」

杏雨淡淡道：「知道了。」

她回身將廳堂裡的油燈撥亮，而後將老夫人身邊守夜的丫鬟叫醒，命她準備衣物，這才來到老夫人床邊輕聲說道：「老夫人……二夫人有急事找您……」

老人家睡眠淺，外面吵鬧，老夫人雖未聽真切，但也醒了過來。她坐起身問道：「這是怎麼了？」

杏雨道：「奴婢也不太清楚，看樣子很急，二夫人這就來了。」

老夫人正好睡不太著，於是說：「罷了，服侍我穿衣吧。」

等老夫人穿好衣服走到外廳中時，二夫人已急得跟熱鍋上的螞蟻似的，來回亂走。

她見到老夫人之後，未來得及賠罪，便上前抓住老夫人的手說：「娘，不好了！」

老夫人活了幾十年，經歷過一些風雨，並不像二夫人這樣浮躁。她將屋內的丫鬟都遣退出去後，才喝道：「成什麼樣子？有話好好說！」

二夫人趕緊肅立，將竹簡遞給老夫人。「大公子竟然敢違逆皇上的意思，拒絕了皇上的賜婚，他這次得罪了皇上和長公主，咱們桑家完了！」

老夫人看了竹簡後也嚇了一跳，不過她沈住氣喝道：「什麼完了？弘兒豈是不知輕重之人？皇上若真生了氣，咱們還會在這裡？平陽公主還需要特地寫這封信來？」

二夫人畢竟閱歷淺了些，被平陽公主的身分和嚴厲的用詞一嚇，腦袋就懵了。老夫人拿著竹簡來回看，倒看出了一些端倪。

「皇上想必沒有生氣，但平陽公主卻生氣了，她寫這封信來的用意十分明顯啊！」老夫人說道。

二夫人也說：「平陽公主當然生氣，大公子為了一個婢女，拒絕一位翁主，娘，您說他是不是傻了？」

平陽公主的信裡沒有指名道姓說大公子喜歡雲舒，但經這一撩撥，老夫人已猜出幾分……

她對二夫人說：「去把弘兒和雲舒都喊過來。」

二夫人聽這樣一說，附和道：「啊，肯定是雲舒！這個小蹄子也不看看自己是什麼模樣，竟然勾引大公子！」

老夫人喝斥道：「多說什麼，還不去喊人！」

二夫人一連討了幾個沒趣，只好灰著臉去讓丫頭喊人來。

雲舒和大公子睡得晚，接到傳喚時，都還未休息，於是兩人一前一後來到春榮樓。

雲舒舉著傘，穿著隔水的木屐，聽著雷雨聲，好不容易平靜下來的心又起了波瀾。她有種不好的預感，老夫人深夜傳喚，肯定沒什麼好事。而這個預感在她到達春榮樓時被證實了，因為大公子正跪在老夫人面前。

雲舒克制住心中的詫異，上前向老夫人問安，但是自從跪下之後，老夫人便沒讓她起來。

雲舒和大公子就這樣跪在一起。雲舒苦笑了一下，心道：消息傳得真快，老夫人應該是知道他們的事了吧……

大公子轉頭看了跪著的雲舒一眼，似是沒有料到老夫人把雲舒也給傳了過來。

老夫人對兩人一聲怒喝：「你們好大的膽！」

老夫人老當益壯，聲音十分宏亮，把雲舒嚇得抖了一下。

大公子頑抗道：「奶奶，孫兒不知做錯了什麼事，讓奶奶生氣……」

老夫人對大公子冷笑道：「你從小到大都是個好孩子，現在竟然跟奶奶裝起糊塗！是這個狐狸精把你帶壞了嗎？」

大公子眼神一沈，大聲喊道：「奶奶！」他無法忍受有人這樣羞辱雲舒，至親也不行。

老夫人見大公子沒有一絲膽怯和悔意，就訓道：「你竟敢拒絕賜婚，得罪皇上和公主，置我們全家老小性命於不顧，對得起列祖列宗嗎？」

大公子不知老夫人聽說了些什麼，怎麼把事情看得這樣嚴重，就辯解道：「賜婚那件事，孫兒已經處理好了，並不會為桑家帶來什麼危害，奶奶不要擔心！」

老夫人問道：「那好，你說說，你為什麼拒婚？堂堂皇家之女，難道比不上這個撿回來的野丫頭？你一直對我們說，你是為了前程，所以不願草草娶親，怎麼？這個野丫頭比翁主還有本事？她能給你帶來什麼好前程？」

大公子不願雲舒聽見這些難聽的話，急忙抬頭對老夫人說：「奶奶，有什麼事，孫兒跟您說，您讓雲舒先出去。」

老夫人一言不發地盯著大公子，大公子轉頭對雲舒說：「妳去外面等我。」

雲舒看向老夫人，老夫人沒有發話，她不敢隨便動作，但這一遲疑，大公子就有點急了，催促道：「妳什麼也別想，快出去！」

雲舒見老夫人也沒阻攔，於是大著膽子站起來退了出去。

退到外面關上門，雲舒雖然緊張，卻不害怕，因為她始終相信大公子。

她嘆了口氣，遇上這樣的事，後面想必更艱難，她得堅定信心、鼓足勇氣，才能跟大公子一起走下去。

雲舒正在屋簷下幫自己做心理建設，忽然有丫鬟走過來說：「雲總管，二夫人請妳去花廳。」

雲舒向不遠處的花廳望去，那裡果然亮著燈，二夫人站在花廳前遙遙望著她。

雲舒從門邊取了把傘，走到花廳那邊，對二夫人屈膝行了一禮。

二夫人倒是笑盈盈的，並沒有為難她，而是帶著她走到花廳裡坐下。

此情此景，雲舒不敢隨意開口，只等二夫人說話。

二夫人望著她笑。「我最初見到妳，就覺得妳是個有福氣的孩子，大公子看中妳是好事，妳也別怕，老夫人不過是氣大公子拒絕賜婚之事，並不是不喜歡妳。」

雲舒用怪異的眼光看向二夫人，她怎會說出這樣一番話？

由於二夫人的反應超乎她的想像，雲舒一時之間不知如何接話，只是愣愣地看著二夫人。

二夫人又說：「既然是皇上和長公主一起作的媒，這門親事想必不會差，大公子也不知怎麼想的，怎會拒絕？聽下面的人講，大公子一向聽妳的勸，一會兒他出來了，妳勸勸他，要他去跟皇上和長公主陪個罪，把這門婚事接下。妳也不用怕翁主過了門會欺負妳，妳是我們桑家的人，翁主說不定還要倚仗妳跟下面的人處好關係呢。」

雲舒一顆心陡然被丟入寒水中，原來二夫人是把她放在姬妾的位置上，怪不得把一切說得這樣順其自然。

二夫人沒有看到雲舒表情變差，逕自說道：「哪家沒有姬妾？翁主在皇家長大，想必更明白這個道理，不會容不下妳。再說念在妳跟大公子的情分上，她也不會太為難妳，妳就等著享福吧。」

跟別的女人共事一夫，做個姬妾就是享福？

雲舒嘴角勉強一扯，對二夫人說：「大公子對此事自有決斷，雲舒不敢插手。」

二夫人眼睛一瞥，嘆道：「妳這孩子，怎麼不明白呢？結了這門親事，桑家就是長安名門，妳也變得有身分。若錯過了，大公子以後若娶個不能容人的妻，妳可要吃苦了！」

雲舒沈默不語，不論二夫人說什麼，她都只是草草應付。

好不容易等到大公子走出來，雲舒急忙走出花廳迎上去，大公子二話不說拉起雲舒的手，直接往外院走去。

外頭還下著大雨，雲舒只來得及拿了一把傘，她想幫大公子遮雨，但是他走得太急，身上全濕了。

「大公子，走慢些。你跟老夫人究竟說了什麼？」雲舒不安地問道。

大公子顯然憋著氣，也不回答雲舒，只是拉著她悶頭往前走。

一直走到大門，雲舒才覺得事情真的不妙了，焦急地問道：「我們現在到哪兒去？」

大公子不顧門房的詫異眼神，打開門和雲舒走了出去。「今晚我們先去外面歇一宿。」

大公子冒雨沿街尋找客棧，雲舒覺得不妥，對他說：「我們不如去弘金閣歇一夜，我這裡有鑰匙，帳房收拾一下，可以住人的。」

深夜去客棧，若被人看到，不論是傳出什麼樣的話，都不太好聽，大公子想了想，就跟雲舒一起去了弘金閣。

雨太大，傘太小，兩人抵達弘金閣時，身上都濕透了。

兩人來到帳房，雲舒將身上的濕外衣脫下來，在櫃櫥裡取了兩條夏天蓋的薄被。「大公子，這裡沒有可換的衣服，您把外衣脫掉，裹著被子將就一下吧。」

大公子看雲舒把外衣都脫了，只穿著白色內襯，卻絲毫不扭捏，頗感驚訝。不過想到雲舒曾經服侍過他，他也沒什麼好忌諱的，於是也把外衣脫了，兩人裹著被子，一起並肩坐在雲舒午休的臥榻上。

大公子急匆匆跑出來，想必跟老夫人談得不愉快，甚至吵架了，才會落得這樣的下場。

雲舒還沒有整理好思緒，不知從哪裡問起，大公子已開口說道：「雲舒，可能要委屈妳在外面住一陣子了。」

雨夜喧鬧，又是雷聲，又是雨滴敲打門窗的聲音。

大公子十分緊張地等待雲舒回答，他拉著雲舒從桑家跑出來，一路上都在思考怎麼安置雲舒。

老夫人知道的比他想像的多，對此事的反對也比他預料的要強烈。他已跟老夫人攤牌，斬釘截鐵說要娶雲舒為妻！

雲舒暫時不能待在桑家了，天知道老夫人會對雲舒說出怎樣的話、做出怎樣的事。

雲舒聽到大公子要她搬出來，雖然微微愣了一下，但是再一細想，卻覺得再自然不過。

老夫人質問大公子時，大公子肯定如實告訴老夫人，那麼老夫人的反應也不難想像。

看大公子像是緊張到要窒息般地看著她，雲舒笑著說：「墨大哥的師弟們曾幫我在長安尋得一處宅院，當時是大公子不讓我住外面，所以一直空置著，這次正好搬進去。」

雲舒一句句話都溫暖了大公子的心，她沒有跟他鬧，也沒有問他為什麼，只是笑著接受了這件事。

大公子忽然覺得愧疚，他握住雲舒的手，低聲說了句：「對不起……」

雲舒刻意裝出輕鬆的模樣，不想讓大公子有負擔。「大公子沒有必要說對不起，我早就想出來住了，而且我也明白，大公子是情非得已，您已經為我做了很多，我都明白。」

大公子原本擔心雲舒會生氣，沒想到事情卻這樣輕鬆解決了，這才冷靜下來思考整件事。

「知道賜婚之事的人不多，我最近正在幫皇上籌備戰事，皇上沒道理在這個時候給我添亂，這件事，一定是平陽公主告訴奶奶的。」

雲舒回想起平陽公主白天找她談話之事，也覺得大公子推斷得很正確。

「大公子，平陽公主把招數使到桑家後宅來，可見在皇上面前已沒了辦法，只要我們兩人夠堅定，平陽公主見桑家長輩也無法拆散我們，就只有放棄了，何況依劉蔚的性格，久了她也就知難而退了。」

大公子點了點頭，開心地說：「雲舒，能從妳口中聽到這些，妳不知道我有多開心。只要妳這麼想，我什麼都放心了！」

心意相通後，兩人都輕鬆了不少，漸漸靠在一起睡著了。

大公子因為要上朝的原因，早上醒得特別早，他靠著牆壁在榻上坐著睡了一晚，全身有些痠痛，剛想動一動，卻發現雲舒靠著他的肩膀睡得正熟。

大公子伸手點了點雲舒的小鼻子，見她睡得沈，於是慢慢環住雲舒的脖子，將她放倒在榻上，而後在她身上蓋好薄被，讓她睡得更舒適。

大公子穿上昨晚脫下的半乾半濕的外衣，趁著太陽昇起前趕回桑宅，逕自去了小池軒。

雲舒昨晚一去不回，丹秋等了一整晚，早上見大公子隻身前來，焦急地上前說道：「大公子，雲舒姊姊昨晚被老夫人喊去，到現在都沒有回來，怎麼辦呀？」

大公子吩咐道：「雲舒現在在弘金閣的帳房睡覺，她的衣服被雨淋濕了，妳幫她送一套乾衣服過去。另外，要墨勤保護好她的安全，最近多注意一些。」

丹秋不知發生了什麼事，只好按照大公子的吩咐，準備了乾衣服之後，就匆匆向弘金閣跑去。

第七十二章　徹底決裂

雲舒是被丹秋喊醒的，她清醒的那一剎那，有些恍惚。

「雲舒姊姊，妳怎麼睡在這裡啊？」丹秋焦急地問著。

雲舒想起昨晚的事情，坐起身問道：「咦，大公子呢？」

「大公子在家裡，是他要我幫妳送衣服來的……」頓了一下，丹秋忽然喊道：「難道說，你們昨晚一起在這裡過夜？」

丹秋臉上的表情豐富極了，有驚喜、有難以置信、有興奮，也有擔憂。

雲舒一面接過乾衣服穿上，一面說：「不是妳想的那樣，我和大公子只是坐了一夜。」

「做了一夜？」丹秋呆住了。

雲舒嘆氣道：「死丫頭，妳想哪兒去了？我和大公子坐著說了一夜的話，什麼也沒發生，我到早上才睡過去的。」

丹秋反倒紅了臉，惹得雲舒一陣發笑。「別胡思亂想了，幫我尋一下墨大哥，我有事找他。」

丹秋急忙跑出去，沒多久就跟墨勤一起來到帳房。

雲舒對墨勤說：「墨大哥，我打算從桑家搬出來，住進你之前幫我在長安找的房子，帶我去看看吧。」

突然聽說雲舒要搬出來，墨勤和丹秋都很疑惑，不過墨勤並未多問，就趁著晨曦帶雲舒看房去。

小院相對於弘金閣的黃金地段，稍顯偏遠，不過不在鬧市中，顯得比較清靜，地方也大。雲舒並不特別挑剔，看著裡面東西齊備，沒有需要修繕的，決定今天就搬。

「丹秋，妳叫上大平，回桑家把東西略微收拾一下，就搬過來吧，桑家的東西別拿，缺什麼我們再買。墨大哥幫我把虎妞和小虎帶過來，這部分可能麻煩一些，請大公子準備馬車，他會幫忙的。」

時間倉促，大家匆匆按照吩咐做事去了。

雲舒連搬家也不願回桑家看一眼，就是怕碰到老夫人或二夫人。不管她們會說什麼，雲舒都寧願聽不到最好。

可是事實偏就不如她所願……

墨勤鐵青著臉色，急急趕回來對雲舒說：「雲姑娘，虎妞出事了，妳趕緊去看看吧！」

雲舒心中一急，問道：「她怎麼了？」

墨勤邊走邊說：「她知道要離開桑家，哭著要帶三福一起，但三福是桑家的丫鬟，我們不能帶出來，此事鬧到二夫人那裡，又驚動了老夫人，現在都在小池軒等著，一定要妳過去一趟。」

之前把阿楚、三福、虎妞三個孩子一起放在吳嬸娘那裡，阿楚因為要準備進宮之事，早就由館陶長公主的人帶走訓練去了，而虎妞也因此成天跟三福膩在一起。

三福早就在桑家做起小丫鬟，虎妞此時要把她帶走，自然行不通。

不過老夫人和二夫人為了這點小事一起出現，想必也是小題大作，只是為了見雲舒罷了。

雲舒心情複雜地來到小池軒，院門口已經站了幾個丫鬟，杏雨正在其中，她目光擔憂地看著雲舒。

杏雨迎上前幾步對雲舒說：「老夫人很生氣，妳小心一些。」

下面的丫鬟大多不知昨晚那場夜審，但杏雨作為老夫人的貼身丫鬟，多少聽說了幾句，再結合今日雲舒要搬出去住的事情，她就猜出來了一些。

大概是因為她跟雲舒一樣，都是地位低的人，所以對雲舒抱有很大的同情，內心也支持她跟大公子在一起。

杏雨緊緊握了握雲舒的手，這才帶著雲舒走進小池軒，對內說道：「老夫人，雲舒回來了。」

雲舒走進小池軒，看到虎妞騎在小虎身上，停在左邊草地上，老夫人和二夫人則坐在右邊樹下，跟倔強的虎妞大眼瞪小眼，而三福則被吳嬸娘牽著，跪在老夫人面前。

虎妞見雲舒來了，頓時歡喜地大喊道：「姊姊！」

話音剛落，小虎一個虎躍，已馱著虎妞跳到雲舒面前，虎妞從虎背上跳下來，撲到雲舒身上說：「姊姊，有人要打妞妞和三福姊姊，妳幫妞妞打壞人！」

雲舒捂住虎妞的嘴，把虎妞擋在自己身後，對老夫人屈身行禮道：「雲舒見過老夫人，老夫人息怒，小孩子不懂事，您千萬別氣壞了身體。」

老夫人根本不聽雲舒說話，一個茶盞砸到雲舒腳下，水花頓時四濺。

雲舒看著碎在自己腳下的茶盞，站直了身子，冷靜地等著老夫人發話，看她究竟要怎樣。

老夫人難以置信地盯著雲舒，她竟然站得筆直，沒有跪著請罪！

老夫人原本就怒火沖天，大公子自出生近二十年來，昨晚第一次忤逆頂撞她，甚至帶著雲舒跑掉。

她想到雲舒以往做事得體的樣子，本以為雲舒肯定會哭著回來請罪，她甚至還想，只要雲舒願意保證跟大公子一刀兩斷，她就只小懲她一下，把她送得遠遠的就好，誰知一大早就接到雲舒要搬走出去單獨過日子的消息。

老夫人不禁冷笑，這小蹄子把桑家長子害成如今這般模樣，還想一走了之去外面自由自在快活？

念想至此，老夫人冷聲喝道：「妳懂不懂規矩？罪奴膽敢站著回話！來人，拖下去打二十大板！」

雲舒向來都不是桑家的奴，只是老夫人一向以奴婢的眼光看她，但雲舒並不會自甘下賤承認「奴」的身分。這不僅僅是為了她自己的尊嚴，更是為了她與大公子的未來。

看到從外面衝進來的家丁，雲舒冷冷地對老夫人說：「老夫人，我的賣身契於一年前已到期，新的契約只是勞務契約，雲舒不是桑家的人，更不是桑家的奴，您不能打我。」

老夫人氣得胸口不斷起伏，連說了三個「好」，而後指著跪在地上的吳嬸娘和三福說：「我打不了妳，難道還動不了她們？來人，拖下去，母女兩人各二十大板！」

吳嬸娘一聽，頓時抱住女兒三福，不停向老夫人磕頭求饒。

雲舒上前一步，焦急地說：「老夫人，不管您是為哪件事發怒，都與吳嬸娘母女無關，您要出氣，只管衝著我來好了，我一力承擔！」

老夫人冷笑道：「一力承擔？妳有什麼本事一力承擔？妳弄得我們祖孫離心，桑家危機四伏，弘兒前程莫測，妳居心何在？」

在場眾人漸漸聽出端倪，雲舒也十分確定，老夫人今天發難跟虎妞鬧事無關，就是為了她和大公子的感情之事。

「老夫人，大公子是我的救命恩人，我對大公子一片赤忱，怎麼可能會害他？」

老夫人順接雲舒的話說：「好，既然妳一心為他好，就該明白什麼對他有利、什麼對他不好。妳若肯就此干休，從弘兒眼前消失，我也就不計前嫌，放過妳們，否則的話，吳嬸娘、三福、丹秋，她們三人是我桑家的僕從，妳一日不消失，我就打她們一日；十日不消失，我就打她們十日，我倒要看看她們的身子禁得起多少板子！」

雲舒震驚地看著老夫人，她萬萬沒想到，老夫人會拿其他人要脅她。

她努力鎮定了一下，說道：「老夫人和我既然都是為了大公子好，有些事情，老夫人也應該知道。臨江翁主雖貴為宗室之女，可是她的生父畢竟是先廢太子！大公子欲有所為，怎能娶一個這樣背景的妻子？現在臨江翁主只是一名無依無靠的孤女，皇上自然不會把她放在眼中，可一旦臨江翁主嫁人了，皇上還能對她一直放心？」

老夫人微愣，她對這些背景知道的不多，一時被雲舒怔住，但她旋即說道：「弘兒就算不娶臨江翁主，也不可能娶妳！桑家少主母的位置，不是妳這個低賤的野丫頭可以覬覦的！弘兒一時被妳迷惑，但他能為妳抵抗到什麼時候？妳若有自知之明，就該在適當的時候，安靜地消失。」

低賤的野丫頭?!

雲舒被劈頭蓋臉這樣罵了一頓，羞辱悲憤之情溢於言表。

她在這個世界的確是無父無母、無祖無宗的飄零人，可是她憑自己本事辛苦勞作，從未覺得自己「低賤」。

她能夠理解古代封建社會的等級差別，可是她絕不允許自己的一生就這樣被人定調。

雲舒緊緊握住自己的雙手，克制著自己的情緒，她抬頭看向老夫人，輕笑了一下，說：「老夫人，我只想告訴您，不管您理解還是不理解，我會為大公子的未來前程負責；不管您同意還是不同意，我今天要幫吳嬸娘、三福、丹秋幾人贖身；不管您想還是不想，我一直會追隨在大公子身邊，直到終老。」

老夫人氣到跺腳，喝道：「放肆！妳以為妳是什麼人，能夠這樣為所欲為？」

雲舒不再與她爭論，扶起跪在地上的吳嬸娘和三福說：「妳們別怕，相信我，跟我來吧。」

吳嬸娘牽著自己的女兒，緊緊跟著雲舒，站在一旁的丹秋、虎妞也趕緊湊過來，幾人聚成一團。

「老夫人，吳嬸娘、三福、丹秋三人的贖身銀兩我過後立即送到，我想三百兩綽綽有餘了吧？」

在買丫鬟和僕婦時，就算上等的，也不過二、三十兩，雲舒用幾倍的價錢贖她們離開，的確夠了。

但老夫人顯然不是在乎錢，而是不願意放她們走。「誰准她們贖身了？妳這是搶人！她們的契約在我手上，妳別以為能把她們帶走……」

雲舒輕輕一笑，堅定地說：「我今天一定要把她們帶走。」

她說完話一轉身，桑家的家丁就圍了上來。

雲舒對墨勤說：「墨大哥，今天要辛苦你一下了。」

墨勤面無表情地點了點頭，功夫差別太大，他根本沒把這些家丁放在眼裡。

「妳們跟在我後面。」雲舒輕聲對吳嬸娘等人吩咐道。

家丁們看情況不對，蜂擁而上，墨勤劍不離鞘，三拳兩腳地打了起來。

大平聽到動靜，也從小池軒外衝了過來，護住雲舒和他的母親、妹妹以及丹秋，往桑府外走去。

老夫人看到他們強行離開，急火攻心，頓時覺得頭痛欲裂，連站也站不穩。

二夫人見狀，急忙扶住老夫人，焦急地問道：「娘，您怎麼了？」

老夫人顫抖著手指著雲舒吼道：「反了反了，氣死我了，真是氣死我了！」

雲舒擔心老夫人真的氣出病來，對門口的一個小丫鬟說：「妳去把陸先生請來吧。」

小丫鬟被院內的變故驚得不知所措，現在看老夫人氣得要暈倒，也不管是誰的命令，三兩步就跑開請陸笠去了。

用馬車將大夥兒帶回新搬的小院後，雲舒看著惴惴不安的眾人，說道：「你們別怕，安心在我這裡住著，就像自己家一樣。」

吳嬸娘頗為不安地說：「雲姑娘，我們的契約還在老夫人手裡，萬一她把我們送官府去，那可怎麼辦呀！」

雲舒淡笑著安慰道：「不會的，老夫人那麼重視大公子的名聲前途，怎麼會把家醜鬧到官府去？長安不是別處，這事若傳到官員耳中，大公子怎麼抬得起頭？」

吳嬸娘似懂非懂地點了點頭，既然雲舒說沒關係，她也就安心了。

虎妞見到三福跟她一起來了，高興得不得了。雲舒卻恨得牙癢癢，這孩子從小到大根本不知道什麼叫「怕」，她真擔心以後鬧出什麼事來。

分配了新屋的房間後，雲舒就請墨勤再跑一趟，送了三百兩銀子去桑家，並打聽一下大公子的消息。

其實雲舒心中並沒有表面看起來那樣淡定，今天鬧了這樣一場，雖然保護了吳嬸娘她們，但肯定會讓大公子很難做人。而且，她在弘金閣的工作只怕也做不下去了，她得自立門戶。

墨勤回來時說：「聽顧清說，大公子一大早就進宮了，到現在還沒回來。我把這裡的地址留給顧清，等大公子回來，應該就知道了。」

雲舒微微點了點頭，決定先去弘金閣把帳房的事情解決一下，晚點再跟大公子商談。

第七十三章　外出私會

弘金閣的羅三爺現在很不安，因為桑家老夫人將他請去桑宅，當面跟他說辭退雲舒一事。

按規矩，帳房總管的任命和罷免，都是由桑老爺親自開口，可是桑老夫人卻越過桑老爺直接下令，態度堅決得讓他很難辦。

桑老爺是孝子，多半不會忤逆桑老夫人的意思，只是雲舒的能力很讓羅三爺看好，而且現在也沒有備用的帳房總管人選，種種原因讓他很不願意辭退雲舒。

羅三爺很想找雲舒談一談，問問她到底是哪裡得罪了桑老夫人，希望她們之間的關係還有挽回的餘地，可是他整整一上午到處找不到雲舒，令他倍感頭痛。

就在羅三爺焦慮到不行的時候，弘金閣夥計向他通報：雲舒來了！

「快，快讓雲總管進來！」

羅三爺忙不迭讓夥計請人進來，在雲舒剛進門時，他就焦急地問道：「唉呀，這究竟是出了什麼事，妳可知道老夫人現在很生妳的氣，正要辭退妳啊！」

雲舒微微苦笑道：「給羅三爺添麻煩了……」

羅三爺看著雲舒，語重心長地說：「給我添麻煩不要緊，只是妳要趕緊想辦法給老夫人賠罪，不然的話，就算老爺和少爺替妳說情，也不一定有用啊！」

雲舒見羅三爺如此器重她，頗為難地說：「羅三爺，恐怕要讓您失望了，這件事沒有挽回的餘地了，我現在過來，是來做帳務交接的。」

「什麼？」羅三爺非常吃驚，一邊要辭退，一邊主動要走，他再想留人，也無濟於事。「妳真的決定要走？究竟發生了什麼事，怎麼如此嚴重？」

雲舒不好詳答，只說：「我今天會把弘金閣的帳務整理好，羅三爺找個人來暫時接手一下吧。」

羅三爺的觀察能力不差，上午他問老夫人究竟為何事辭退雲舒，老夫人避而不談，現在他問雲舒為何要走，雲舒也巧妙避開。從她們兩人的態度來看，事情果然無可挽回，既是這樣，羅三爺除了儘量減少弘金閣的損失，也別無他法了。

「唉，妳先去整理吧，我一會兒安排人去帳房找妳。」羅三爺嘆了口氣說道。

雲舒平日的帳目明細做得很清楚，整理起來也容易，只是要教會接手的新人看懂她的東西，頗費了些功夫。

掌燈時分，雲舒的工作已交接得差不多，決定收拾一下告辭回家，臨走前她告訴羅三爺，關於帳簿，若還有什麼事，可以派人去凌波巷的新宅找她。

步出弘金閣，雲舒對著夜空呼了口氣，心中有些悵然若失，但也有解脫的感覺。

她這幾年跟馬六一起開馬場，透過供給軍馬，賺了不少錢，她一時半刻衣食無憂，以後要做什麼，還可以細細籌劃一下。

雲舒再次看了弘金閣的牌匾一眼，毅然決然離開這個她曾經付出很多心血的地方。

剛走沒幾步，一道黑影便從街邊飄了出來，是見雲舒久久不歸的墨勤來接她了。

雲舒感動地對墨勤說：「謝謝墨大哥。」

墨勤臉上依然沒什麼表情，只是沈默地跟雲舒一起走。

雲舒現在十分想找個人傾訴，墨勤是值得她信任而且又保密的人，便忍不住對他說：「墨大哥，你覺得我跟大公子最終會在一起嗎?大公子對我這麼好，但我依然很怕，心中很沒把握……這裡的一切都跟我老家不一樣，身分地位可以決定很多事情，我現在什麼也沒有，手頭上那點小錢，桑家根本就不放在眼裡，我現在根本配不上大公子……」

墨勤聽到雲舒略帶憂傷的聲音，覺得很心酸。雲舒心中的委屈，他能夠理解，他們墨者也是社會底層之人，縱使身懷本領，卻很難受人重視。

他忍不住安慰雲舒道：「不要妄自菲薄，妳很好，比長安那些有身分的女子都好。更重要的是，妳一心為大公子著想，大公子能遇到妳這樣全心對他的人，是他的幸運。」

墨勤能這樣安慰她，讓雲舒很驚訝，她高興地說：「墨大哥你真好，能遇到你這樣的人，也是我的幸運！」

墨勤不好意思地低下了頭，陪著雲舒一路走回凌波巷。

吳嬸娘和丹秋都是能幹的人，有她們打理收拾，新家立即變得很溫馨。雲舒回來的時候，她們已做好晚飯等著雲舒。

雖然白天那場變故對她們來說驚天動地，但大家都刻意避而不談，只當作是喬遷之喜，一個個忙碌且快樂。

雲舒拉著吳嬸娘的手，用哀求的語氣說：「吳嬸娘，您讓大叔帶著小順一起搬過來吧，這樣你們一家人就能住在一起了。這裡地方大，你們來了，也熱鬧許多，不然妳、三福和大平兩邊跑，太辛苦了。」

吳嬸娘頗為意外地說：「我們一家人怎好住在這裡？」

「有什麼不可以？」雲舒說。「嬸娘一直照顧虎妞和我，大平又像我弟弟似的，我孤苦無依，都把你們一家當親人了，住在一起怎麼不行？」

虎妞在一旁聽了，也蹦跳著說：「一起住、一起住！」

吳嬸娘看看雲舒，再瞧瞧三福和大平，終於說：「好，我明天去跟孩子他們爹說一說。」

丹秋今天也很高興，雖然契約還沒拿回來，但經過雲舒這麼鬧一場，她已經看到自己恢復自由之身的希望了！

一群人開開心心吃了飯之後，雲舒將丹秋叫回房，問道：「今天大公子有沒有來找過我？」

丹秋搖頭說：「沒有。」

雲舒又問：「顧清呢？也沒遞個話過來？」

丹秋同樣搖了搖頭。

雲舒不禁滿腹疑問。按理來說，大公子回家後若知道雲舒和老夫人吵架之事，斷然不會不聞不問，況且她搬了出來，依照大公子的性格，不親眼看看，是不會放心的。
難道大公子出了什麼事？或是被老夫人關起來了？
剛這麼想，雲舒立即否認了自己的猜測。大公子已經不是小孩子，他是朝廷官員，身邊還有暗羽相助，不會淪落到被家人禁足。
然而雲舒思來想去找不到理由，內心不禁愈來愈不安，正焦急時，顧清來了。
顧清是跑著過來的，他不停喘著粗氣，雲舒以為出了大事，忙問道：「出什麼事了？」
顧清順了口氣，對雲舒說：「大公子昨夜淋雨，今晨在宮外等候上朝時吹了涼風，回家就病倒了。之前一直忙著，沒工夫來跟你們說一聲，但又怕妳惦記著，所以現在過來通知。」
雲舒追問道：「讓陸先生看了嗎？是什麼病？」
「陸先生看了，是傷風發熱，已經服了藥了。」
雲舒稍微安心了一點，但依然囑咐道：「要廚房熬些清粥給大公子吃，藥也要按時喝。家裡的事情多，你要多幫大公子擋一些，不要什麼事情都煩他，讓他靜心養病。」
顧清點頭記下，雲舒放心不下大公子，不願耽誤顧清，便要他趕緊回大公子身邊去了。
過了兩日，顧清再次來到淩波巷，帶了話給雲舒。「大公子知道妳會問起他的情況，要我告訴妳他已經好了，可實際上他到今天還在臥床休息呢！」
雲舒有些憂心，又問：「大公子病著，老夫人沒有為難大公子吧？」
顧清癟了癟嘴，說道：「老夫人早晚都會去看大公子，進了房間就把我們攆出去，也不知跟大公子說些什麼，老夫人每次離開，大公子總會沈默很久，一直都不開心……」

雲舒很想見大公子一面，於是跟顧清說：「待大公子可以出門了，請他到白雲觀一趟吧，我很想見他。」

顧清高興地說：「大公子知道了，必定高興得什麼病都沒了！」

白雲觀原本是一處專門收留雲遊方士的道觀，因長安許多富貴人家會信奉方士所宣傳的「方仙道」，所以愈來愈多方士就在白雲觀駐留，白雲觀也漸漸成了一個供貴人們求仙藥仙術、進香祈福的地方。

與大公子約好時間後，雲舒穿了一身素雅的衣服，往白雲觀而去。

因來得較早，白雲觀還沒有什麼人煙，小道童也才剛起身開始打掃庭院。

雲舒對迎客的小道童說：「我與朋友約在養生閣，請小師父帶我過去。」

小道童對雲舒行了一禮，旋即帶著雲舒走進白雲觀後院，領她進了養生閣。

沒多久，大公子也到了，不過幾天沒見，大公子清瘦了許多，臉色也不好，果然是一副病容，可看向雲舒時，眼神依舊溫柔如水。

雲舒抬手摸向大公子的額頭，問道：「今天早上出門的時候喝藥了嗎？還難不難受？」

大公子反握住雲舒的手，貼著自己的臉龐說：「看到妳，我就覺得好多了。」

雲舒十分驚訝大公子會說出這樣溫存的話，臉蛋一下子刷紅，讓大公子看了，忍不住捏捏她的臉。

雲舒不好意思地拍開他不安分的手，低語道：「不要鬧啦！」

大公子將她拉得更近。「我就想跟妳坐下來好好說說話，這樣便覺得什麼病都沒有了。」

大公子問起雲舒搬家的事，又說起她辭掉弘金閣帳房總管的事。「妳離開弘金閣的事，我爹已經知道了，他過幾日就會來長安。」

「老爺要來長安？是為了你的婚事，還是桑家的生意？」雲舒有些不安地問道。

大公子苦笑了一下，說：「都有關係吧，不過妳別擔心，我爹應該不會為難妳。」

雲舒不是怕桑老爺為難她，而是怕桑老爺收拾大公子！老子教訓兒子，大公子根本沒有半點反抗餘地，雲舒怎能放心？

當雲舒用擔憂的眼神看向大公子時，大公子就明白了雲舒的心思，他補充道：「也不會怎麼為難我的。我現在好歹是皇上跟前的人，我爹一不能打我，二不能關我，不然要是我不能當差，桑家可沒法對宮裡交代。」

兩人說了很多以後的打算，祈福、燒香許願後，雲舒又帶大公子到凌波巷看看自己的新宅。大公子見這地方寬敞，住的又都是跟雲舒最親近的人，心裡放心多了。

吳嬸娘看到大公子到訪，熱情地要做飯給他吃，但聽說大公子和雲舒在白雲觀用過膳後，才停止忙碌，帶著孩子們去午休了。

大公子環視了一周，見該添置的東西都已經添置得差不多，而且品質也不低，便知道雲舒置辦新家花了不少銀子，於是說：「妳現在空閒在家，沒有銀子上的進項，如果有什麼困難，一定要跟我說，知道嗎？」

雲舒現在的財力雖比不上桑家一星半點，但短期內過日子是絕對沒問題的，她對大公子笑著說道：「誰說我沒有進項？馬六在河曲的馬場有我的分，他每隔幾個月就要來給我送一趟銀子呢。」

提到馬場，大公子正好記起一事，說道：「為了明年與匈奴的一戰，軍隊就要開始大規模購馬了，不過現在賣不出好價錢，妳要馬六明年春夏時節再出手，現在銀子如果能夠周轉，只管囤養著。」

雲舒低聲一笑，問道：「大公子這算不算假公濟私啊？」

大公子笑道：「那我以後不跟妳說了。」

其實不用大公子說，雲舒大約也知道戰爭的時間，以及售馬的時機，但為了大公子的面子，她裝出十分依賴的模樣，求道：「千萬別，大公子一句話值千金，我就靠這吃飯呢！」

知道雲舒生活無憂，大公子也沒什麼好擔心的。

兩人說說笑笑一陣，大公子準備回去了，雲舒才送大公子出門，就見到一個乞丐模樣的人拿著一個分辨不出顏色的破木碗，一面靠近一面叨念著：「公子、小姐行行好吧，行行好……」

雲舒看乞丐可憐，從荷包裡拿出一些銅板丟在他碗裡，乞丐欣喜若狂，跪下磕了幾個頭之後，抱著碗蹣跚地跑向街上買食物去了。

大公子看著乞丐的背影，嘆道：「黃河水患，不少難民流離失所，最近長安的難民也多了起來。」

雲舒剛開始並未察覺到，現在聽大公子這樣一說，才發現街上的乞丐真的比以往多了。古代水利設施還不夠發達，水災十分常見，黃河兩岸時不時就會受難。

大公子又說：「平陽侯受命去修河堤，希望情況能有所好轉。」

平陽侯是平陽公主的駙馬，雲舒聽見這個名字，微微一愣，問道：「平陽公主懷著孩子，皇上怎麼會派平陽侯去修河堤？」

大公子搖頭一笑。「修河堤雖是苦差，但也是肥差，平陽公主深知其中的門道，為了替平陽侯爭取這個差事，她費了些功夫。」

雲舒聽完也搖了搖頭，尋常小女人都希望丈夫在自己懷孕時在家陪伴，但平陽公主不愧是有野心有手段的女子，為了利益根本不在乎這些。

顧清已把大公子的馬牽來，大公子翻身上馬，叮囑道：「城內流民多，不安定，妳最近出門記得叫上墨勤，門也要鎖好。」

雲舒嘻嘻笑著跟大公子揮手道別。

她回到屋裡，總覺得有些事情沒想起來，她思來想去，忽然一下子茅塞頓開，記起關於平陽侯的事。

歷史上，平陽公主的駙馬平陽侯曹壽死得很早，據說就是死在黃河上的。雲舒知道得不全面，並不確定是不是這一次治水災造成的，而且就算她告訴平陽公主，平陽公主也不會相信她，更何況，這是曹壽的劫數。雲舒咬了咬牙，把這件事情壓在心底。

提到每個人的劫數，雲舒就想起韓嫣。

韓嫣原本跟江都王在去上林苑的路上有爭執，此事是韓嫣喪命的導火線，但現在一段時間過去了，雲舒並未聽到韓嫣與江都王有任何不愉快，看來是讓雲舒給化解掉了。

她本是抱著試一試的態度，卻沒想到真的做到了，想到這裡，雲舒就不由得高興，難道說……卓成不能夠改變歷史，她卻可以?!

第七十四章　交換條件

桑老爺很快就來到長安，他到長安第一件事，便是找雲舒，要她過去見他。

桑老爺以前對雲舒不錯，有知遇之恩，不管桑老爺是否支持她跟大公子的感情，她都要去拜見一番才是。

雲舒帶著墨勤，先去藥材鋪買了一支上好的人參當作禮物，這才往桑家走去。當她對門房說要求見桑老爺後，門房就速速通報去了。

略等了一會兒，雲舒就聽到桑府裡面吵吵鬧鬧的，一個丫鬟和一個小廝並肩走了出來。那個丫鬟是杏雨，雲舒跟她再熟不過，小廝卻是雲舒不認識的生面孔，看來像是桑老爺身邊的人。

杏雨拉著雲舒悄聲說：「妳怎麼來了？老夫人聽說妳來，氣得不得了，說是不許妳踏進桑家一步，若進來一步，就讓人攆出去。妳千萬別進來，不然不知道老夫人會怎樣對妳。」

一旁的小廝說：「杏雨姊姊，老爺要我請這位姑娘進去，妳卻不讓我請，這不是為難我嗎？」

杏雨對小廝說：「你哪次見老爺忤逆過老夫人的話？請不進去，老爺必不會怪你。」

雲舒苦笑了一下，對小廝說：「還請小哥幫我給桑老爺帶句話，雲舒想請他中午在馨香樓一聚，請他務必賞臉。」

有了回話的依據，小廝也就安心了，應下之後，就跟杏雨兩人回去了。

從桑府返家的路中，雲舒悶悶的，一直沒有說話。老夫人竟然不准她踏進桑家一步，看來……上次真的把她氣壞了吧？

中午，馨香樓生意興隆，雅間和大堂一直客滿，不斷有人詢問是否有座位。

雲舒早早便來到馨香樓，在訂下的臨街雅間內坐下，等待桑老爺。因等待的時間太長，不斷有夥計來詢問是否可以點菜，擾得雲舒頗為心煩。

「不必問了，我的客人來了之後，自會叫你進來點菜。」雲舒不滿地說道。

夥計頗為難地說：「姑娘，您占著雅間卻不吃飯，中午客人多，好些人等著呢。」

雲舒從袖中掏出兩錠銀子說：「我付雙倍錢，你們自個兒下去算帳吧，讓我靜一靜！」

夥計捧著兩錠銀子，笑呵呵地離開了。

墨勤關緊房門，把外面的喧囂都隔開。他有些擔憂地看向雲舒，雲舒今天的緊張和浮躁，是他極少看到的，是因為要見桑老爺才這樣吧？

當初她和桑老夫人對抗時，鬥志昂揚，絲毫不害怕，怎麼要見桑老爺了，卻怕成這樣？

墨勤沒見過桑老爺，心中不斷揣測，難道他長得像凶神惡煞？還是會打女人？

不管怎樣，墨勤都決定今天一定要保護好雲舒，絕不會讓她吃虧。

「啊，來了！」雲舒看著窗外，忽然站起來說道。

墨勤隨她的視線看過去，一個中年男子從馬車上走下，他體型微微發福，但看得出來年輕時一定很健壯。

墨勤攔住雲舒說：「妳在房裡等著，我去接桑老爺進來。」

墨勤動作極快，三兩步就趕到馨香樓門口，將桑老爺和韓管事兩人請進雅間。

雲舒緊緊捏著自己的手，在桑老爺進來時立刻問候道：「雲舒見過老爺、韓管事。」

桑老爺頗為感慨地打量著雲舒，還未說話，就已嘆了三口氣。

雲舒抬頭望向桑老爺，心中疑惑道：自己難道就這麼讓他們為難煩心嗎？

墨勤再次將門關上，桑老爺跟雲舒在席位上面對面而坐，嘆道：「幾年不見，雲舒妳長大了。」

雲舒聽桑老爺對她的語氣還不錯，稍微安心了些，並說道：「桑老爺還是以前那個樣子，一點也沒變。」

桑老爺苦笑著搖頭說：「不比從前了，人老，心也老了。」

雲舒正要說些什麼安慰的話，卻發現桑老爺一直盯著她，讓她不知如何開口。

桑老爺拈著鬍鬚，不再跟雲舒繞圈子，而是開門見山地說：「雲舒，我這次來長安，相信妳也知道所為何事。」

「嗯。」雲舒忐忑地應了一聲。

桑老爺說：「當初弘兒把妳帶回家，我看妳聰明伶俐，就已想到弘兒有可能會喜歡上妳。」

這話說得雲舒心中打了個突，難道桑老爺把她弄去婁煩，是故意為之？

桑老爺繼續說道：「我原本想把妳送出去歷練幾年，等回來時，若弘兒不喜歡妳了，那麼妳仍然是我桑家的好管事，我依然會器重妳；若弘兒還喜歡妳，等弘兒娶妻後，就讓他把妳收進房，妳也好幫他打理內院。我原以為我想得很周全，沒想到還是算不準你們兩人。弘兒竟然跟我說，他要娶妳為正妻，而且只娶妳一個，是這樣嗎？」

雲舒知道在所有人看來，她配不上大公子，她妄想成為桑弘羊的正妻，簡直是異想天開，可面對桑老爺的質問時，她依然堅定地點了點頭。

桑老爺頗為傷心地嘆了口氣說：「我早該料到！弘兒一直不肯娶妻，說是為了以後的仕途要仔細挑選，可他明明就是在等妳。」

雲舒不甘心地訴求道：「老爺，我知道我出身不好，您覺得我配不上大公子，可是我有信心能夠幫助大公子，而且我們是真心喜歡彼此，求您成全我們吧！」

桑老爺凝視著雲舒，並不回答她，而是說起往事。

「想我桑家先祖，也是出身草莽，一代代逐漸把生意做大，積累百年，才有今天這副光景。我也不是迂腐之人，並不會因為妳無依無靠而輕視妳。但是雲舒，妳可明白一件事情？」

雲舒認真地聽著，桑老爺繼續說：「商人永遠是最底層、最沒有尊嚴的一群人，就算我桑家富可敵國，也沒有什麼地位可言。現在我兒仕途有望，縱使我傾盡全家財力，也會助他，這樣才能帶領整個桑家走向上層。可是實際上，桑家現在能幫弘兒的並不多，弘兒以後想有發展，就必須依靠一個強大的妻族，妳明白嗎？」

雲舒怎麼會不明白？可她並不認為大公子願意做個乘龍快婿，他分明有能力靠自己平步青雲。

但桑老爺也沒有錯，他指出的是一條捷徑，是一條大公子可以選擇的方法，她要怎麼勸服他們放棄捷徑而選擇自己這條有風險又艱難的道路呢？

雲舒想不出該怎麼說才好，一時之間沈默了。

韓管事在一旁看雲舒失落的樣子十分可憐，插話道：「雲舒，妳一向知道什麼對大公子最好，妳不如勸勸大公子，讓他挑門好親事，過後你們又不是不能在一起，又何必為這種事情堅持？」

做妾嗎？雲舒搖了搖頭，換來韓管事一陣嘆息。

桑老爺終於說道：「我看妳跟弘兒兩人一片深情，強行要你們斷絕關係，你們一定做不到。既然我們兩人都是生意人，做個私底下的交易吧。」

交易？像狗血劇一樣，給她錢要她離開嗎？雲舒不禁冷笑。

桑老爺不解地問道：「妳笑什麼？」

雲舒斬釘截鐵地說：「不論老爺給我多少錢，我也不會出賣自己的感情。」

這句話惹得桑老爺大笑說：「好，有志氣！不過我是準備給妳一個機會，妳真的不聽一聽？」

聽到「機會」二字，雲舒焉能錯過？「桑老爺請講！」

桑老爺沈吟道：「給妳，也給弘兒一些時間。兩年。只要妳答應離開弘兒兩年，若兩年後弘兒還未娶妻，而妳能成就一片事業，我就成全你們！」
雲舒兩眼一亮，問道：「當真？」
桑老爺點頭。
雲舒思索著問道：「桑老爺口中所說的成就一片事業，是指什麼程度？」
桑老爺說：「若從商，則以成皇商為準。」
雲舒點了點頭，墨勤突然在旁邊打斷道：「雲舒，千萬不能答應！」
雲舒疑惑地問道：「為什麼？」
墨勤說：「最近上桑家提親的人幾乎沒間斷，兩年時間足夠說成百上千門親事，妳怎麼能答應離開桑公子兩年？」
雲舒淡然一笑說：「不要緊，我相信大公子，兩年而已，若兩年時間能換我們一輩子，何樂而不為？」
桑老爺在對面輕輕點頭，內心卻很驚訝，沒想到雲舒和他兒子說了一模一樣的話！他出來見雲舒之前，跟大公子深談了一番，當時就說出這個交易，沒想到大公子跟雲舒一樣，爽快地答應了。
其實桑老爺還是很喜歡雲舒，可惜……可惜是個普通出身的女子，為了桑家，他必須決絕一些。
跟桑老爺商談完後，幾人簡單吃了一些酒菜，就散了。

雲舒走在回家的路上，見墨勤眉頭緊皺，就說：「墨大哥可是在為兩年之約擔憂？」

墨勤低應了一聲。

雲舒笑著說：「墨大哥，若是讓大公子選，他也一定會答應的，你知道為什麼嗎？」

墨勤皺眉說：「因為你們信任彼此？」

雲舒淡淡一笑說：「除了信任，還有一個原因。大公子馬上就要離開長安去邊郡了，這次跟匈奴的仗一打起來，兩年能結束已算快的。我跟他原本就要分開兩年，何不用這兩年的時間換桑老爺一個承諾？」

墨勤恍然大悟道：「妳竟然誆了桑老爺！」

雲舒吐吐舌頭說：「我又沒騙他，約是他定的……只不過朝廷機密，我不方便對他說而已……」

墨勤突然哈哈大笑，頓時覺得雲舒太有意思了，簡直是個鬼靈精！

回到凌波巷之後，雲舒把眾人召集起來開「家庭會議」。

原本擔心雲舒的丹秋見她興致這麼好，興奮地問道：「雲舒姊姊，是桑家同意了嗎？」

雲舒搖頭，但笑著說：「來，大家都坐下，我要跟大家說一件事情。」

眾人紛紛靜下來，雲舒說：「我歇息了一段日子，從現在起，決定開始做事賺錢了。」

大平問道：「雲姊姊準備做什麼事？開店嗎？」

雲舒搖頭說：「我準備下江南，收茶葉去。」

「收茶葉？」一時之間，眾人都議論起來，他們對這方面根本不懂，而且還要到南邊奔波，路途遙遠，反對聲頓時四起。

不過雲舒決定了的事情，基本上不會改變了。

這幾年來，她對漢朝的茶水實在太不滿了！

現在的製茶工藝很落後，煮出來的茶全都成了葉渣，味道除了苦，極難有清香的味道，而且茶的品種極少，那些歷史上大大有名的茶，至今她都沒見到，讓她如何不埋怨？

雲舒前世的爺爺極喜歡品茶，對各種名茶都有所了解。雲舒從小到大耳濡目染知道一些，後來爺爺走了，她閒來無事，也會抽空泡壺茶，然後看看《茶經》，現在回想起來，甚為懷念。

「就這樣定啦，五日後，下江南收茶！你們誰跟我去？」

雲舒話一說完，屋裡又亂成了一團。

「去哪兒？」大公子一臉震驚地看著雲舒問道。

大公子得知雲舒昨日中午和他父親見過面後，心中一直掛念著，好不容易忍到白天進宮，抽了空跑出來找雲舒，卻聽到她要離開長安的消息。

雲舒一雙眼睛笑成月牙狀，甚為高興地說：「下江南，去淮南、江夏、會稽四處收茶葉去。」

大公子不同意地說：「太遠了，危險！我們雖答應父親要分別兩年，但妳不用離開長安，過兩個月我就要啟程去北疆，到時即使妳留在長安，父親也不會說什麼的。」

和匈奴的戰事已經一觸即發，大公子要隨軍北上處理軍務。

說真的，雲舒也不全是為了兩年之約，而是真的想去江南走一走。現在由於時局限制，黃河一帶的發展要比長江流域好很多，雲舒想到南方的魚米之鄉，彷彿有用不完的銀子在召喚她。

她解釋道：「正是因為大公子馬上就要去北疆了，我又沒辦法伴在公子左右，不如趁這個時間去做一些我想做的事。大公子，您不知道，江南有很多很好的茶葉，像西湖龍井、洞庭碧螺春、黃山毛峰、廬山雲霧茶、君山銀針、信陽毛尖……找到了這些名茶，再加工做好，能賺不少錢呢。」

大公子被雲舒弄得滿頭霧水，吶吶地說道：「這些我倒是從未聽說過……」

雲舒低聲一笑，大公子當然沒聽說過，這些名茶都還沒出現呢，它們都拿著金條在向雲舒招手！

見大公子還是很擔憂，雲舒又勸道：「大公子放心吧！有墨大哥保護我，辦事有大平跑腿，平日又有丹秋照顧我，我保證在你們凱旋的時候，也平平安安回長安跟你相聚。」

墨勤、大平、丹秋這三人跟隨雲舒在婁煩辦過事，大公子十分信任他們，有他們在，雲舒應該無恙。

「那好，先不說生意做得怎樣，妳首先要照顧好自己，時常給我捎個信，好讓我知道妳在哪兒。」

「嗯嗯！」雲舒像是等待出去秋遊的孩子，興奮地不停點頭。

大公子突然很失落，頗不高興地癟嘴說道：「看妳這副樣子，好像離開我是件很高興的事？」

雲舒馬上收起笑容說：「沒有、沒有。」

大公子看著雲舒，抿嘴問道：「待妳南下我北上，我們又要分隔千里，妳……可會想我？」

雲舒紅了臉，沒料到大公子會這樣直接地問她。

等她抬頭準備答覆大公子時，卻發現大公子的臉也燒得厲害，頓時忍不住笑著反問道：「那大公子會不會想我？」

大公子的臉紅得更厲害了，很不好意思地說：「當然會想，會想妳走到哪兒了，穿得暖不暖，吃得飽不飽，睡得好不好……」

真摯的話語如暖流一般溫暖著雲舒。這些都是她向來操心大公子的，沒想到現在大公子也會為她的點點滴滴而擔心。

雲舒抿嘴笑著，從旁邊的一個木匣取出一串紫檀木珠手鍊，將它遞到大公子的手心說：「大公子把這串珠子帶著吧，保平安的。雖然大公子只是為戰事準備糧草，不用上前線，但是也要當心。」

兵書裡不少劫糧草的段子，雲舒想起來就擔憂。但她不能說，這種事情一說出口，兆頭就太不好了。

大公子一臉歡喜地接過木珠，立即戴到手腕上去。沒多久，他就拉下了臉，皺眉說：

「我不知道妳會走得這麼急，什麼都沒幫妳準備。」

雲舒一點也不在意，打趣道：「我送您木珠，又不是為了訛大公子的禮物。」

因大公子是中途從宮內溜出來的，時間差不多時，他就往宮中趕去，走時還不忘叮囑道：「訂好了哪天啟程，一定要把日子告訴我，我送妳！」

雲舒笑著答應道：「那是自然！」

而桑老爺為了安撫桑老夫人，便直接跟桑老夫人說雲舒答應與桑弘羊分開，不日就要離開長安了。

桑老夫人終於鬆了一口氣，又要桑老爺和二夫人趕緊選好媳婦，把大公子的婚事給辦了。

第七十五章 與君相別

雲舒跟淩波巷的眾人忙著準備南下之事，衣物、乾糧交給丹秋，盤纏、馬車交給墨勤，另外還要選一位熟悉路途的車夫，但這就讓雲舒犯了難。

好在大平幫她出了主意。「找胡壯問問，他什麼樣的人都認識，說不定能找到合適的。」

雲舒想想也對，胡壯這些年在街上坊間混得有模有樣，說話辦事愈來愈有臉面了。車夫是要跟雲舒一起下江南長期接觸的人，雲舒不放心讓別人挑，所以跟著大平親自去找胡壯。

胡壯住在通樂大街上，是歌舞教坊、魚龍混雜之地，雲舒去得極少。大平熟門熟路地找到胡壯家，那是間不大不小的宅子，幾間屋子加一個院子，收拾得很整潔。

大平在門口吆喝了幾聲，有位略顯蒼老的婦人將門打開。

大平上前問道：「胡大娘，胡壯在家嗎？」

胡大娘搖頭說：「剛剛出去了，說是街東邊鬧事了，他去看看，你們要不要進來坐著等他回來？」

大平擺了擺手說：「我去街東邊找他，就不進去了。」

雲舒與大平依言找到通樂大街東邊，果然見到霓裳館外擠滿了看熱鬧的人。

大平擠過去打探了一番，回來對雲舒說：「聽說是幾個軍士在霓裳館裡鬧事，大白天的要舞女們出來跳舞陪酒。」

舞女們雖然賣藝不賣身，但跟青樓女子一樣，都是晚上待客，白天休息。現在還不到正午，正是姑娘們休息的時候，難怪霓裳館不接客了。

大平跟胡壯關係甚好，很擔心胡壯跟軍士鬧出事來吃了虧，就說要再擠進去看看胡壯到底在不在這裡。

雲舒點頭讓他去了，自個兒則在外頭踮腳張望。

過了一會兒，霓裳館裡果然發生鬥毆，圍觀的眾人都做鳥獸散，雲舒卻擔心大平和胡壯，拚命往裡擠。

擠到霓裳館門口，雲舒只見裡面一團亂，案桌都被掀飛、帷布都被扯掉，再加上人頭攢動，根本看不清誰是誰。

就在雲舒焦急的時候，一個花瓶迎面飛來。

雲舒尖叫著蹲下躲避花瓶，就在下一刻，刺耳的碎裂聲傳來，花瓶被人一拳打飛，落在離雲舒不遠處的地上，摔了個稀爛。

雲舒捂著耳朵抬頭望去，一名軍士逆著光罩在她的頭頂上。

她看不清楚他的面容，正猜測著這個一拳打飛瓶子的人是誰，就聽到一個不算陌生的聲音怒喝道：「妳在這裡湊什麼熱鬧？」

雲舒被軍士拉著胳膊站起來，她終於看清了他的面孔，是一臉怒容的李敢！

李敢並沒等雲舒回答，而是命令她站遠一點，之後走進霓裳館大喝道：「都給我住手！」

一時之間，大多數打架的人都停了手，安靜下來，但有人上一刻扔出手的東西已經收不回去，於是，在一片安靜聲中，一個杯子碎在李敢腳下。

李敢氣勢洶洶地走向那個扔杯子的軍士，抬腳踢下去，罵道：「叫你停手，聽到沒有?!真有出息啊，跑到這裡來玩樂，也不看看是什麼時間，還有臉打架！」

那個軍士抱頭求饒道：「李大人饒命，小的錯了，只是一時氣不過他們罵我們是大老粗，沒女人願意陪我們……唉唷、唉唷……」

沒女人？這話戳中了李敢的痛處，他馬上又狠狠補踢了兩腳。

李敢踢了一陣子，要鬧事的軍士站好，然後由他帶來的士兵押回去送軍法處置。

處理完事情，李敢轉頭就準備走，誰知霓裳館一個男掌櫃跑上來告饒道：「軍爺，您看看東西被砸成這樣，是不是該意思意思一下？」

李敢回頭罵道：「意思一下？小心我拆了你的樓！辱罵軍士，只此一條，我就能要了你們的命！」

霓裳館的人畢竟惹不起軍爺，之前不知是哪個舞姬大膽地說了句「都是些當兵的大老粗，誰愛配誰配，姊妹們可不願意接待他們」。既是霓裳館理虧在先，也不敢硬拉著李敢要賠償，只得唉聲嘆氣地要夥計和護衛收拾東西。

雲舒從旁邊竄進來喊道：「大平，大平你在哪兒？」

鬧事的人都被抓走了，卻不見大平和胡壯，雲舒自然憂心。

李敢原本準備離開，見雲舒跑進來，便拉著她訓道：「這不是妳該進來的地方，快出去！」

雲舒努力想掙開他的手，大聲說道：「我找我弟弟呢，讓我進去！」

兩人推扯的過程中，大平和胡壯出現了，見到李敢拉著雲舒，以為是剛剛鬧事的軍士欺負雲舒，於是跑上來一左一右揮拳招呼李敢。

「放開雲姊姊！」

「放開雲姊！」

兩人一前一後喝道。

為了躲避他們的拳頭，李敢不得不鬆開手後退兩步。

大平和胡壯還要撲上去，立刻被雲舒制止道：「別打了，是我認識的人！」

李敢、大平和胡壯三人面面相覷，劍拔弩張的對峙著，雲舒從中斡旋說道：「李大人並沒有對我不敬，他只是說我進去這種地方不合適。你們別這樣，這裡不是說話的地方，我們出去吧！」

霓裳館的夥計們正在清掃「戰場」，幾人在雲舒催促下來到通樂大街上。

好不容易解開誤會，雲舒問大平：「你剛剛去哪兒了？霓裳館裡突然打起架來，我很怕你跟胡壯受傷，真是讓我好找！」

大平抓抓頭，抱歉地說：「我跟胡壯原本在勸架，後來看情況不受控制，就從後面溜出去叫兄弟來鎮場子，可是回來的時候，發現人已經都散了。」
雲舒不由得搖頭說：「以後打架的事你們少摻和。」
而後，她又把找車夫的事情跟胡壯說了。
胡壯滿口應承道：「雲姊放心，這事就包在我身上，我幫妳選幾個好的，明天一早帶過去讓妳挑，妳回家等我的信兒吧！」
李敢一直不遠不近地站在旁邊，聽到他們的對話，不由得挑了挑眉頭。
在雲舒回家的路上，李敢趕上去，拉住雲舒問道：「妳要離開長安？」
大平一下就竄了出來，捉住李敢的手腕說：「鬆手！」
李敢轉頭瞪著大平說：「你到一旁去，我跟你姊姊說幾句話。」
大平用看敵人的眼光瞪著李敢。「鬆開你的手，拉拉扯扯的算什麼？想跟雲姊姊說話，也得她願意！」
李敢見雲舒也瞪著他，只好鬆開了手。
但大平跟李敢還繼續對峙，雲舒沒辦法，只得對大平說：「我跟他聊兩句，你別走遠了。」
既然雲舒這樣說，大平只好不情不願地應了一聲。
在大平頗不放心地退了幾步後，李敢和雲舒並肩往凌波巷走去，李敢開口說：「聽說妳跟桑弘羊要分開，沒想到這麼快就要離開長安。為什麼？即使跟桑弘羊分開，妳也可以留在長安啊！」

雲舒跟大公子之間的事，她覺得沒必要向外人解釋，只草草對李敢說：「我要南下做點生意，離開長安跟大公子無關。」

李敢不信，篤定地說：「騙人，是不是桑家逼妳離開？別怕，妳只管留在長安，看誰敢趕妳走！」

李敢這樣護著雲舒，讓雲舒哭笑不得。「李大人何必如此？我是自願離開長安的，而且我真的有事要南下。」

李敢只當雲舒死撐著不肯承認是桑家欺負她，但也不逼她，只是突然換了口氣，頗為小心地試探道：「那妳什麼時候離開？離開之前我們聚一聚。」

雲舒淡笑說：「好，等我空閒下來安排了時間再約您。」

李敢心中狂喜，沒想到雲舒答應得這麼痛快。「那說定了，我等妳！」

得了承諾後，李敢高高興興地離開，大平卻噘著嘴問道：「雲姊姊，妳真的要跟他聚會啊？一看就對妳沒安好心……」

雲舒悠哉地走在回家的路上，說道：「我說我空閒下來，但什麼時候會閒下來，我也不知道呢……」

大平樂了，雲舒原來又在耍弄人，給李敢開了個白條（注）。

翌日，胡壯帶了三個車夫來見雲舒，雲舒見他們都是身體紮實的中年人，看著都挺踏實，在問過些基本背景後，雲舒選了其中一個姓毛的鰥夫做車夫。

她這次請車夫出的價錢很高，另外兩個沒被選上的車夫心有不甘，還想爭取一下，雲舒解釋道：「我這次南下，短則一年，長則兩、三年，你們兩人上有老人、下有妻小，長期在外，會心有牽掛，家裡若有事也照顧不到，對你對我都不太好。毛大叔孤身一人，唯有一個已經出嫁的女兒，身心皆無牽掛，我還是請他吧。」

雲舒都這麼講了，另兩人也無話可說，毛大叔得了報酬豐厚的差事，歡喜得不得了。車夫選好了，雲舒便定下出發的日子，要大平送個信給大公子。

出發當日清晨，天微微亮，凌波巷的眾人就已起床，開始往馬車上裝東西。雲舒一邊清點包袱和箱子的數量，一邊聽吳嬸娘在一旁不停叮囑。

雲舒安慰再安慰。「我會時常讓人捎信回來的，墨大哥武藝高強，我們一定會平安返來。您跟吳大叔在這裡安心過日子，照顧好虎妞、小順和三福，我留下的那些錢你們只管用，若遇到什麼困難，就找大公子去，他不會不管你們的。」

雲舒又要大平停下手中的活兒，跟自己爹娘告別去。

大平不知道該說什麼，只說了句：「娘，我跟胡壯說了，他跟兄弟們會幫我照看你們的，妳就把他當自己兒子一般使，別客氣。」

吳嬸娘捶了大平一下說：「我自己又不是沒兒子，要別人的兒子做什麼？只是你這個不孝的……」

吳嬸娘剩下的話沒敢往深處說，大平總是跟著雲舒東奔西跑，不能在長輩面前孝順，她

注：白條，不以現金結算，不具法律效用的收支憑據。

怕雲舒聽了多想。

東西收拾好了，毛大叔就載著眾人向城門駛去。吳嬸娘和吳大叔想再送送他們，但被雲舒勸了回去。

來到長安城門下時，大公子的馬車已經在路旁等著了。他孑然傲立的身影在晨光中顯得格外挺拔，卻讓雲舒覺得非常孤寂。

可能是馬上要分別了，雲舒心中有點傷感，下車前，她強行扯開一抹笑容，對靜立等候她的大公子說：「早晨露水重，大公子該披件披風才是。」

大公子看著雲舒，眸光幽深，開口時忍不住嘆息道：「妳走之後，我身邊連個知冷知熱的人都沒了……」

雲舒主動拉起他的手說：「咱們又不是沒分開過，之前五年都沒事，現在不過是兩年。」

大公子忍不住擁住她。「此一時彼一時，不一樣了，現在的兩年豈能比小時候的五年……」

聽到他的聲音從頭頂傳來，雲舒臉漸漸紅了。因有旁人在場，雲舒不讓大公子抱太久，輕輕把他推開。

大公子捉住雲舒的手，從懷裡掏出一把白色半透明、帶綠色紋路的玉梳，放在雲舒手心。

半圓形的玉梳帶著大公子的體溫，暖暖的。

「好好收著，每天早上起床梳頭，第一件事就是要想我，嗯？」

雲舒紅著臉收起玉梳，點頭說：「嗯，會想的。」她看看身後的馬車。「時間不早，我該出發了。」

大公子默默把她送上馬車，看向坐在車轅上的墨勤，拱手說：「雲舒的安危，就拜託給你了。」

墨勤沈默地回拱了一下，雖未言語，但堅定而自信的表情讓大公子很放心。

雲舒從馬車裡挑開窗簾，對大公子說：「大公子回去吧，您還要趕著進宮，別送了。」

大公子不捨地點點頭，揮著手看著雲舒的馬車駛向敞開的長安城門。

當雲舒消失在晨色中時，大公子依然站在路上看著城門，手中似乎還留著雲舒的溫度。

顧清過來安慰道：「大公子，雲舒有能力照顧好自己的，又有墨大俠保護她，想來不會有事，您放心吧。」

大公子嘆息道：「顧清，你大概不知道，把自己的女人拜託給其他男人，是多麼讓人難過的一件事……」

說完這句話，大公子便轉身上了馬車，卻讓顧清發了半天愣。他由衷地感嘆，大公子果然長大了，說的話他已不太能理解了……

雲舒離開長安的消息傳到桑家，桑老爺手中握著兩顆嬰兒拳頭大小的玉珠來回轉動，嘆了口氣說：「我桑某人這輩子還沒有這般算計欺負過小女子，唉……」

韓管事在一旁躬身道：「老爺不必自責，為了桑家的榮辱興衰，您也是不得已而為之。」

桑老爺背過身沒有說話，韓管事默默退了出去，往內院走去。

李敢在家等了四、五日，日日都要問門房，是否有叫「雲舒」的人前來拜訪，但每次得到的回答都是沒有，不由得讓他十分沮喪。

這日他終於忍不住了，一大早跑去凌波巷找雲舒，敲了半天門，是個小女孩開的門，那女孩兒撲扇著眼睛問道：「你找誰？」

李敢問道：「雲舒在家嗎？我找她。」

女孩兒回道：「雲姊姊昨天一早就走了，要好久好久才會回來。」

李敢瞪著眼睛大聲問道：「什麼？已經走了？」

巨大的嗓門驚動了人在屋內的吳嬸娘，她提聲問道：「三福，是誰？」

李敢用力捶了一下門框，口中低罵了一句「可惡」，而後轉身離去。

他這一拳捶得不輕，三福嚇得趕緊把門堵上。等吳嬸娘再開門看是誰時，巷子裡早已沒有人影了。

第七十六章　嚴正警告

雲舒離開長安後，五個人，一輛馬車，不緊不慢地往南邊而去。

眼下夏去秋來，若趕得緊一些，可以趕上收秋茶，但這對雲舒想收好茶的想法來說，並不十分合適。

清明之前，新春的第一季茶最好。春茶色澤翠綠、葉質柔軟、香高味醇、奇特優雅，是一年之中的佳品。

既然雲舒不打算收秋茶，那麼也不必急著趕路，一行人且當出遊，慢慢尋找好茶去。

暮夏的天氣依然有些炎熱，雲舒掀開車簾，坐在車轅上跟趕車的毛大叔說話。

「毛大叔，按照我們這個速度，想在冬天之前趕到吳地過冬，應該沒問題吧？」

毛大叔自信滿滿地說：「還有三個多月的時間，肯定能趕到。」

雲舒一聽就放心了。他們出發前計劃先去淮南，然後經臨江國，最後到吳國，一路上雲舒可以尋找信陽毛尖、君山銀針、廬山雲霧茶、黃山毛峰、西湖龍井、洞庭碧螺春等諸多名茶。

雖然雲舒不太確定西漢是否一定能找到這些名茶，但只要她找到其中一種，然後購置茶莊，來年春天，她就可以開始做茶葉生意了。

雲舒路途中覺得無趣，便憑印象拿筆墨在木板上畫起地圖的輪廓。

他們從長安出來，經過南陽，南下前往淮南國，路上會經過信陽，那裡有大名鼎鼎的信陽毛尖，可是一個大問題出現在雲舒面前——時下眾人並不知信陽，毛大叔更不知去信陽該怎麼走。

雲舒解釋道：「讓我想想，那個地方現在應該不叫信陽……毛大叔，過了南陽之後往東南方向走，剛過淮河不遠，有沒有一座主峰像雞公頭的雞公山？」

毛大叔認真思索起來，他幾十年跑過不少地方，各種山見過不少，要說這雞公山，他倒真的知道一座。「姑娘說的地方，莫非是弋陽縣？」

雲舒雖然不確定，但好歹有點線索，於是高興地說：「是嗎？原來是叫弋陽，想來是我記錯了，記成了信陽。我們就先去那裡吧！」

他們現在是找茶，沒有固定的目的地，去哪裡都一樣，既然有線索，大家自然同意往弋陽的雞公山而去。

走了五日，第六日早上剛出發不久，他們就在路上遭遇大雨，道路泥濘相當難走，勉強走到中午，正好到了一處小縣城，他們就準備進城歇下，等雨停再繼續趕路。

縣城很小，只有一處提供投宿的驛館，雲舒等人趕到時，驛館門口站了守衛，不許他們進去。

雲舒心中犯疑，這是民驛，又不是官驛，怎麼門口站了這些士兵？

大平自告奮勇前去打探，回來後他興奮地告訴雲舒：「雲姊姊，這回得靠妳出馬了！」

雲舒疑惑地問道：「怎麼，驛館裡住了什麼人？」

大平朝那邊指了指，說道：「是淮南翁主的人馬，他們也是被大雨困住，包下整個驛館休息。我們要進去躲雨，只能靠雲姊姊出馬了。」

「淮南翁主？」雲舒有些詫異，她並不知道劉陵也離開長安了。

劉陵此人，雲舒有點拿不準，也不想主動親近她，於是說：「罷了，我們不要去招惹她，進城找百姓家投宿吧，多給些銀子，總歸會有人願意讓我們進去躲雨的。」

「好，雲姊姊不願意，咱就不跟他們擠一處。」

大平跳上車轅，毛大叔正要驅車前行，卻聽雲舒突然改變主意。「等等！」

雲舒透過窗簾，盯著驛館柵欄裡一個男人的身影——卓成！

卓成舉著一把傘，正從廚房裡托著裝滿食物的大盤子走出來，渾然不知已被雲舒盯上了。

雲舒看著他的背影笑了笑，說道：「既有熟人在此，不進去打個招呼，倒顯得失禮了，走，我們下去。」

丹秋幫雲舒打傘，墨勤和大平跟在她身後，往驛館走去。

守衛看到他們靠近，不耐煩地揮手說：「走開走開，這裡不能投宿，閒雜人等避開！」

雲舒淡定地向守衛走去，聲音清朗道：「煩勞軍爺通傳，民女雲舒得知故人在此，特來求見。」

軍爺看了看雲舒，覺得她雖然不像這個小縣城裡的百姓那般寒酸，但也算不上富貴，於是吼道：「我家主人不是妳想見就能見的，走開！」

既然是勢利眼，雲舒只好換了口氣。「昔日淮南翁主待我如姊妹一般，怎的出了長安，連見一面都不能了？」

守衛聽雲舒又是「姊妹」又是「長安」的話，不敢再攔，便說：「報上名來！」

雲舒報上名字之後，守衛就進去傳話了。沒多久，那人就跑出來對她彎腰說：「翁主有請！」

雲舒笑著走進驛館，剛掀開簾子進去，就聽裡面傳出劉陵的聲音，她跟以前一樣，笑語連連地說：「真的是雲舒？怎在這裡遇到妳？」

雲舒向內望去，劉陵跟幾名食客正在用膳，旁邊站著不少守衛，顯得有些肅穆。卓成掩飾不住臉上的訝異，瞪著雙眼看著雲舒。雲舒掃了他一眼，像沒認出他一樣。

她向劉陵行禮，歡喜地說：「民女聽說翁主在此，也是嚇了一跳。這樣突然前來拜見雖然唐突，但又覺得明知翁主在此，如若不來，豈不是不敬？」

劉陵招手要雲舒到身邊坐下。「幾日不見，妳跟我倒客氣起來。妳怎麼也離開長安了？這是去哪兒？」

雲舒如實說：「我南下做點生意，準備先去弋陽，再去淮南國一帶。」

「呀，既然是去我家，正好與我同行！」劉陵高興地說。「我本就抱怨路途無聊，誰知妳竟來陪我，太好了。」

雲舒不太好意思地說：「怎好拖累翁主？」

劉陵滿不在乎地說：「這有什麼好拖累的？我不過是回家，既不趕路，又沒任務，帶上你們幾個又怎麼了？」

劉陵眼尖，看到雲舒的布鞋濕了大半，又問道：「妳現在住在哪兒？用過膳了沒有？」

雲舒回道：「剛剛進城，正要去找落腳的地方。翁主既然在用膳，我就不叨擾了，等我安置好，再來拜見翁主。」

「還找什麼，就在這裡住，還空著許多房間呢！」劉陵笑道。

「不太好吧……」雲舒猶豫地說。

劉陵是個乾脆的人。「這有什麼不好？我們還要一起上路，住在一起多方便。」說著，就對旁邊的侍衛吩咐道：「你去外面看看，把他們的行李和人馬安置好！」

雲舒謝過劉陵之後，問道：「翁主，在座的幾位，就是翁主曾對民女提過的那幾位文士吧？」

因是以後要一起同路的人，劉陵便介紹道：「是的，晉昌、伍被、左吳，這位晉昌，妳之前已經見過了。」

雲舒對幾人低頭互相致禮，卓成──也就是晉昌，看向雲舒的眼神充滿了疑惑。

又有飯菜端了上來，雲舒淡定地坐在劉陵下面，跟卓成面對面吃用起午膳。

陰雨連綿，劉陵飯後困頓，回房睡覺。雲舒帶著丹秋收拾了自己的房間之後，便獨自走到大廳，笑著來到卓成面前。

卓成坐在席上，抬頭看向雲舒說：「妳這個樣子，會讓我以為妳認不出我了。」

雲舒輕笑著說：「我們雖然有些日子沒正式碰面，但你這張臉，我怎麼會忘？」

卓成眉頭一提，覺得雲舒變得不一樣了。

從之前劉陵的言語中，卓成推斷雲舒曾在長安的翁主府裡見過他，她明知自己在劉陵手下，卻敢主動前來，跟以往一直逃避他、害怕他的情況完全不同了！

她是有了什麼倚靠？抑或是有了什麼把握？

卓成的心突然有些慌亂。

大廳裡只有雲舒和卓成兩個人，雲舒站在卓成面前輕聲說道：「當我知道你為淮南王效力時，既覺得驚訝，又認為理所當然，到最後卻覺得你十分好笑！你明知淮南王最後的下場，卻依然犯險助他，你是打算逆天改寫歷史呢？還是打算最後出賣淮南王，得到未央宮對你的信任呢？」

歷史上的淮南王有反心，但謀反還未實施，就被自己的門客出賣，落得慘澹收場。卓成投靠淮南王，究竟是為的哪樁？

卓成被雲舒這一番話刺激得喘起粗氣，他怒道：「妳別笑我，妳又比我好得了多少？妳跟桑家那些事我也聽說了，妳該不會是被他們趕出長安的吧？」

雖然被戳到痛處，但雲舒不氣也不惱，只平靜地說：「我站在這裡跟你說話，只有一個原因，我正式告訴你，卓成，你以後別再惹我，你三番兩次謀害我，得手一次，還以為能次次得手？你該還的，我總有一天會加倍取回！」

雲舒嚴肅的表情搭配上陰沈的天氣，讓卓成有些膽寒，但他依然從地上躍起，壓低聲音吼道：「一山不容二虎，不是妳死就是我亡，我還怕妳不成？」
雲舒冷笑一下，轉身說：「那好，別怪我沒有提醒過你……」
雲舒揚長而去，卓成下意識地上前追趕，卻突然看見一道人影落到他面前，下一刻他的下顎就被狠踢，緊接著整個人被踹飛倒在一旁。
墨勤居高臨下地看著被他一腳踢飛的卓成，眼神中殺機畢現！
卓成被墨勤瞪得毛骨悚然，一時真的以為墨勤下一刻就會揮刀把他的腦袋砍下，他哆嗦著對漸行漸遠的雲舒說：「妳、妳敢打我？就不怕我告訴翁主？」
雲舒聽到這可笑的話，回頭看向躺在地上的卓成，輕聲說：「你且去說，看看翁主是信你還是信我？」
卓成感到羞辱且悲憤，他不知道雲舒究竟是哪來的自信，一時不敢妄動，就怕中了雲舒的圈套。
卓成投靠淮南王已有數年，雖然得到淮南王劉安的器重，但是劉陵一直不喜歡他，更不親近他。特別是他按照野史傳聞，出謀劃策要劉陵去勾引田丞相之後，他更不得劉陵喜歡。雲舒跟劉陵兩人看起來很親近，這讓卓成十分惱火。
雲舒見劉陵的侍女開始進出，知道劉陵午休起來了，於是再也不看卓成，轉頭向劉陵的房間走去。
陰雨天讓人懶洋洋的，劉陵雖然醒了，但是披著外套靠在床上，並不急著起身。見雲舒進來，她笑著問道：「路途辛苦，妳中午沒有休息一下嗎？」

雲舒來到床邊說：「我們生意人，在外面奔波慣了，倒不覺得辛苦，翁主是千金嬌軀，自然要多休息休息。」

劉陵笑著讓她坐下，說：「閒來無事，妳陪我說說話吧。」

雲舒依言在劉陵床邊坐下。「我正有些體己話想對翁主說呢。」

聽到是「體己話」，劉陵眼睛笑成月牙狀，以為是女孩子間的閨密之言。「妳說，我聽著呢。」

雲舒的眼神有些閃爍，瞟向一旁的侍女。

劉陵心思靈動，對侍女說：「妳們下去吧，這裡不用妳們伺候了。」

待周圍的人散盡後，雲舒說：「翁主待我如同姊妹，雲舒有一些真心話想對翁主說，言語中若有冒犯之處，還請翁主恕罪。」

她凝重的神情把劉陵嚇了一跳。「妳儘管直言。」

雲舒冒險地把話說出口。「在我離開長安之前，聽到了一些關於翁主的流言蜚語……關於您和田丞相的。」

只這一句話，劉陵便猶如被人當頭潑了冷水一般。她在離開長安前，因卓成的計謀和淮南王的命令，她的確嘗試勾引田蚡，但因她實在做不下去，才倉促離京，沒想到還是有流言傳出來了。

雲舒見劉陵的臉色變得不好，抿著嘴不說話，心中略微放心，至少劉陵並沒有直接喊人把她攆出去。

「翁主，民女聽說了您的事情之後，就覺得您被人陷害，太為您感到不值了！」

劉陵猛地抬眼看雲舒，雲舒怕被劉陵中途打斷，趕緊一口氣說道：「淮南王要翁主拉攏丞相，無非是希望在朝廷中多一個助力。可是淮南王怎能如此糊塗，選了田丞相這樣的人？

「田丞相是太后的弟弟，是皇上的舅舅，皇上的皇位坐得愈穩，田家的利益就愈大。縱使他們舅甥之間有矛盾，但從根本來說，他們的利益是一致的。淮南王想拉攏田丞相，怎麼可能成功？

「翁主如同羊入虎口，犧牲了自己，卻得不到絲毫好處。所以民女以為，陷害翁主之人，就是向淮南王獻計之人，此計根本就是下下策！」

劉陵愣住了，有人對父王獻計、她奉命接近田蚡、遊說田蚡倒戈，雲舒竟然全知道！

「妳……休要胡說……」劉陵心虛地否認道。

雲舒緩了一口氣，說道：「國之大事，我本不該妄自議論，但翁主待我好，我不忍看翁主被人陷害，我冒著大不敬之罪說這些話，只希望翁主能明白雲舒的心意。」

劉陵靠著床頭，閉上了眼睛。她的胸脯上下起伏，表明她內心的不平靜。

良久，劉陵睜開眼睛嘆了口氣說：「妳說得對，是父王糊塗了，輕信小人之言，竟然以為田丞相會被金錢和美色所誘惑！可笑我們父女竟然沒有看明白，只要田丞相的姊姊一日為太后，田家何愁沒有銀子？何患沒有美女？又怎會真心投靠我淮南國？」

劉陵冷笑起來，父王竟然會被田蚡的甜言蜜語和承諾所騙，真的以為田蚡會為了她背叛劉徹，為淮南國效力！

看到劉陵憤恨的眼神，雲舒知道目的達到了。

劉陵想清楚後，緩過神，笑著對雲舒說：「妳的話猶如醍醐灌頂，讓我想清楚了很多事，謝謝妳。不過說來，妳有如此遠見，讓我十分驚訝。」

雲舒回應道：「當局者迷，旁觀者清。這些道理其實很簡單，翁主是被小人蒙蔽了視聽，才會走錯路，並不是我有什麼遠見。」

劉陵緩緩點頭，腦海中出現了晉昌的嘴臉，是他積年累月在父王面前說劉徹肚量狹小，絕容不下他人，會瓜分諸侯王的封地；是他濃墨重染地歪曲祖父當年死亡的真相，撩撥父王為祖父報仇；是他不遺餘力地獻計，說田蚡跟劉徹之間有怎樣的矛盾，打擊敵人，要從內部瓦解他們。

「晉昌，奸佞也！」劉陵氣憤地低吼出這句話，長長的指甲幾乎要掐破手心的皮膚。

雲舒安撫道：「翁主稍安勿躁，晉昌是淮南王器重的文士，若在路途上處決他，等回國後，淮南王定然會發怒，到時候追究翁主辦事不力，翁主的處境豈不是很艱難？」

劉陵發愁地說：「的確，父王十分重視晉昌，我上次想趕他走，被父王訓斥了一頓。」

雲舒乘機獻計。「翁主不如裝作什麼也不知道，帶著他安安靜靜回國，然後再把這些道理說給王上聽，翁主還可以把計策失敗的原因推到他身上，到時候該怎麼處置晉昌，王上自有決定。」

劉陵臉上重現笑容。「好計！我之前還在擔心父王怪我辦事不力呢！」

劉陵拉著雲舒不斷打量，愈看愈覺得她好。之前她是喜歡雲舒的衣服，最近卻漸漸發現這個女子竟然如此不凡，實在很合她的心意。

「這次回淮南國，妳就留在我身邊幫我好不好？」劉陵突然向雲舒提議。

雲舒有些驚訝，她之前沒想過這些，這倒成了意外的收穫。

「多謝翁主器重，可是我……我得留在桑公子身邊。」

能讓一個女子如此死心塌地，除了恩，就是情的緣故。劉陵見雲舒雙頰帶紅，她這位情場高手怎麼會不知道是什麼原因？「莫非……妳喜歡妳家公子？」

雲舒沒有點頭，也沒有搖頭。

劉陵轉目想了想，忽然記起有次聽劉徹說起，要為臨江和桑弘羊賜婚。

「桑弘羊倒是不錯，聽說皇上很看重他。只是他就要娶臨江了，妳到時候做小，我倒替妳不值。」

雲舒解釋道：「臨江翁主跟公子的事情已經過去了……」

劉陵十分好奇地問道：「哦？他拒絕賜婚了？我跟他不熟，極少聽到他的事情，沒想到他還是個有情有義之人。」

雲舒淡笑著，劉陵頗有些羨慕地說：「能找到一個有心人是件幸福的事，既是這樣，我就不拆散你們。不過若有一天他讓妳傷心，或是妳在長安待不下去了，我這裡依然歡迎妳。」

劉陵的信任和情誼讓雲舒頗為感動，她在心底暗暗決定，若能幫劉陵獲得幸福，她一定盡力而為。

夏末的雨帶了些秋雨的纏綿，淅淅瀝瀝下了兩天方歇。

在小城住了兩天後，眾人再次上路。

劉陵帶著雲舒乘坐她寬大舒適的馬車，在上車時，她看到卓成的下巴和臉頰青腫，於是好奇地問道：「呀，晉昌，你怎麼受傷了？」

卓成看了在劉陵身後偷笑的雲舒一眼，忍住憤恨，低頭咬牙切齒地說：「天雨路滑，小人不慎滑了一跤。」

劉陵掩嘴而笑，說：「你可要當心一些，我答應父王要好好把你帶回去呢，你可千萬別出什麼意外。」

卓成聽到這些話，覺得十分怪異，卻又說不出到底哪裡不對，只好低頭謝道：「多謝翁主關心。」

劉陵十分輕蔑地冷哼了一聲，而後對雲舒說：「妹妹，我們上車吧。」

這一句「妹妹」，幾乎讓卓成的情緒崩潰，心中不斷想著為什麼……為什麼她這麼容易就討好了他拚命想討好，卻討好不了的人？

緊握的雙拳、怒紅的雙眼，佇立在人群中的卓成微微有些顫抖。而在另一輛馬車上，墨勤淡淡地注視著他。

第七十七章　置地種茶

有淮南王府的侍衛開路帶路，路程走得十分順暢，轉眼就過了南陽郡，進入江夏郡最北端。

劉陵聽雲舒說要去找好茶，也興致勃勃地要一起去，然而雲舒只知在弋陽，卻說不出具體的地方，不由得讓人傷腦筋。

雲舒絞盡腦汁，漸漸想起一些線索。「那個地方有一座雞公山，旁邊還有一條瀰河，這種茶主要產在車雲、集雲、雲霧、天雲、連雲，合稱『五雲』的地方，我也不知那些地方現在是不是叫這些名字，只是在遊記裡讀過，大概知道方位而已。」

劉陵將這些說給侍衛聽，派侍衛帶毛大叔先行一步，去尋找有「雞公山」、「瀰河」、「五雲」這樣的地方。他們去了兩日，毛大叔就高興地回來說，果真找到了。

手下有兵十分方便，掛上淮南翁主的名號，去一些城鎮詢問的時候，當地官員不用催促，都會主動幫忙尋找。

毛大叔說：「我們先去弋陽找到雞公山，又在弋陽外不遠處找到一條叫做『瀰水』的河，雖然沒有找到五雲，但想來雲姑娘要找的地方，就在那一帶了。」

雲舒和劉陵大喜，一起往雞公山趕去。

劉陵和雲舒住在鄳縣縣官家裡，除了少數護衛，其他人都待在破陋的驛館裡。

雲舒每天帶人上山尋找野生茶葉，並尋訪是否有茶農，劉陵當作出來散心，日日遊山玩水，好不愜意。

但卓成卻氣得牙癢癢，他一心想早點回淮南王身邊過好日子，卻被雲舒困在這窮山惡水間，偏偏劉陵聽不進他的進言，怎麼也不肯啟程。

雲舒尋了幾日，雞公山上下、淝水周圍都沒發現野生茶樹的影子，她詢問鄳縣縣令，縣令說鄳縣並不產茶，這裡喝得起茶的人家，都是從會稽郡託商人買回來的。

就在雲舒快要絕望的時候，丹秋卻為她帶來了意想不到的好消息。

「大平在山上被樹枝劃破了腿腳，我去藥店幫他買止血藥，發現藥店裡有茶葉，問了一下，郎中說是他從山上採來的野茶。」

雲舒聽了喜出望外，她想起茶葉最早是當作藥材和食物，後來才轉為飲品。

一行人匆匆去藥店找郎中，拜託他帶眾人上山，果然在重巒疊翠間，找到了一片有半人高的野茶樹叢。

雲舒上前仔細觀看，茶樹尖端的嫩葉細圓且直，葉面上有很多白毫，她摘了一片下來放進嘴中咀嚼，濃郁而苦澀的茶香充滿她的口腔，她歡喜極了，這果然是純正的信陽毛尖。

她克制了一下自己的情緒，向郎中問道：「這附近可住有人家？」

郎中常進山採藥，對這一帶頗為熟悉，他指著對面山坡說：「對面山腰上有一塊很好的田地，那附近住了五、六戶姓何的人家，我有時進山會過去討口水喝。」

雲舒兩眼賊亮，似是發現新大陸一般，帶著眾人匆匆過去。

何家寨裡從沒來過這麼多衣著光鮮的人，一時之間，幾戶人家老老少少二、三十人全出來看熱鬧。

有人認識郎中，就詢問這些是什麼人，郎中只是收了錢上山帶路，對雲舒的身分並不清楚，只道：「長安來的貴人。」

雲舒站出來主動解釋：「各位鄉親，我是從長安來的生意人，我給工錢，想請你們幫我到對面山坡上建個園子，不知道行不行？」

何家寨的人一直都是守著一片田地靠天吃飯，春耕秋收時會忙一些，平時全是閒著。忙碌了一整年，收成好的時候，糧食能夠撐個溫飽，若是遇上災年，餓死人的事情也發生過。

此刻有賺錢的機會送上門來，那些肯出力的莊稼漢，自然高興地紛紛表示願意。

雲舒動作極快地帶著他們來到那片茶樹叢，要他們建造柵欄把茶樹叢圍起來，還要在旁邊清出一塊空地，建兩間木屋。

何家寨這些百姓，是在山裡做慣了活兒的人，對這些事情很拿手，雲舒出的錢頂得上他們勞作一年賣糧食的錢，一個個跟天上掉下餡餅似的，爭先恐後幹起活兒來。

雲舒要大平在山上監工，自己返回山下找郿縣縣令辦事去。

當郿縣縣令聽到雲舒說要買下一片坡地時，滿臉驚訝。「姑娘說的可是何家寨對面山上那片山坡？」

雲舒滿臉喜色地點了點頭。

縣令不懂，那裡高山峻嶺，坡陡難行，根本不能種田，怎麼這大地方來的商人卻要買那片地？

他打量著雲舒，雖然這姑娘年紀不大、派頭一般，但跟淮南翁主稱姊道妹，讓他不敢小看，心中揣測她肯定是哪個大戶人家的小姐。因此即使雲舒自稱普通商人，這位縣令對她還是恭恭敬敬的。

「這位小姐當真考慮好了？」

雲舒點頭說：「大人開個價，我會儘快把錢湊齊，早點立了地契，我也好早早開始做事。」

雲舒雖然不知那片坡地到底要多少錢，但她覺得應該不貴，時下的人只當那是一片荒地，開不出什麼高價。

縣令對旁邊一個官差說：「去請馮少府進來。」

沒多久，一個皮膚乾黃、有些黝黑的中年人走了進來，縣令說：「馮少府，這位雲小姐想買我們山上一片坡地種樹，你隨她去丈量一下總共多少畝，需要多少錢。」

馮少府眼前一亮，他知道縣令最近在接待淮南翁主一行人，本以為是些只會遊山玩水添麻煩的貴族，沒想到倒有生意上門。

馮少府主管一縣的財務，他心中已飛快計算要從這些貴人手中敲多少肥水才合適。

雲舒有些心急，午膳過後就帶著馮少府及一批官差上山丈量面積去。

再次來到山上時，何家寨的男人們已經把茶樹叢周圍的雜樹都劈了下來，正在把木材劈開，準備立柵欄以及建木屋。老人和女人們則挎著竹籃為出力的人送水，時不時還幫忙清理搬動。

馮少府看到這個場景的時候，有些驚訝。這姑娘夠心急的，這就開工了？他心裡偷笑了一番，把之前的估價推翻，再往上添了一些。

丈量面積不需要雲舒和馮少府親自動手，於是他們到何家寨一戶農家裡坐著等結果，一邊談起價錢來。

「大人，這邊的地價是多少？」

馮少府扳著手指裝模作樣地說：「這裡溪流縱橫，又是向陽坡，是片好地，但雲小姐既然是縣令大人的上賓，我們就說個實在價……」

說著，就伸出了一根食指。

雲舒對西漢的地價一點也不了解，不知這個「一」後面的單位是多少，怕惹出笑話，連猜也沒敢猜，而是疑惑地看向馮少府。

馮少府見她不說話，只拿懷疑的眼神看他，心中略微發慌，笑著解釋道：「一千錢一畝……」

「一千錢？」雲舒震驚了，竟然這麼……便宜！

一千錢兌換銀子的話，根據匯率不同，也就九兩到十五兩銀子。

馮少府見雲舒這樣驚訝，以為她是嫌貴，微微有些心虛。他把價錢抬高了許多，但又怕把大戶嚇跑，忙說：「乍聽起來貴了一些，但這真的是片好地，雲小姐應該知道，我們縣是人少，所以那裡才荒蕪，不然早有人開墾了。」

墨勤在旁邊適時「哼」了一聲，雲舒聽到了，知道他無事斷然不會這樣，定然是有事要提醒自己，便轉頭詢問：「墨大哥，你怎麼看？」

墨勤面無表情地說：「關中和洛陽上田，每畝也就兩、三千錢不等，居延邊地，每畝不過百錢，你這山中荒地，卻敢開一千錢，當我們好欺負嗎？」

雲舒心中嘖嘖稱奇：真便宜！

想到後世的房價，哪怕是一般城市的邊緣地帶，也要一坪兩萬人民幣，若是在上海、北京那種大城市，則要一坪十萬，沒想到古代的土地卻這麼廉價，一千錢一畝！

不過雲舒並沒有在臉上表現出來，而是皺著眉頭聽墨勤說話。

這位馮少府出高價宰人已經到連墨勤都看不下去的地步，足以說明他的心有多麼黑。雲舒雖然不在乎這些小錢，但也不會無緣無故當冤大頭。

於是她說：「呀，墨大哥，沒想到這裡的地價這麼貴，是我太心急了，我們明天再去弋陽一帶看看吧。」

墨勤依然面無表情，僅是低應一聲。

馮少府急了，就怕貨比三家對他不利，更何況他的確把價錢開得太高，萬一把這筆生意談崩了，縣令只怕會讓他吃大排頭。

他乾笑著說：「價錢可以談嘛，何必急著走……」

雲舒說：「大人也要拿出誠意跟我們談才好呀。」
馮少府問道：「那好，你們說多少錢，只要能賣，我就咬牙賣了！」
雲舒望向墨勤，墨勤冷冷伸出了三個指頭。
馮少府臉色一緊，說：「三百錢……太少啦！」
「少？山川林澤之地，不可開墾，你以為能賣多少錢？我們不買，難道還會有其他人買嗎？我們姑娘雖然涉世未深，但你以為我們旁人也是吃乾飯（注）的？」墨勤冷冰冰地說道。
一段狠話把馮少府的萬般心思都堵回了肚子裡。他的確太異想天開了，以為雲舒好欺負，他早該想到，這樣一個女子敢出來做生意，身邊的人可不好糊弄。
雲舒在這裡找到野生的茶樹叢，並不是很想再去其他地方找，於是在中間緩頰道：「大人，我看就這個價吧，西南面那片山坡，我一併買了，這樣總行了吧？」
南面和西南面兩片山坡，總價也有好幾千錢，對小縣的土地買賣來說，不少了。
待官差丈量了結果來稟報，兩片山坡六畝地多一點，雲舒想到以後要在這裡做生意，少不得要跟這些人打交道，於是按照七畝地的價格算錢。
雲舒另外又給了馮少府和官差一些上山的辛苦錢，馮少府倒也樂呵呵地下山去，說這幾天就會把地契處理好。
有淮南翁主作保，手續辦得很快。何家寨的人看到有錢賺，做事也快，轉眼幾天之間，一個茶莊的雛形就出來了，只不過要打理好，就是長久的事情了。

注：吃乾飯，只吃飯不幹事或沒有本事之意。

劉陵已經在郿縣小小的地界裡找不到地方玩了，在聽說茶莊的木屋建好之後，就說一定要跟雲舒一起上山看看。

擇了一天早上，雲舒和劉陵一道上山。

清晨山中雲霧瀰漫，鳥啼蟲鳴，鬱鬱蔥蔥的樹林，使人心神舒暢。

待到了茶莊，裡面已經人頭攢動，砍樹的砍樹、整地的整地，一間木屋裡還升起了做早膳的炊煙。

雲舒遠遠指著一片被圈起來的茶樹叢說：「那就是我賺錢的寶貝，待會兒讓翁主嚐嚐。」

劉陵笑了笑，不過一些野茶樹，能賺多少金銀不成？再好的茶她都喝過，因此並未對雲舒的茶抱多大希望，只是覺得她打理得挺有意思。

看了茶樹後，雲舒請劉陵去一間木屋裡坐下休息，而後去了隔壁一間屋子。

在工人們整理茶莊時，雲舒這幾天在山上研究起加工茶葉的工藝。她按照以前跟爺爺聊天時知道的知識，慢慢嘗試著製作。

不同茶的製作方式各異，製作信陽毛尖，需要把新摘下來的嫩葉放在通風的地方攤開，待葉片青氣散失，葉質變軟時，就將茶葉放入事先磨光滑的大鐵鍋內，用圓形的小掃帚翻挑抖動。待青葉軟綿後，用茶把尖收攏青葉，在鍋中轉圈輕揉裹條。

信陽毛尖以細圓光直聞名，要讓茶葉「細圓光直」，這一步十分考驗技術。

翻炒過程中，待青葉進一步軟綿捲縮後，就要起鍋，把茶放到火上烘烤後再攤涼。反覆烘烤、攤涼幾次，待用手搓茶葉，茶葉能變成粉末狀時，茶葉也就製作好了。

這些工藝說來簡單，但雲舒在嘗試過程中，卻吃了不少苦頭，每一步的時間、火候、動作都需要仔細琢磨。

她現在可以炒的茶，能泡出現代茶葉的味道，但是外形卻有些慘不忍睹。原本應該像一根根圓針般的茶，都被她炒斷或弄爛了。

不過好在沒人知道真正的「信陽毛尖」是什麼樣子，她也不怕人笑話，只待日後找些採茶和製茶人一起慢慢研究。

劉陵見雲舒端著一壺開水和一碟茶葉走進房裡，好奇地看她抓了一撮茶葉放進木杯裡，然後將開水倒進去沖茶。

「不用加火煮嗎？」漢代喝的茶都是生茶，要用水煮，所以劉陵看雲舒直接用開水沖泡，覺得很奇怪。

雲舒解釋道：「這茶葉已經是熟的，沖泡一會兒就可以飲用了。」

劉陵覺得很有意思。「這麼方便？會不會很難喝？」

雲舒將茶捧給她說：「翁主嚐嚐看就知道了！」

劉陵淺酌了一口，睜大了眼睛說：「味道完全不同，好香！」

信陽毛尖的味道清香撲鼻、滋味濃醇、香高持久，沖泡出來的湯色色澤翠綠，嫩綠明亮，完全不像煮出來的綠茶那般渾濁。

雲舒笑著說：「春茶肥、秋茶瘦，翁主現在喝的是入秋之後的白露茶，這還不是最好喝的，明年春天的清明茶更好喝。」

「當真？我並不知道還有這些講究，明年春天我定要再嚐嚐！」

劉陵連飲數杯，下山之前還把雲舒炒茶的實驗品全部打包帶走。

見劉陵喜歡，雲舒也就放心了，待明年春天完善了製茶工藝，做出品相和品質都好的茶葉，在上層人士中應該會很受歡迎。

在劉陵與雲舒滯留在鄽縣時，卓成又氣又急，一心想早點回淮南國，與淮南王劉安商議要事，偏偏劉陵不想回去。

苦思了幾日，卓成好不容易想到一招，就是偷偷派人送信給淮南王，密告淮南翁主在衡山國邊境滯留，勸歸，無用。

鄽縣往南就是衡山國，衡山王是劉陵的三叔劉賜，與劉陵是嫡親關係。只是她父親劉安與劉賜不和，兩家關係極差。

淮南王老早就等著女兒回家，好仔細詢問長安之事，沒想到卻收到晉昌的書信，看完後勃然大怒，甚至懷疑劉陵被衡山王蠱惑拉攏，於是急忙寫信催她回家。

劉陵收到家裡的書信時，看到竹簡上寫著「聞陵久滯於衡山國，恐徒生事端，速歸。」不禁冷笑連連。

她招來麾下文士，劈頭蓋臉第一句就喝問道：「誰人將我行蹤密告與父王？」

晉昌、伍被、左吳三人跪在地上，口中連稱不敢。

劉陵的眼神在晉昌身上停留了一會兒，說道：「父王與三叔交惡，就是被你們這些奸佞挑撥！徒生事端？能生出什麼事端？你們且替我寫信回告父王，陵聽聞三叔身體不適，正欲前去探望，望父勿憂！」

「翁主三思！」

三名文士被劉陵倔強的決定弄得心驚膽顫，原本互不來往的兩家，劉陵現在卻要主動上前問候，若淮南王覺得有失臉面而發怒，第一個受難的，就是劉陵身邊這些文士。

劉陵拂袖站起，冷笑道：「我去看我叔叔，你們誰敢攔我？」

晉昌等人面面相覷，拿劉陵一點辦法也沒有，只恨得要把牙咬碎。卓成心中既悔又恨，原以為能把劉陵弄回去，誰知她大膽妄為到如此地步，絲毫不把淮南王的話放在心裡。

劉陵決定去衡山國的命令下達後，眾人趕緊準備起來。

劉陵差人找來雲舒，吩咐道：「妳做的這個什麼信陽毛尖，再幫我備一些，我要去探望我的三叔，讓他們也嚐一嚐。」

雲舒眼神一亮，連忙答應下來。這可是上層交際圈的免費廣告機會！

回到茶莊，雲舒從何家寨裡挑選幾名比較心細有耐心的農婦，開始教她們製茶，然後精選形狀好看製作成功的信陽毛尖，把它們裝在綢布做成的小袋子裡，再用手工編織的竹盒子裝好。

如此做了三盒，已是三日後了。
雲舒在劉陵出發前，將精裝信陽毛尖送到劉陵手上，劉陵看了很滿意，笑著稱讚道：
「這做得比貢茶都好，妳手藝真不錯。」
雲舒心中很明白，不是她手藝好，而是因為製茶工藝的本質不同。上品信陽毛尖的每片茶葉捲成圓筒狀後，都如綠色的細針一般好看，她的水準還遠遠不夠。
雲舒只當劉陵這次出行是很正常的走訪，送她離開後，就回到茶莊，找大家商量起事情來。
她的茶莊已有了雛形，修葺茶莊的工人們由大平和墨勤管理，製茶的女工由雲舒親自調教，後勤做飯送水的中老年婆子，則由丹秋負責。在雲舒的安排下，一切井井有條。
現在茶樹只有十幾株，待把坡地整理好後，雲舒計劃要將整個山坡都開闢成梯田，然後一排排種上茶樹。大家聽了她的想法之後，如獲至寶，眼神裡滿是欽佩和敬仰。
雲舒不敢自滿，畢竟這是從前人經驗裡「偷」來的知識，但無論她怎麼解釋，大夥兒對她的崇敬態度，已經改變不了了。
眼下雲舒唯一要擔心的是管理問題，趁著墨勤、大平、丹秋幾人聚攏吃飯的時候，她將這個問題提了出來。
「何家寨的人現在雖然願意在茶莊做小工，但等到秋收和明年春耕時，他們恐怕會先照顧自家的田地，其次才願意來這裡做零工。況且，我們還要去其他地方找茶，不能只把希望寄託在這十幾株茶樹上。我們走了以後，茶莊又該怎麼辦？」

雲舒把問題拋出來，幾人都停下筷子思索。

丹秋比較了解雲舒，問道：「雲舒姊姊是不是已經想到了辦法？」

雲舒點點頭說：「想是想到了一個，只是實施起來還有困難。」

眾人都表示願聞其詳。

雲舒說：「等再花半個月時間把梯田開墾好之後，我打算在鄄縣招募會種樹的長工和採茶的女工，目前茶莊規模不大，這些人總共十人足矣，茶莊的一切維護也得靠他們。」

大平聽了點頭道：「這個並不困難，鄄縣並不富裕，長工很好招的。」

雲舒說：「難的不是招人，而是管理，必須找一個可信又有能力的人留在這兒打理茶莊，這樣我們才能放心去找下一種茶。」

大平愣愣地用筷子指著自己說：「雲姊姊，我行嗎？」

雲舒朝他丟了一個白眼。「我怎麼可能把你丟在這種地方？你們幾個，最後都要跟我一起回長安。」

大平犯難道：「那怎麼才好呢，難道要找淮南翁主，請她介紹一個有能力的人？」

雲舒搖頭道：「這種事怎麼可以假他人之手，要是我們自己的心腹才行。」

墨勤原本想說什麼話，但聽雲舒這樣說之後，又閉上了微啟的嘴唇。

雲舒沈默了一會兒，將頭轉向墨勤說：「墨大哥，之前聽你說，墨者和墨俠遍布天下，你在這附近可能找到合適的人替我管理茶莊？」

雲舒想找墨勤的手下幫忙，是她思索很久之後才作出的決定。

墨者出身貧民，多是有本事的人，而且這個團體人數多、範圍廣，如果墨勤願意幫忙，可以省去雲舒很多麻煩。然而墨者都是有理想有抱負之人，雲舒擔心自己貿然開口，會讓墨勤不高興，所以直到現在才提出這個意見。

墨勤眼神頗為複雜地看向雲舒，他剛剛見雲舒發愁，就準備說自己有人手可以推薦，但聽雲舒說要她可信之人，就將到嘴邊的話吞了回去。現在雲舒主動問他，是不是代表她信任墨勤，也信任墨家？

對於這份信任，墨勤十分高興，他壓抑著內心的歡喜，冷靜說：「有一墨家門人，就在不遠處的隨縣，他原本隨父親種植果樹林，但是早些年家裡的林地被搶，父母接著雙亡，於是加入了墨家。他為人踏實沈穩，雖沒種過茶，但對種樹還算在行。妳如果覺得受用，我明天就去找他，把他帶來給妳看看。」

雲舒高興地說：「那再好不過，麻煩墨大哥了！」

次日，墨勤騎了馬就要去隨縣找墨家門人，臨走前，他放心不下雲舒，對大平叮囑道：「姑娘若往返於山上山下，你要親自陪護，萬萬不可大意。你辛苦幾日，我速去速回。」

誰知墨勤這一去，五天都沒見他回來，雲舒有些擔心，但又想到墨勤武藝高強，肯定不會出什麼事，也許是找不到要找的人，在外面耽擱了時間，於是便耐著性子繼續等。

茶莊中的梯田已漸漸成形，雲舒擇了一日，將何家寨在茶莊裡幫工的人都聚攏起來，說明自下月開始要招收長工，不再像現在這樣徵用短工。

這個消息一出來，何家寨幾十人都議論紛紛，雲舒對他們說：「這個茶莊是你們一草一木收拾出來的，大家對這裡最熟悉，我也希望你們願意到我這裡來做事。只是你們家中都有田地，勞力有限，到我這裡就顧不上家裡，你們思索幾日，若願意留下，可以來跟我說。」

何家寨不過五、六戶人家，卻有一片不小的田地，眾人晚上回家之後，家家戶戶都在討論這件事。

雲舒開的工錢高，這些人自然不想錯過機會，但是家裡傳下來的田，又不能廢棄，一時讓很多人猶疑不定。

待商量了幾日，有人陸陸續續找上雲舒。跟雲舒之前設想的差不多，何家寨各戶人家的當家主力要種地，女人要幫全家人做飯吃，沒有選擇賣身來做長工，而是送了女兒過來做採茶女，或是送年紀大一點的過來做幫傭。

雲舒挑選了四名採茶女，又選了個做飯很俐落的老婦人，餘下還差五名出力氣的長工，她打算等墨勤把墨家門人帶來後，讓那人去鄮縣招人。

墨勤一去七日，雲舒再也耐不住性子，便要大平騎馬去隨縣找一趟，看看是不是出了什麼事。

大平擔憂地說：「那雲姊姊妳的安全怎麼辦？我不能把妳跟丹秋兩個女人丟在山裡呀！」

雲舒說道：「最近茶莊沒什麼事，我讓毛大叔暫時看守一下，明天一早我們跟你一起下山。你去找墨大哥，我跟丹秋在縣裡等你們回來。」

既然是住在山下，大平倒不是很擔心她們的安全，第二天也就安心地去找墨勤了。

第七十八章　太子駕到

鄙縣地界小，人口也少，小縣城裡的人都知道雲舒這個買了兩個山坡的長安女商人，有人在街上碰到了，還會以驚奇的眼神打量她，大概是從未見過這樣的女子。

雲舒和丹秋住進驛館，丹秋說想上街買兩雙鞋。因為她們在山上一直走泥土路，腳上的布鞋早已髒得看不出顏色，連洗也洗不乾淨了。

不放心丹秋一人上街，雲舒和她放好包袱之後，兩人結伴而行。

初秋的天氣十分宜人，太陽曬在身上已經不熱，反倒有了暖洋洋的感覺。兩人話著家常，一邊在街上挑選東西。

時下的人都是自己在家做鞋，所以賣鞋的店只有一、兩家，而且店裡的貨也不多，多是樣式一樣的黑底青面布鞋。

出門在外，能夠穿上底子結實的鞋也就夠了，兩人不奢求樣式，掏錢買了兩雙，轉身回驛館。

走了沒幾步，街上突然熱鬧起來，有人從街頭一路奔跑著喊過來，興奮地對路人說：「太子來了，太子來我們這裡了！」

民眾紛紛從屋裡走出來，四處張望，希望一睹太子儀容，沾點貴氣和福氣。

有人拉著奔跑喧喊的男子問道：「你莫不是瘋了吧，太子怎麼會來我們這裡？」

那男子篤定地說：「真的是太子！我哥在守城門，我送飯去給他，看到一隊騎兵護著一輛馬車行駛過來，我哥上前盤問是何人前來，領頭的士兵說是太子殿下駕到。我哥要我趕緊去通知縣令大人，大人已經去迎駕了，我才跑來告訴大家！」

眾人開始發出讚嘆聲。「唷……前不久才來了一位翁主，現在又有太子駕到，咱們這裡莫不是有大事要發生了？」

旁邊有人拉著他說：「貴人們的想法，我們哪裡知道，別亂說……」說著，就往雲舒身上瞟了瞟。

雲舒對他們來說是外鄉人，又是當初跟淮南翁主一起來的，鄉民擔心議論的話被雲舒聽到會惹出什麼事，所以提醒說那話的人。

雲舒拉著丹秋走到人後，沿著街邊疾步走回驛館，丹秋覺得很是可惜。「咱們怎麼不留在街上看看熱鬧？我還沒見過太子的車駕呢。」

劉徹尚無子，民眾口中的「太子」，只可能是某個諸侯國的太子，相當於後來的王爺世子。

雲舒不想看熱鬧，是因為不想等車駕經過時當街下跪，哪怕是來這裡這麼多年了，雲舒還是不習慣下跪這種事。

但這個理由跟丹秋恐怕說不通，於是雲舒開玩笑似地說：「虧妳還在長安見過世面呢！諸侯國的太子又能怎麼樣，三頭六臂不成？他的車駕，說不定還沒長安那些貴人的車駕華麗呢，何必在外面吃些泥土灰塵？」

丹秋聽聽也是，就拿起換下的舊鞋，刷洗去了。

雲舒閒在房裡，想到墨勤七、八天沒音訊了，不由得十分擔心，就算是迷路也好，只願他沒事。

正在神遊，驛館的房門被人敲得亂響，雲舒皺眉走去開門，卻見到兩名官差站在門外。

「妳是雲舒嗎？縣令大人要我們帶妳過去！」一名官差說道。

雲舒心中疑惑，縣令這個時候正在接待太子，怎麼會要見她？

「官大哥，大人見我所為何事？」雲舒客氣地問道。

其中一名官差伸手抓住雲舒的胳膊，將她使勁一拉，喝斥道：「問這麼多做什麼，跟我們走！」

雲舒被他這樣一扯，臉色大變，怎麼像是抓犯人一樣？她沒做錯什麼事啊！

不由雲舒分說，這兩名官差將她押出了驛館。

丹秋刷完鞋回來，見房門洞開，進去不見雲舒的人影，包袱錢幣卻好端端在床上放著。她找遍整個驛館都找不到雲舒的人影，不由得發慌。

墨勤和大平不在身邊，雲舒突然失蹤，丹秋從來沒有一刻像這樣焦急，頓時急得哭了出來。

雲舒被帶到縣令面前，縣令看到雲舒是被強行押來的，不由得大驚失色，喝問那兩位官差：「不長眼的東西，誰要你們對雲小姐如此不敬？」

兩名官差愣住了，當時縣令大人匆匆忙忙命他們立即把人找到帶過來，沒給理由。他們只當是跟平時辦差一樣，誰知人帶來了，卻被罵了一頓。

雲舒也很疑惑，不知這鬧的是哪一齣。「大人，您找我有什麼事嗎？」

縣令大人收起怒色，笑著對雲舒說：「太子殿下光臨敝縣，點名要見妳，妳快準備一下，隨我去吧！」

縣令早就懷疑雲舒的身分，現在又聽到太子說要見雲舒，心中似乎已經確信雲舒肯定是哪個大戶人家的小姐，不然怎麼會有這麼多貴人找她？

「太子？我不認識什麼太子，為什麼要見我？」雲舒茫然地說。

縣令以為雲舒在裝傻，不禁求道：「大小姐，認不認識，您過去看看便知，快隨我去吧，別讓太子殿下久等！」

雲舒被縣令推著走了幾步，突然回頭說：「等等！」

雲舒越過縣令，對身後的官差說：「你們匆匆把我押來，我妹妹丹秋看到我突然不見了，肯定會著急的，你們得回驛館通知她一下。」

縣令不由得惱怒，對官差吼道：「你們怎麼辦事的？還不快去！」

縣吏匆匆跑去找丹秋，雲舒被縣令帶著來到一間花廳前，正有丫鬟端著托盤出來，上面的茶水絲毫未動。

縣令大人低聲問道：「怎麼？」

丫鬟同樣低聲說：「太子殿下說他不喝這個茶。」

縣令不由得犯愁，這已經是他這裡最好的茶了，誰知竟遭太子嫌棄，看來貴人果然難伺候！

縣令搖了搖頭，躬身帶雲舒進房間，只見一位身披黑紅相間瑞獸外袍，頭束黑紗高冠的男子背手站在正中央。

縣令跪在地上回稟道：「太子殿下，雲舒已經帶到。」

男子轉過身，微黑臉龐，五官立體，氣質略顯狂野。他眼神犀利地看向雲舒，他全身散發出的強勢氣場，讓雲舒十分不適。

雲舒行禮道：「民女參見太子殿下，不知殿下召見民女所為何事？」

男子上下掃視了雲舒一番——粗布衣、粗布鞋、黑髮輕束、未施粉黛，看到這樣的雲舒，男子有些驚訝，稍愣一下才說：「原來妳就是雲舒。」

他似笑非笑地看了她幾眼，對縣令說：「大人，我二弟和淮南翁主也應該快到了，你去把他們帶來這裡吧。」

縣令連連應諾，退出房間到城門接人去了。

房中只剩他們二人，雲舒乘機偷偷打量這所謂的「太子」，心中揣測：他剛剛提到劉陵，看來他應該是劉陵此次前去探望的衡山王長子——劉爽。

大約猜測出他的身分後，雲舒也就有了把握，想來他點名要見她，是因為劉陵在他面前提到茶葉的事情吧。

原本只想做廣告，沒想到竟然引得連真人都來了，看來效果挺好。只要她的茶葉在上層圈子裡慢慢有了名聲，她就可以走精品路線，把目前所剩無幾的茶葉賣出高價，這樣就能解決茶莊茶樹不多、產量稀少的問題。

她打定主意，今年下半年的主要目標就是發掘新茶、廣告造勢，這樣明年才能有更好的銷路。一想到明年春天就能賺很多銀子，雲舒不禁偷笑起來。

她正竊笑著，忽然覺得下巴好疼，瞬間被人捉著下巴，強迫抬起了頭。

雲舒慌亂的眼神撞進劉爽帶著戲謔的眼中，他問：「見到本殿下，讓妳如此開心？」

雲舒後退一步，推開他的手，皺眉說：「殿下請自重！」

劉爽笑了出來。「自重？妳以為我要對妳怎樣？」

雲舒帶著厭惡的眼神盯著劉爽，這人太輕浮了，不管他有沒有想怎樣，對她隨便動手動腳，她就是不喜歡！

雲舒氣鼓鼓地瞪著劉爽，劉爽反倒覺得很有意思。他仰頭笑了兩聲，對雲舒勾了勾手指，說：「過來。」

雲舒皺眉說道：「我在這裡就可以聽到殿下的聲音，殿下有什麼話就說吧。」

劉爽玩世不恭地說：「妳大張旗鼓地要阿陵送茶葉給我，不就是想接近我嗎？妳的茶葉本殿的確很喜歡，現在本殿過來了，妳卻裝什麼矜持？再裝下去，本殿可不吃這一套！」

他在說什麼?!雲舒滿腹疑問，難道他以為是她託劉陵套關係，故意用茶葉討好他？

「殿下，您莫不是誤會了什麼？淮南翁主的茶葉是我準備的沒錯，可我根本不知道她要送給誰，莫非您以為民女對您別有所圖？民女可不敢有這種大膽想法！」

之前劉陵拜訪衡山王，一直在劉爽面前說雲舒有多好，什麼衣服樣式別緻、製茶手藝好，加上劉陵突然跟衡山王一家恢復連繫，她的種種舉動，由不得劉爽不多想。

是想送個女人給他，安插進衡山王府？抑或只是單純討好，緩和兩家關係？

不論是哪一種，劉爽都認為，劉陵的確想把雲舒送給他。

劉陵從小到大就如交際花一般，在有身分的男人間遊走，她的名聲很不好，劉爽便以為她身邊的女人都跟她一樣。

他上前一步，捉住雲舒一隻手，往自己懷裡一帶。

雲舒突然被他扯進懷裡，下意識反抗地推他，卻感覺到耳邊噴來熱氣，劉爽惡狠狠地說：「跟劉陵一路貨色，裝什麼純潔和高貴？」

什麼叫一路貨色？是說她跟劉陵一樣周旋於男人之間？

感覺到噴襲而來的男子氣息，雲舒心中緊張，不堪劉爽譏諷的話語，揚手一揮，一巴掌摑在他臉上！

劉爽愣住了，難以置信地看著被他捉在手裡的女子。

雲舒也愣住了，剛剛一著急，她打人了……打的還是太子！

趁劉爽發愣的時候，雲舒用力掙脫開他的懷抱，後退了好幾步。

劉爽一手摸上火辣辣的臉頰，另一手指向雲舒，憤怒而驚詫地說：「本殿是看得起妳，妳竟然敢打我？」

雲舒感覺到他的憤怒，一時慌了手腳，心中不斷想著：怎麼辦，打了太子，她會被賜死吧？

雲舒下意識連連往後退，退到門邊就轉身開門想跑。

劉爽被她打了，哪會善罷甘休，在後面喝斥道：「死女人，給我站住，還敢跑？」

他愈是這樣，雲舒愈是要逃，這裡只有他們兩人，天知道會發生什麼事！

雲舒剛把門閂拉開，還沒來得及開門，就被劉爽從後面抓住肩膀。她嚇得大叫道：「救命啊！」

話音剛落，木門猛然被大力推開，嚇得雲舒又是一聲驚叫。

劉爽還沒看清闖進來的是何人，眨眼間，自己搭在雲舒肩膀上的手就被對方捉住，緊接著，對方一個手肘揮來，擊向他的正胸。

他的胸腔如同要被人擊碎一般，劇痛隨之而來，巨大的力道讓他連站都站不穩，直到後退撞到屋內的柱子才停下。

雲舒瞪大了眼睛看著兩人，趕緊衝上去捉住還要追打劉爽的那人，喊道：「墨大哥快住手，這位是太子殿下，打不得！」

氣呼呼衝進來的墨勤被雲舒攔下，他問道：「妳沒事吧？我來晚了。」

雲舒急忙搖頭說：「我沒事，只是墨大哥你呢？好幾天沒音訊……」

墨勤很是抱歉地說：「路上有些事情耽誤了，幸好大平找來，不然妳出了事，我萬死難辭其咎。」

劉爽捂著胸，看著無視他閒聊起來的兩人，憤怒地對外吼道：「來人！」

這一喊叫來一堆士兵，劉爽指著墨勤說：「把這人拖下去，斬了！」

雲舒臉色大變，劉爽說斬了，可不是開玩笑，他完全有這個能力。

她急忙跪下請罪道：「太子殿下贖罪，我大哥一時心急，並不是故意打殿下的，不知者無罪，太子殿下要怪就怪我吧！」

劉爽撩起外袍坐到主位上，墨勤那一擊極重，他一呼吸，胸腔就火辣辣地疼。

他不聽雲舒求情，揚手道：「還不把他捉起來！」

幾個士兵圍上來捉住墨勤，墨勤完全可以還手，但這樣只會把事情愈鬧愈大，最終即使他掙脫了，雲舒一行人卻會受到連累。

皺著眉，墨勤鬆開了手中還未出鞘的劍，任由士兵把他捆綁起來。

劉爽看著地面上並排跪著的男女，心中氣惱無比，但這詭異的情況讓他不由得重新思考。

他慢慢冷靜下來，看雲舒通身布衣，一副良家女子的樣子，並不像是貴族間互相贈送的姬妾。

再想到她從一開始就是反抗拒絕的態度，也不像是跟他耍心機，自己恐怕真的是誤會了什麼，或者是……劉陵在耍他？

想到這裡，劉爽心底升起一股怒氣，卻又矛盾地看向雲舒和墨勤。這兩個人打了他，也算情有可原，但他的面子和自尊絕不允許他就這麼輕易放過他們！

他板著臉對士兵說：「愣著做什麼，拖下去，關進大牢！」

雲舒聽到這句話，微微鬆了口氣，是「關進大牢」，而不是「斬了」……

墨勤被押下去之後，房間裡又安靜下來，雲舒跪在劉爽前面請罪，劉爽一手捂著胸口，就那麼斜視著她。

雲舒很怕墨勤就這麼被判罪，求饒說：「太子殿下，墨大哥真的不是故意的，他只是一時心急，請殿下饒他這一次吧！這一切都是因為我，若有什麼懲罰，我代他承受！」

劉爽突然邪笑道：「什麼懲罰都願意承受？」

雲舒忙不迭地說：「是！」可稍一想到劉爽剛剛對她的舉動，又改口說：「也不是……」

劉爽笑了，問道：「到底是還是不是？」

這短短一刻鐘的事，已把雲舒弄得心浮氣躁，她不由得苦著臉說：「殿下，您到底怎樣才消氣？除了賣身以外，您說出來，民女一定盡力。」

劉爽揉了揉胸口說道：「他這一肘打得不輕，內傷啊……」

雲舒忙道：「我賠錢，我幫殿下請郎中！」

劉爽瞪了她一眼，說：「本殿難道還在乎這點小錢？」

雲舒苦了臉，能用錢解決的問題就不是問題，可是若不是錢的問題，就難辦了……

劉爽動了幾下嘴，說道：「阿陵送給我父王的茶很奇特，可惜只有三盒，妳若能為我弄來三十盒，我就放了妳大哥。」

「三十盒？」雲舒發愁了。茶莊十幾株茶樹已經沒有什麼新葉可採，若過度採摘，會影響明年的收成，三十盒不是小數量，她上哪兒去找新茶？

劉爽冷笑道：「看來妳也不是很在乎妳大哥嘛，三十盒茶葉換一條命，妳都猶豫不定。」

雲舒怕他改主意，忙說：「不不不，我這就去想辦法，還請殿下給我一些時間準備！」

劉爽伸出一個手掌，說：「好吧，給妳五天時間。」

五天！雲舒鬱悶到不行，五天時間怎麼可能夠！但劉爽一副不想再講價的表情，雲舒也只好先答應下來，再看怎麼辦。

雲舒垂頭喪氣回到驛館，丹秋從裡面衝了出來，紅著眼睛問道：「雲舒姊姊，妳沒事吧？我剛剛到處找不到妳，後來有官差來說妳被他們帶去縣衙，嚇死我了！」

雲舒嘆著氣坐下。「我沒事，可是墨大哥被關押起來了。」

丹秋大驚，兩人前前後後一說，雲舒這才知道，原來丹秋在焦急的時候，墨勤趕了回來，聽說雲舒被帶去縣衙，急匆匆趕去，這才有了打太子那一幕。

雲舒又問道：「大平呢？墨大哥說大平找到他了，怎麼不見人影？」

丹秋說：「墨大哥在隨縣找到了他的門人，可是那個人的妻子正要生產，他在那裡耽擱了幾天時間。墨大哥不放心我們，先行回來，要那人帶著妻子隨後來郿縣。在回來的路上，墨大哥遇到了大平，就要大平去隨縣接他們，自己先回來。」

「原來是這樣。」雲舒點了點頭。

茶莊的事情不用擔心了，然而眼下只有她和丹秋兩個人，三十盒茶葉，她到底要去哪裡找……

在雲舒愁眉苦臉時，劉陵卻在縣衙裡笑得前俯後仰，她指著胸疼難受的劉爽說：「活該，誰要你對雲舒動手動腳，該再打你兩下才行！」

劉爽氣得直哼氣。「還不是妳，一直在我面前說她的好，我還以為妳要把這個女人送給我！」

劉陵又笑了起來。「唉唷，笑死我了，我可沒說過這樣的話，她是我姊妹，我說她幾句好話，就是要送給你？那我說天下的女人都好，你是不是要娶全天下的女人？」

劉陵身旁一個面白唇紅，稍顯陰柔的男子說：「大哥，這就是你的不對了，別人可是良家女子呢！」

劉爽氣到不行，對這男子吼道：「劉孝你閉嘴！若不是你非要拉我來這裡玩，怎麼會惹出這樣的事情？中途若不是你拉著阿陵去遊湖，我們一道過來，也不會發生這樣的事了。」

衡山王二子劉孝抓住劉陵的手，假意膽怯說：「陵姊姊，大哥他凶我……」

劉陵拍掉劉孝的手說：「早知道就不讓你們跟我一塊兒過來了，盡添亂！」

劉爽看到弟弟劉孝與劉陵間的舉動，頗為無奈地皺了皺眉。自從劉陵登門拜訪，劉孝就前後左右纏著劉陵，黏膩程度真是劉爽前所未見。

劉陵告辭的時候，劉孝非要跟著劉陵出來玩，因劉陵名聲不好，劉爽不放心劉孝這一個同胞弟弟，就跟他們一起來到鄮縣，好盯著他們一些。

劉陵對劉爽勸解道：「十六哥，你快放了雲舒的大哥吧，別把人家給惹哭了。」

劉爽在宗族裡排行十六，劉陵這樣喊他，頗有親近的意思，但劉爽卻說：「怎能這麼輕易放了他？太沒面子了！」

而後劉爽又將三十盒茶葉的事情告訴劉陵，劉陵並不清楚三十盒的量是什麼概念，只當雲舒能完成，便笑著把此事揭過。

第七十九章　誤入陷阱

在人手和資源有限的情況下，雲舒想弄出三十盒茶葉交給劉爽換取墨勤的自由，實在有些困難。

她思索了一整晚，第二天一早就帶著丹秋上街，站在最熱鬧的街頭，向百姓懸賞找茶樹，但凡帶著她找到一棵茶樹的百姓，她便饋贈一百錢。

這個價錢對於鄮縣百姓來說，有相當大的吸引力，一時之間街頭沸騰了起來，人們紛紛向雲舒聚攏。

有路人質疑雲舒拿不出那麼多錢，雲舒淡笑著取出一袋錢，抓出裡面的錢幣向眾人展示，並說：「我們商人做事最講究信義，我一個外鄉人來到這裡做生意，靠的就是當地的父老鄉親，又怎敢欺騙你們？」

眾人想想也是，她一個姑娘家，若敢賴帳，只怕插翅也逃不出鄮縣百姓的手掌心。

人群中有人認出雲舒是買下兩片山坡的長安商人，話聲漸漸傳開，眾人終於相信她了，可是一個大問題接著出現——有心尋找茶樹的百姓並不知道茶樹長什麼樣子。

聽到有人喊出這個問題，雲舒皺眉思索了一下，對眾人說：「我山上的茶莊有十幾株茶樹，你們若真想賺這筆錢，不妨跟著我上山，我教你們辨認，而後你們再去山裡找，如何？」

有人看熱鬧，但有人是真心想賺錢，短時間內竟有二十多個男女老少跟著雲舒上山，往茶莊走去。

在街口不遠處的屋簷下，卓成冷冷看著雲舒的一連串言行，待她的身影消失在視線中，他扯了扯嘴角，冷笑一聲，轉身離去……

看守茶莊的毛大叔以及整理莊園的工人們被突如其來的人群嚇了一跳，待雲舒說明原因之後，茶莊眾人便開始積極教大家認清茶樹的模樣。

人潮漸漸向深山裡散開後，雲舒站在茶莊門口，不由得嘆了口氣。

丹秋安撫道：「雲舒姊姊，別著急，這些百姓都常在山裡走動，他們熟悉地形，一定能找到其他茶樹的！」

雲舒點點頭說：「嗯，但願人多力量大，能及時把茶葉湊齊吧。」

夜幕漸漸落下，進山的人們並沒有帶回任何訊息，雲舒的心不由得往下沈，但她自我勸慰道：萬事起頭難，明天再去街上造勢，找更多人進山，一定能找到茶樹的！

而此時，在昏黃的鄮縣街頭，一個醉漢被人丟出酒館，打了幾個滾，停在一雙黑色布鞋前面。

卓成低頭看著這個全身髒兮兮的醉漢，抬頭問小酒肆的夥計：「你們怎麼把他丟在街上？既然是你們的客人，應該去找他的家人，扶他回去才是。」

酒肆的夥計看卓成衣著光鮮，猜他是最近來鄮縣的貴人，於是恭敬地說：「這位客官有所不知，這個楊二是出了名的酒鬼，早年因為喝酒耍酒瘋打死了老婆，關一段時間出來之後，還是這樣，有一點錢就來買酒喝，喝足了只要我們別管他，關門的時候丟出去即可。等他醒了，有錢了，還會再來。」

卓成面露驚訝。「原來是這樣。」

那夥計內心不由得偷笑，真是富人多作怪，像楊二這種窮困潦倒的，鄉下見得多了。

夥計見卓成沒有進酒肆買酒的意思，便轉身回店裡了。

卓成圍著在地上哼哼唧唧的楊二走了兩圈，竟然彎腰把他扶了起來，往巷子裡走去。

卓成扶著醉醺醺的楊二來到巷子後，鬆開手，任由楊二滑倒在地上。他的腦袋撞到牆壁，劇烈的疼痛讓他清醒了幾分，嘴中亂喊著：「誰……誰敢打、打我……」

卓成在楊二面前蹲下，拍了拍他的臉說：「醒醒，給你送錢來了。」

「錢、錢！」楊二翻動了眼睛一下，靠著牆壁掙扎著坐起來了，他看著眼前模糊的身影問道：「錢，在哪兒？」

卓成笑了笑說：「你看到今天早上在街頭散錢的那個姑娘了嗎？」

楊二點了點頭，他今天喝酒的錢還是從雲舒掉在地上的錢裡撿來的。

「她那裡有好多好多錢，你想要多少，就能得到多少，怎麼？不想要嗎？」

楊二腦子還算清醒。「我又不知道茶樹是什麼，她怎麼會給我錢！」

卓成呵呵笑道：「我教你一個方法……」

第二天一早，雲舒再次上街招募找茶樹的人，待她帶了第二批人上山到茶莊認茶樹後，其中一個漢子說：「唷，原來是這種樹，我家後山上就有好多，不過比這個高一些，不太確定到底是不是茶樹……」

雲舒喜出望外，上前說：「這位大叔，能帶我去看看嗎？」

那漢子喜孜孜地說：「當然可以，只是看到樹之後，妳真的能一株樹給我一百錢？」

雲舒點頭說：「放心，我絕不失言！」

毛大叔和丹秋原本要跟雲舒一塊兒去，但雲舒擔心還有其他村民來上報茶樹，就只帶了丹秋，讓毛大叔在茶莊裡守著。

兩人跟著那漢子往山裡走去，走了一陣子，漸漸沒了路，雲舒有些懷疑地問道：「大叔怎麼住在這麼裡面啊？下山多不方便！」

那漢子在前面走著，頭也不回地說：「我媳婦臉上有刀疤，怕見人，所以才搬到深山住。」

雲舒覺得很奇怪，但又不方便說什麼，只好尷尬地笑了兩聲。

待走進一片密樹林，那漢子突然捂著肚子停下，說道：「兩位姑娘等我一下，我肚子疼……到坡下解決一下，馬上就回來！」

雲舒看著那個漢子跑進坡下的灌木叢中後，轉身對丹秋說：「感覺有點奇怪，我們要機警一點。」

丹秋點點頭，攙著雲舒的胳膊，看向密不透風的樹林，心中一直打鼓。

突然間，一聲驚叫劃破寂靜的天空，是剛剛那個漢子的聲音，雲舒向灌木叢望去，揚聲問道：「大叔，怎麼了？」

漢子呼痛喊道：「唉唷，我的腳被蛇咬了！」

雲舒和丹秋大驚失色，急忙向坡下的灌木叢走去。

山坡很陡，雲舒和丹秋看著半躺在那裡的漢子，內心非常著急，擔心他萬一是被毒蛇咬就糟了。

丹秋早一步靠近那位漢子，她問道：「大叔，你還好嗎？能站起來嗎？」

大叔躺在那裡喊道：「好疼啊，姑娘搭把手吧……」

丹秋彎著身子伸手去扶他，豈知上一刻還躺在地上的漢子，抓住丹秋的手後迅速跳起來，一個用力，竟然把丹秋推下了山坡！

「啊——」丹秋尖叫的聲音在山谷裡迴盪。

雲舒不敢置信地看著丹秋滾下山坡，大喊道：「丹秋！」

她下意識要爬到坡下去找丹秋，可是剛走了幾步，卻發現那個漢子奸笑著從坡下爬起來，目光陰冷地朝雲舒走來。

雲舒心中大呼不妙，手腳並用往坡上爬，可她怎麼跑得過常在山裡走的男人？剛走沒幾步，她就被漢子抓住腳踝拖了下去。

「放開我！」雲舒內心產生極大的恐懼，她的雙腳胡亂蹬踏，那漢子把她面朝地按在地上，一手抓住她的頭髮，把她拉得往後仰，頭皮疼痛得像要分離開來一樣。

「給老子安分點！」那漢子吼道。

雲舒疼得眼淚撲簌簌往下掉，再想到丹秋滾落山坡生死不明，更是悲急萬分。

可是她宛如束手就擒的小雞般被那漢子拎在手中，雲舒拚命讓自己冷靜下來，分析自己的處境。

這是綁架還是搶劫？劫財還是劫色？

還是那句話，能用金錢解決的問題就不是問題，於是她抱著希望哭訴道：「大叔，我們無冤無仇，求你放了我吧，若你要錢，只管說，我一定讓人給你送來！」

那漢子大笑道：「小娘兒們很懂事，老子就是要錢，聽說妳錢多得很，用不完的話，分點給老子幫妳花多好！」

雲舒急忙點頭道：「好、好，你說要多少，我馬上湊出來，只要你放了我，多少錢都好說……」

那大漢其實就是昨天醉倒在街頭的楊二。

楊二面目猙獰地說：「妳當老子是傻瓜啊？放了妳，我還能得到一個子兒？妳放心，等莊子裡的人把錢送來後，老子就會放了妳，妳給我老實點！」

楊二把雲舒的手腳用藤繩綁住後，扛在肩上往深山裡走去。

想到生死不明的丹秋，想到尚在獄中的墨勤，想到現在艱難的處境，雲舒的眼淚止不住地往下流。可是她力保清醒，她得記住出山的路，她要想辦法逃走！

突然間，一個冰涼的東西滑到雲舒的領口，只聽微微一個聲響，東西掉了下來。雲舒被楊二扛在背上，她原本一直收納在胸前的玉梳因此掉了出來。

那是桑弘羊送給她的呀！

雲舒很想開口要楊二把東西撿回來，可是她強忍著咬住了嘴唇，轉而祈禱尋找她的人能找到這柄梳子。

又翻了幾個山頭，雲舒被丟在一個茅草屋內。

她手腳都被捆著，被摔在地上疼得不得了。咬著牙，雲舒從地上爬起來，環視著簡陋的茅草屋，最後不得不一蹦一蹦跳向屋內的乾草堆。

她一屁股坐到乾草堆上，還未來得及想怎麼逃跑，突然發現身後有動靜！她機敏地打了個滾，向一邊躲去，卻看到一個瘦得跟貓一般的孩子，從乾草堆裡爬了出來……

又黑又髒的一小團身影在稻草堆裡躲躲藏藏，一會兒探出腦袋看看雲舒，一會兒又躲回草堆裡。

可能是因為太瘦小，這個孩子的腦袋和眼睛顯得格外大，彷彿只有兩顆黑白分明的眼珠在草堆後打探著雲舒。

雲舒一時有點懵，歹徒關她的地方怎麼會有這麼小的孩子？看起來也就三歲吧？難道這個歹徒專門拐賣婦女跟兒童？

雲舒打了一個激靈，這種感覺真是太糟了！

雲舒緊張地吞了吞口水，她潤潤嗓子後小聲喚道：「小朋友，你是哪家的孩子，是被捉來的嗎？」

草堆後那雙眼睛受驚似地躲閃了一下，但發現雲舒並沒有靠近他時，又扒著枯草朝雲舒看來。

黑白分明的大眼睛眨巴眨巴地盯著雲舒，眼神不躲閃，但孩子也不說話。

雲舒又問：「你知道這裡是哪兒嗎？」

「小朋友，你幾歲了？」

沒有任何回應。

雲舒思忖道：莫不是方言差距太大，小孩子聽不懂？或者太小了，還不會說話？

雲舒犯難了，雖然她帶過虎妞，但那是在她行動自由、物資充足的時候，她現在手腳被捆，不能抱孩子，又不能拿吃的東西哄他，要交流實在太困難了。

雲舒靠著牆坐下，就那麼看著蜷縮在草堆裡的孩子，時不時說一些關懷的話。

「你餓嗎？看你這麼瘦，平時一定沒什麼吃的吧？……你的家人找不到你，肯定急壞了，唉……大家找不到我，也會著急吧……」

雲舒鼻子一酸，想到墨大哥和丹秋，眼眶頓時濕潤，再想到遠在長安的大公子，眼淚忍不住成串掉了下來。

以前她可以指望大公子或墨勤來救她，現在可怎麼辦？一個遠在天邊，一個被關在牢裡，不想任人宰割，就只有靠自己了。

雲舒吸了吸鼻子，慢慢從地上站起來，小步往草堆挪過去。

那孩子發現雲舒靠近，閃躲了一下。

雲舒感覺到他的害怕和防備，笑著說：「別怕，我不會傷害你……」

她聲音盡可能放溫柔，在孩子機警地盯著她時，她也儘量用真摯而友好的眼神回應。雲舒相信善意是可以交流的，在一陣輕聲細語中，她慢慢向草堆靠去。

當雲舒靠著草堆坐下來時，那個孩子只是稍微挪動了一下，並沒有藏起來，看到這個結果，雲舒十分高興。

她感覺得到這個孩子聽得懂她的話，只是不願意開口，或者……無法開口？她不太確定。

不過當下最要緊的是想辦法逃跑，於是雲舒繼續軟語哄道：「你幫姊姊把繩子解開好嗎？解開之後，姊姊帶你出去吃好吃的……」

那孩子看著她，她趕緊把背後被捆住的手轉過來給他看。可這個孩子也僅是看著而已，絲毫沒有上前幫她解開繩子的意思。

雲舒深吸了一口氣，是因為不夠信任吧。

她打算再接再厲跟這個孩子混熟，請他幫忙解開繩索，正要繼續說，卻突然聽到門外傳來腳步聲，她趕緊閉嘴盯著門口。

那孩子跟老鼠一般，一下子鑽進草堆裡，躲得一點也看不到影子。

楊二打開鐵鎖進來後，罵道：「妳一個人在說什麼？老子告訴妳，妳給我老實點，別以為妳能逃出去，也沒人能找到這裡來！」

訓了一陣後，他扔了一個幾乎分辨不出顏色的餅在雲舒面前，繼而關門離開。
雲舒看看地上的餅，再想想楊二說的話，他難道不知道這屋裡還有一個小孩子？
雲舒頓時覺得十分神奇，轉身尋找草叢裡的孩子。「小朋友，有吃的了，你餓了吧，快出來吃東西。」
那孩子在確認沒有其他人之後，迅速跑出來抓起地上的餅，縮到牆角狼吞虎嚥起來。
雲舒笑著看著他說：「吃慢點，我不跟你搶。」
孩子吃到一半，抬起頭看看雲舒，好像在思考什麼，接著又繼續埋頭吃東西。
夜幕漸漸落下，到雲舒睏到睡著時，那孩子都沒開口跟她說話。
入秋的夜很涼，雲舒半夜是被凍醒的，她靠著稻草想轉身，卻發現有重物壓在她腿上。就著月光細看，雲舒大喜過望，竟然是那個孩子依偎著她取暖。
肯睡在她身邊，說明這個孩子對她沒有敵意，雲舒的信念堅定了一些，明天一定要讓這個孩子幫自己逃出去！

第八十章　暗夜脫困

月朗星稀，郿縣一片漆黑，唯有官驛中燈火輝煌，不斷傳出熱鬧的談笑聲。

衡山國太子劉爽正聽手下敘述雲舒當街招募百姓上山找茶樹的事，聽完後他咧嘴一笑，對身旁的劉陵說：「果然如妳所說，她很聰明。」

劉陵揚了揚眉說：「我本不是說大話的人，你以為我是為了引起你的注意才誇讚她的嗎？」

劉爽不在乎劉陵言語中的反諷，而是皺眉問道：「三十盒茶葉而已，她真拿不出來？」

劉陵想了想說：「不知呢，她的茶葉跟我們以往喝的不太一樣，也許真的很難製吧。你關在牢中那個人，時刻不離雲舒身邊，應該是雲舒特別親厚之人，為了他，雲舒不至於小氣。」

劉爽應了一聲，開始喝起酒，不再說話。

劉孝見他兩人一直談論雲舒，打斷道：「陵姊姊，我知道附近有個好玩的地方，我明天帶妳去玩吧？」

劉陵看著不斷貼近她的劉孝，冷冷地笑說：「姊姊最近身子不爽利，哪兒都不想去。」

劉孝趕緊殷勤地說：「姊姊哪兒不舒服？我幫姊姊捏捏。」說著，就往劉陵身上湊。

劉爽看得十分惱火，他們可是嫡親的堂兄妹，他真不知自己這個二弟腦袋裡在想什麼！

「劉孝，吃你的飯，你想讓我明天就把你捆回去嗎？」

劉孝不自在地遠離了劉陵一點，劉陵則愛笑不笑地看了劉孝一眼，自己端起酒杯喝了一盅。

太子和翁主住在官驛，郿縣縣令不敢掉以輕心，所以安排了官差巡邏。當舉著火把的官差走到官驛附近時，忽看到前方路上橫著一個黑影。眾人湊近一看，赫然是個滿臉血跡的女子——丹秋。

眾官差抬著丹秋跑向縣衙，縣令趕來後認出她是雲舒身邊的女子，急忙派人上山去茶莊聯繫，看看究竟是怎麼回事，同時命人找來郎中為丹秋救治，希望她能醒來，從她口中得到一些消息。

上山去茶莊找人的官差途中遇到下山來找人的毛大叔等人，眾人碰頭將情況一說，頓時明朗了。

縣令得知雲舒失蹤，而丹秋受傷昏迷，便派人四處搜查雲舒的下落。

安排完之後，他在縣衙中坐立不安，想到雲舒是淮南翁主同行之人，又是太子單獨邀見的女子，實在不敢隱瞞，便深夜前往官驛告知他們此事。

劉爽聽縣令說雲舒失蹤，詫異地反問道：「你說什麼？詳細說來聽聽。」

縣令擦擦頭上的汗，緊張地說：「據雲小姐的車夫說，她和侍女丹秋二人跟著一個人進山找茶葉，一天未歸，而官差在街上撿到侍女丹秋，她昏迷不醒、滿臉血跡，由此推斷，此二人一有可能從山中滾落山下，二則恐怕是遭遇歹徒了。」

劉爽唰地一下站了起來，劉陵也在旁慌張地問道：「派人去找了沒有？」

縣令急忙說：「已經派出所有官差去找了。」

劉爽上前一步說：「帶我去見那個侍女！」

劉陵、劉孝跟隨劉爽和縣令趕到縣令家中，一間客房裡，一名郎中正在為丹秋處理傷口。

劉爽盯著丹秋看了一會兒，問道：「能醒嗎？」

郎中回稟道：「這位姑娘因力竭昏迷過去，想醒來恐怕需要一些時間。」

沈默了一會兒，劉爽轉身離開縣衙，回到官驛之後，有些坐立不安。

劉陵眼尖，看出劉爽的情緒之後，問道：「為何不安？是在擔心她嗎？」

劉爽冷著臉說：「她因我而進山尋茶，但我沒想過會出這樣的事……」

劉陵撇撇嘴，她雖然也有些擔心雲舒，但沒覺得是劉爽的錯，現在看劉爽竟然在擔心雲舒，不禁覺得十分有意思。

「既是擔心，何不將獄中之人放出來，讓他去找？雲舒身邊之人，必然比官差要用心百倍。」劉陵建議道。

劉爽點點頭說：「我這便讓人將那個男人放出來。」他走了幾步，又回頭說：「陵妹妹，妳的侍衛隊借我一用，如何？」

這次他和劉孝來郾縣，並不算離家太遠，只帶了少數幾個護衛，而遠行的劉陵帶了人數半百的侍衛隊，劉爽擔心官差找不到人，想借劉陵的人一用。

劉陵噗哧一聲笑了出來。「你可是要我的人去幫忙找雲舒？」

劉爽被她笑得不好意思，但還是勉強點了點頭。

劉陵揮揮手說：「十六哥從未喊我一聲『陵妹妹』，今日倒是頭一遭，我又怎麼會拒絕你的要求？」

被劉陵這樣一調侃，劉爽覺得頗為難堪，沈下臉轉身走了。

秋月高懸，雲舒正沈睡著，木門突然傳來解鎖的聲音。

雲舒跟依偎著她的孩子一起驚醒了，那孩子二話不說，異常靈活地鑽進草堆後面躲起來。

他剛躲起來，門鎖應聲而開，楊二拿著一把匕首站在月光下。

雲舒盯著他手上放出寒光的匕首，有點膽寒，他這是要幹麼？難道勒索失敗，要撕票不成？

雲舒從地上站起，往牆根躲去，邊躲邊說：「這位大叔，有話好商量，你要多少錢，我都可以給你……你、你別過來！」

楊二拿著匕首，身上散發著酒氣，雖未醉，但腳步已有點踉蹌。

楊二的大手伸向雲舒，拎著她的領口把她扯了過來。他用匕首的背面撥了撥雲舒的臉龐，嘟囔道：「怎麼就沒件首飾？」

說完，又呼啦一下扯開雲舒的領口，嚇得雲舒大叫道：「不要啊……你要多少首飾都行，別碰我！」

楊二看她脖子空空，揮手給了她一巴掌，吼道：「叫什麼叫，老子現在要信物，快點拿出來！」

雲舒的臉被抽得生疼，她咬著嘴唇問道：「信、信物？」

楊二準備要送勒索信給茶莊，要一件信物為證，可是他沒想到，雲舒全身上下竟然沒一件首飾。

雲舒也慌了，她最近幾天山裡山外跑，身上的確沒戴東西，唯一隨身帶的玉梳還弄丟了。

看楊二臉上的表情愈來愈不耐煩，雲舒趕緊伸出一隻腳說：「鞋……有鞋為證。」

楊二看看她的腳，不過是雙黑底青面的普通布鞋，街上就能買到，並不能證明是雲舒獨有的。

他的目光上移，看到了雲舒的衣服，質地雖然不是綢緞，卻是很好的墨綠色棉布衣。

他大步走上去，一把扯開雲舒的腰帶扔在一旁，接著就動手脫雲舒的衣服。

雲舒尖叫連連，左躲右閃，喊道：「要信物，你拿腰帶去好了，不要碰我，別碰我！」

楊二在扯下雲舒的腰帶時，她的衣襟就已敞開，加上之前領口被拉開，雲舒的肩胛一帶已露出雪白的肌膚。

楊二從地上撿起腰帶，本打算出去送勒索信，但回頭看到縮在牆角的雲舒時，那雪白的肌膚彷彿灼燒著他的眼球，令他的血液沸騰。

不懷好意的笑聲從他喉嚨裡傳出，淫邪的目光在雲舒身上逗留不去，異樣的氣氛在茅草屋裡升起……

雲舒看著楊二步步逼近，精神高度緊張，喝問道：「你想幹什麼？我告訴你……你要錢的話，什麼都好說，要是敢傷害我，我絕對讓你以命償還！」

楊二酒氣上來了，哪裡管得到雲舒的威脅？他淫笑道：「想要我的命？哈哈，也不看妳現在在誰手中！」

說著就如餓虎般撲向雲舒，將她硬生生推倒在地上，一面扯她的衣服，一面用匕首將她腳上的繩子割開。

雲舒的雙腿剛剛重獲自由，就用力向楊二的關鍵部位踢去，但楊二有一身蠻力，硬生生把雲舒的腿給壓了下去。

楊二一隻大手將雲舒的雙手壓在頭頂，另一手開始撕扯她的衣服……

惡臭的酒氣撲面而來，雲舒心中升起一絲絕望，她該怎麼辦？

在雲舒絕望到想哭的時候，一聲重擊的悶響傳來，楊二一下子失去力氣趴在雲舒身上，一動也不動，緊接著，彷彿水管噴水般的聲音在雲舒耳邊響起。

溫熱的液體灑到雲舒的臉和脖子上，雲舒瞪大了雙眼，難以置信地看到一把斧子劈在楊二的後脖子上，斧口之下，正噴著血霧。

一雙小手握上斧柄，踩著屍體將斧頭從脖子上拔出來。在拔出來那一瞬間，鮮血汩汩流出……

雲舒的上下頜開始打顫，牙齒不斷撞擊，她努力咬住牙，瞪大眼睛看著手握血斧的小孩子，實在不敢相信眼前這一幕……

躲在草堆裡的小孩子，竟然用斧子把歹徒砍死了！

雲舒驚恐至極，可是那孩子眼裡平靜無波，沒有恐懼，沒有害怕，沒有躲閃，甚至……有一絲喜悅。

雲舒被楊二的屍體壓在地上，動彈不得。她眼睜睜看著小孩子拖著血斧走到她跟前，用斧頭割開她雙手上的草繩。

雲舒的雙手可以自由活動後，她才開始用力推開壓在身上的屍體。不知是楊二太重了，還是她受到驚嚇沒了力氣，一時之間竟然推不開。

小孩子默默來到雲舒身邊，跟她一起推。好不容易從楊二身下鑽出來，看著洞開的木門，雲舒突然不知道該怎麼辦了……

要逃，可是這裡死了人，屍體該怎麼辦？這個小孩子又該怎麼辦？她不安地搓著雙手，那小孩子就站在一旁，睜著大大的眼睛看著她。

雲舒思來想去，這個小孩子是為了她才殺人，她不能棄他而去！堅定了信念之後，她強迫自己露出微笑，對那孩子伸出手說：「我們自由了，姊姊帶你走，好不好？」

小孩子看看雲舒，再看看已經沒有氣息的死屍，突然笑著抓住了雲舒伸出的手。

雲舒愣住了，她第一次看到這個孩子笑，是如此天真無邪。看到這個笑容，雲舒甚至懷疑剛剛看到他冷漠拿著血斧的一幕，是她的幻覺。

大手牽起小手，雲舒帶著孩子向門口走去。

可是突然間，孩子甩開雲舒的手，跑向草堆後面。雲舒不解地看去，只見他從草堆裡挖出一個不算大的木箱。他抱著木箱，又撿起地上帶血的斧頭，笑著回到雲舒身邊。

原來是有東西要帶！

看看那孩子手上的斧頭，雲舒雖然對殺人工具和血有心理陰影，但是為了保證在樹林裡的安全，雲舒從孩子手上接過斧頭，另一手牽著他，朝山外走去。

翌日清晨，山林中薄霧瀰漫，鳥啼聲不斷，一群侍衛出現在山林裡。

墨勤走在最前面，他們已經找了整整一夜，都沒有雲舒的蹤跡。想到丹秋昏迷不醒的樣子，想到雲舒身處危險之中，墨勤一雙手捏得骨頭作響，一拳打到樹幹上，震得秋葉紛紛落下。

借著晨光，一道奇異的光射入了墨勤眼中。墨勤機敏地轉頭看去，一把玉梳靜靜躺在地上，被幾片落葉遮去了一半。

墨勤幾步上前，從地上撿起玉梳，眼中頓時流露出欣喜。

他認識這梳子，這是桑弘羊在雲舒離開長安城時送給她的信物，他那天看得很清楚！

他舉著梳子，對身後累得氣息奄奄的侍衛說：「有線索了，這是雲舒的梳子，她肯定就在附近，大家快找！」

經過一整晚，好不容易有了線索，眾人頓時打起精神，繼續尋找。

又找了一個山頭，一個侍衛突然指著山坳喊道：「那裡有茅草屋！」

眾人頓時圍了上去，果然，在對面偏僻的山坳裡，兩間茅草屋靜靜佇立在那兒。

「大家過去瞧瞧，小心打草驚蛇。」墨勤吩咐道。

一行人小心地靠近，卻發現兩間屋子都開著門，墨勤上前查探，濃重的血腥味引起了他的注意。一間茅草屋內，楊二的屍體早已冰冷，旁邊有一大灘血跡，以及幾根散落的繩子。

有侍衛撿起地上的碎布問墨勤：「這是雲姑娘衣服上的布嗎？」

墨勤看著那片墨綠的棉布點了點頭，看來雲舒被關在這裡過，只不過被她逃脫了。可是他們一路找來，並沒有碰到雲舒，她到底逃哪兒去了？會不會迷失在這山嶺之間？一時之間，他不知是喜是悲。

侍衛抬起楊二的屍體準備出山回稟，墨勤心急如焚，根本管不著這些，再次奔進山中，尋找雲舒的身影。

劉爽騎著馬，帶著兩名侍衛在郿縣附近的山野裡徘徊。

他時不時看向不遠處的山嶺，又時不時低頭看著手中的韁繩，一副很躊躇的模樣。

他成天都在想雲舒失蹤的事情，覺得自己閒著也是閒著，很想進山去找，可是又覺得自己身為太子，沒必要為一個民女如此操心傷神，更怕被劉陵嗤笑，所以猶豫不決。

他任由馬兒在山野上散步吃草，走著走著，來到一條小河邊。看著清冷的河水，他索性下馬，撿起地上的石頭，一粒粒往河裡丟。

此時，從河川上游走下來一大一小兩個身影，劉爽起初沒注意，以為是附近的百姓，可是待那人兒走近了，他卻覺得有些不對勁……

雲舒帶著孩子沿著河一直往下走。「默默，姊姊告訴你哦，順著水流往下走，一定能找到出路的，記住了嗎？」

因為這個孩子一直不說話，所以雲舒就管他叫「默默」。

默默靜靜聽著，突然搖晃起雲舒的手臂，指向河的對岸。

河那邊，三人三馬立於水邊，正中一人對著她猛揮手。

「雲舒，是雲舒嗎——」

有呼喊聲傳來，雲舒高興地蹦跳起來，看來是找她的人！「是我，救命啊，我在這裡！」

劉爽興奮地騎上馬，直接衝進河裡，馬兒踏著河水橫穿而過，到達雲舒面前。

「太子殿下！」雲舒驚訝地看著馬背上的劉爽，沒料到是他。

劉爽也很驚訝，因為他沒想過能找到雲舒，更因為雲舒現在狼狽的樣子。

她臉上有清洗過的痕跡，但是脖子、衣服上的血跡已乾涸成黑色，並與頭髮糾結在一起。衣服也不完整，領口、袖子有撕破的地方，露出大片肌膚。更重要的是，她面色蒼白，眼圈青黑，看起來疲憊至極。

劉爽跳下馬說：「找到妳太好了，有什麼事先回縣衙再說，來，上馬。」

雖然劉爽是「罪魁禍首」，但雲舒見到認識的人，慌亂不安的心終於安定了下來，於是高興地點頭，翻上了馬背。

劉爽原本準備扶雲舒上馬，但看她身手這麼俐落，伸出的手尷尬地懸在半空中。

劉爽低頭一笑，收回手準備跟雲舒一起上馬帶她回去。

誰知雲舒從馬背上彎下腰，把一直被劉爽忽視的默默拉上了馬背，一大一小踏水絕塵而去。

劉爽難以置信地看著雲舒的背影，她就這樣不客氣的騎走了他的寶駒?!

看著橫亙在眼前的河水，劉爽氣得向河對岸的侍衛罵道：「該死，還不過來接本殿？」

劉爽回到縣衙時，雲舒已經趴在丹秋床邊哭泣，緊張地詢問她的傷勢。

郎中雖說丹秋睡一天就會醒，但雲舒怎麼也不放心，她可是眼睜睜看著丹秋滾下那陡峭的山坡啊！

「先生，求求您一定要救醒丹秋……」雲舒哭著對郎中說。

劉爽因為被雲舒丟在河對岸，臉色不太好，不過進房一看到雲舒狼狽哭泣的模樣，他實在說不出什麼狠話，只冷著臉說：「在病人面前吵鬧，妳到底想不想讓她醒？」

聞言，雲舒立即收了聲，她心裡對劉爽有怨念，下意識想頂劉爽一句，卻不知說什麼好，只好氣鼓鼓地瞪著他。

劉爽懶得跟她較勁，轉而對郎中說：「她一身血跡，你看看她的傷勢如何。」

雲舒趕緊搖手說：「我沒傷，不是我的血……」

劉爽微微愣了一下，再看看雲舒身旁那個一聲不吭的小孩子，並沒有急著追問，只說：「你們先下去梳洗，好了之後來找本殿，本殿有話要問。」

雲舒帶著默默回到驛館，找人燒了兩大桶水，先幫默默清洗。

真不知道默默多長時間沒洗過澡了，雲舒把他按在水裡洗了三次，皮膚才漸漸露出本色。

大概是這孩子不見陽光，皮膚白得有些透明，加上瘦骨嶙峋的小身板，看得雲舒想哭。不知他以前是怎麼過的，更不知他是怎麼淪落到這個地步的，要是孩子的親爹娘知道，不知有多心疼。

洗完之後，雲舒把他抱出水盆擦乾淨，驚訝地說：「我們默默原來長得這麼好看，眼睛真大，鼻子這麼挺，以後長大一定是個美男子！」

說到美男子，雲舒想到大公子，不知怎的，雲舒心中生出一個想法：幸好他不知道這件事，不然他該多著急……

淺淺一笑後，雲舒翻出自己的白色衣服，摺疊捆綁一番後，幫默默穿上，活脫脫像是給孩子裹著一張床單。

雲舒尷尬地笑道：「姊姊這裡沒有你穿的衣服，等一會兒再帶你去買新衣，先將就一下啊。」

換了水之後，雲舒留默默在外面，開始幫自己清洗。

洗到一半，聽聞雲舒已經被尋獲的墨勤衝了回來，他推門而入時，看到坐在床上抱著木盒的默默，還以為自己走錯了房間。

大眼對小眼，正發愣的時候，雲舒的呼叫聲從裡面傳了出來。「怎麼回事？默默，有人闖進來了嗎？」

墨勤聽到雲舒有精神的喊叫，喘了口氣說：「是我。」

雲舒聽到墨勤的聲音，大喜過望，喊道：「是墨大哥？天吶，你被放出來了嗎？太好了……啊，等一下，我馬上就出來。」

墨勤聽到裡面水聲、磕磕碰碰的撞擊聲不斷，笑著說：「妳慢慢洗，我在外面等著。」

墨勤站在雲舒房外，聽著房裡隱約傳出的水聲，長長地吁了一口氣，彷彿想把心中的沈悶和焦急都吐出一般。他抱著雙臂，太陽曬得他連心也暖洋洋的，抬頭瞇眼看著萬里晴空，不由得嘆道：平安真好！

雲舒清洗完畢，換了乾淨衣服後出來，臉上掩飾不住驚喜，問道：「墨大哥，你被放出來了？」

陽光下，雲舒的臉龐光潔白淨，如果不是微腫的臉頰和青黑的眼眶，根本看不出來她剛從虎口脫險。

墨勤點點頭說：「嗯，聽說妳失蹤，太子就放我出來，要我跟官差一起去找妳。」

雲舒聞言，對劉爽的怨念微微平復了一些，不過依然擔心地問道：「不會找到了我，又把你關回去吧？」

墨勤也不知道太子會怎樣做，所以沒有回答她的問題，而是把目光移到她臉上，皺眉問道：「妳的臉怎麼回事？」

她昨晚被楊二抽了一巴掌，那個莽漢喝醉酒力氣特別大，以致雲舒的臉腫了起來。

雲舒抬手捂住紅腫的地方，裝作沒事一樣說：「沒什麼大礙，墨大哥別擔心。我們去見太子吧，他還等著我們。」

「等等……」墨勤從懷裡取出玉梳，把它還給雲舒。「這個好好收著。」

雲舒原以為梳子丟了，沒想到被墨勤找到了。她這才細細觀察起墨勤，他平靜無波的眼睛裡，多了一些血絲，明顯沒休息好，看來找她費了不少心力。

接過玉梳，雲舒不知該怎麼說感謝的話，只好用笑容表達自己內心的感激。

收起玉梳，雲舒回房牽上默默，三人一起出門去。

走到半路，就有侍衛攔住他們，對雲舒說：「雲姑娘，太子殿下有請。」

雲舒說：「我們正要去見太子殿下。」

侍衛看看墨勤，說道：「太子殿下要單獨見雲姑娘。」

雲舒低頭想想，對墨勤說：「墨大哥，你先去縣衙等我一會兒，我見了太子殿下，就來找你。」

墨勤看了看她，點了點頭。

雲舒又對侍衛說：「默默這個孩子認生，離不開我，我帶著他一起去見殿下吧。」

侍衛看看她手上牽的小孩子，心想應該沒關係，就帶他們去了。

墨勤站在街上看著雲舒的背影，毫不猶豫地跟了上去，他再也不放心雲舒跟著陌生人走了，就算不能一起去見太子，他也要暗地保護雲舒。

雲舒來到太子的房間時，太子正在跟人說話，稍等了一會兒，就有人領她進去。

劉爽見到雲舒後，直截了當地說：「官差在屋子裡發現一具屍體，是被人從脖子後面砍死的，旁邊有妳衣服上的碎布，那個人，是綁架妳的劫匪吧？」

雲舒點點頭，不禁開始緊張，劉爽是要問綁匪的死因吧？

果然，劉爽問道：「把整件事情的前因後果告訴我。」

雲舒鎮定了一下，死的是犯人，而且還是在她差點被侵犯的情況下被殺死的，就算說出是他們殺的，應該也不會有什麼事。

於是雲舒回憶道：「昨天上午，那個人到茶莊，騙我說找到茶樹，於是我就帶丹秋跟他一起進山辨認，誰料他在途中把丹秋推下山坡，而後把我綁架回家……」

整件事情緩緩道來，說到楊二想要冒犯她的時候，雲舒有點難以啟齒，但從她的神態以及衣服碎片，劉爽已猜到了發生了什麼事。

雲舒尷尬地說：「他若是要銀子也就罷了，可是他晚上突然獸性大發，我嚇壞了，情急之下，從角落裡撿起斧子就把他砍死了……我、我不是故意的，我只是正當防衛……」

劉爽聽到雲舒最後的結論，不由得抬眼瞧她。雖然雲舒口口聲聲說是她殺了劫匪，可是劉爽並不這麼認為。

姑且不說劫匪怎麼會在關人質的地方放一把斧頭，單說劫匪的致命傷口，就知道絕不是雲舒做的，分明是有人趁其不備從後面下手。

可是雲舒為什麼不說實話，反而要把這種事攬上身？是因為真正的凶手救了她，她想報恩嗎？

劉爽盯著雲舒思索了一陣，這種眼神讓雲舒十分不安。

忽然間，劉爽指著站在雲舒身邊的默默問道：「這個孩子是怎麼回事？」

雲舒不自覺地將默默擋在身後。「這是我逃出來時，在山裡撿到的孩子，跟這件事情沒關係。」

劉爽記得這個孩子最先出現時，身上也有血跡。可是他看這個孩子瘦弱得如同小貓，實在不覺得他會是凶手，只猜測他會不會跟真正的凶手有什麼關聯。

雲舒見劉爽一直不相信的樣子，焦急地說：「太子殿下，我說的都是真的。那個劫匪是我殺的，可是我是正當防衛，並不是有意的。」

劉爽起身，淡淡地說了句：「嗯，我知道了，跟我來。」

雲舒跟著劉爽向外走，兩人前往縣衙。

路上，雲舒愈走愈慢，劉爽回頭譏諷了一句：「怎麼，要去縣衙就怕了？」

雲舒鼓起勇氣說：「誰怕了？那個綁匪死有餘辜，縣令大人英明，他一定能理解我的正當防衛。」

劉爽笑了笑，轉頭繼續走。

待他們到達那裡時，大廳正中央躺著一具屍體，縣令和幾個官差正在一旁，見劉爽來了，趕忙迎上前。

雲舒盯著地上的屍體，雖然屍體被白麻布蓋著，但是她第一個反應就是把默默擋在自己身後。

默默的小手揪著雲舒的裙襬，神色漠然。

劉爽指著屍體向雲舒問道：「雲舒，妳看看這個人是不是綁架妳的劫匪？」

雲舒上前看了一眼，白布下那張青色的臉上，睜著一雙外凸的大眼睛，看得雲舒格外心驚。

她點點頭說：「回太子殿下，是這個人。」

劉爽說道：「知道了，妳先回去吧。」

雲舒滿臉詫異地看著劉爽，幾乎不敢相信自己的耳朵，這就讓她回去了？難道不需要審問、調查她嗎？

見雲舒瞪著他，劉爽回望過去。「怎麼？還有事？」

「沒……」雲舒有些氣虛地答道。

在劉爽面前逞強認罪，說起來簡單，然而到了縣衙，看到屍體，雲舒內心止不住害怕，也不敢想萬一縣令真的把她當殺人犯查辦，會是什麼情形。

現在劉爽要她走，她彷彿得到特赦令一般，拉著默默匆匆撤退。

在縣衙門口，墨勤現身等著她。

前往縣令家的路上，雲舒一直很不安，墨勤突然開口說：「聽官差們說，這個綁匪之前殺死了自己的妻子，這次將丹秋推下山，又綁架妳，這種人罪大惡極、死有餘辜，妳不必憂心，不會有事的。」

墨勤的關懷讓雲舒好受多了，她覺得自己不應該讓身邊的人為她擔憂，於是笑著仰起頭說：「嗯，一定沒事的。」

來到丹秋養傷的房中，毛大叔正在旁邊照顧她，見雲舒等人來了，毛大叔喜出望外地說：「姑娘，妳平安無事就好，快來看看丹秋，她醒了之後就一直吵著要去找妳，我說妳找著了，她偏不信！」

雲舒看到丹秋醒了，紅著眼眶就撲了過去。

兩人抱成一團，雲舒自責地說道：「都是我不好，讓妳遭險，把妳害成這個樣子……」

丹秋也哭著說：「雲舒姊姊，妳沒事就好了，嚇死我了！」

看她們哭得唏哩嘩啦，墨勤和毛大叔退了出去，讓這兩姊妹好好說說話。

兩人說了一陣之後，雲舒擦著眼淚問道：「都傷了哪兒？疼得厲害嗎？」

丹秋搖頭說：「頭碰到了石子，擦破了，腳也扭了一下，沒什麼大礙。」

雲舒看到白色裹傷布裡的血跡，就知道丹秋是在安慰她。

墨勤說，丹秋是半夜在街上被人發現的，後來因氣力放盡，一直昏迷。雲舒難以想像丹秋跌下山坡後，從山裡爬到街上，需要多大的毅力和勇氣。

想到這裡，雲舒就心疼地說：「好妹妹，讓妳受苦了。」

丹秋破涕為笑。「只要都活著就好。」

第八十一章　親手弒父

在丹秋傷勢稍稍好轉之後，雲舒就把丹秋接回驛館，親自照顧。

另外，因劉爽沒有對雲舒提起墨勤的處理結果，所以雲舒認為劉爽已經放過墨勤，不再追究。

她之前跟劉爽約定準備茶葉的五天時間眨眼就到了，原本雲舒以為已經沒這回事了，誰料劉爽卻要劉陵替他找上門來了。

雲舒聽到劉陵說她是來討茶葉的，驚訝極了，吶吶地說：「翁主，我看殿下把墨大哥放出來了，以為這件事情就此作罷呢……」

劉陵掩嘴笑道：「我十六哥是個很記仇的人，妳大哥打了他，他怎麼可能就此作罷？放他出來，也只是為了找妳罷了，茶葉他還是會要的。」

雲舒苦惱不已，這男人也太小氣了吧！

「可是三十盒茶葉，我一時真的拿不出來，我妹妹現在有傷，我走不開。翁主能不能幫我求求情，要殿下再寬限些時候吧！」

劉陵似是想到了什麼有趣的事情。「這件事我不能作主，妳得去找我十六哥商量。」

在這件事上，雲舒一直處於弱勢和被動的狀態，她拿劉爽沒辦法，只好點點頭，準備抽時間去跟劉爽談談，以確保他不再追究墨勤打他之事。

想到劉爽，雲舒自然想起那件讓她煩心的案子，於是向劉陵打探道：「翁主，您知道我這件案子現在處理得怎麼樣了嗎？我最近沒時間去縣衙，一直不知情況如何。」

雲舒一直覺得很奇怪，她不去縣衙，也沒有官差來盤問她，這一件命案難道擱置了不成？

劉陵疑惑地說：「妳的案子？什麼案子？」

雲舒有些遲疑地說：「就是那個……劫匪死了的事情……」

劉陵不解地說：「那種人死了便死了，就算沒死，捉回來也是死路一條。聽說在妳回來當天事情就了結了，妳怎麼到現在還不知道？」

雲舒有些震撼，沒想到這件事悄無聲息地就結束了。是她運氣好，還是縣令英明？抑或是有些她不知道的因素在裡面？

懷著忐忑的心情，雲舒送走了劉陵。

回到丹秋房中，雲舒看到丹秋坐在床上，盯著牆角的默默哀嘆連連。

「這是怎麼了？」雲舒問道。

「這孩子好奇怪，一直抱著那個木箱子，我要他放下來，他卻惡狠狠地咬了我一口。」丹秋坐在床上一面說，一面伸出手腕給雲舒看。

真是舊傷未好，又添新傷。

雲舒小聲對丹秋說：「默默比較認生，那個箱子對他應該很重要，要抱就抱著吧。妳就順著他，別跟他拗。」

默默一個人蹲在屋子一角，身上已經換上雲舒為他買的新衣服，長及肩膀的頭髮遮住了他原本就瘦小的臉，懷中死死抱著從茅草屋裡帶出來的小木箱。

雲舒向默默看去，他迅速低下頭，把眼睛埋在陰影裡。

雲舒走到他跟前說：「走吧，我們回房。」

默默站起來，安靜地跟著雲舒回到房裡。他以為自己咬了人，雲舒會怪他或打他，誰知雲舒沒有追究，只是要他回房。

因丹秋必須養傷，雲舒給丹秋一間獨立的房間，她原本要墨勤帶默默住一間房，誰知默默不願意，一直跟在她身後，她只好帶著默默住一起。

回到房間，雲舒拿來食物放在案桌上，然後對默默說：「這個房間裡只有我們兩個人，你找個地方把箱子藏起來，我保證不去找，別人也找不到，以後你就不要隨身抱著了，不然在外面被人搶走了反而不好。藏好箱子，你自己用膳好不好？」

默默看著她，沒點頭也沒搖頭。

雲舒逕自起身，離開房間，讓默默自己把東西放好。

待雲舒照顧丹秋用了膳，再回來時，默默手上的箱子已經不知道被他藏在哪裡，案桌上的食物則被他吃了個精光。

雲舒很高興，看來默默還是很聽她的話。

看著默默安靜地坐在一邊，雲舒好奇地問道：「默默，你是不願意說話，還是不能說話？不願意說話，你就點點頭，想說卻不能說，就搖搖頭。」

默默很遲疑地張了張嘴，想說什麼，卻又把嘴合上了。

雲舒趕緊到他面前說：「默默你想說什麼？只管說，別怕。」

默默黑白分明的大眼睛看著雲舒，發了一個雲舒無論如何也沒想像到的字——「娘」。

雲舒有些啼笑皆非，默默竟然喊她娘！

不過好在默默終於說話了，雖然聲音很小，但她知道他的聲帶沒問題，只是默默不會跟別人交流，估計很久很久沒說過話了。

「默默真乖，以後想說什麼，就跟我說，要多說話，知道嗎？」

默默點了點頭，使雲舒心情格外舒暢。

翌日，離開多日的大平終於帶著墨家門人墨非來到郿縣。

墨非的妻子剛剛生了一個女兒，雖然不便遠行，但因墨勤的召喚，就這樣拖家帶口地趕到郿縣，讓雲舒十分感激。

大平回來後，聽毛大叔說了墨勤、丹秋、雲舒這段日子發生的事，急得他懊悔不已，連連說「要是我在就好了」。

雲舒安撫道：「現在都沒事了，看你急的，都多大了，還不沈穩一些，多跟你師父學學」

這一說，大平突然來了興趣，轉向墨勤問道：「師父，你當時怎麼打太子的，是這樣一拳還是這樣一拳？」

看著他手腳亂比劃，雲舒突然想起她還沒去找劉爽。

不過想想，雲舒決定再等幾天，現在墨非一家人剛來，要帶他們去山上的茶莊，還要教他接手茶莊的事，會很忙，劉爽那裡就讓他再等等也無妨。

劉爽在官驛裡百無聊賴，他看劉陵和劉孝天天上山下河，玩得不亦樂乎，覺得他們能在鄮縣這種小地方玩得這麼盡興，也難為他們了。可是要他就這麼回衡山國，他卻有點不甘心。

之前劉陵說劉爽兩兄弟出來的時間太久，該回去了，劉爽卻說：「三十盒茶葉還沒拿到手，本殿怎麼會回去？」

因這個理由，劉爽讓劉陵取笑了好幾天，他原本想等雲舒的事情穩妥一些，他再上門討債，可是當她聽說雲舒帶著一眾老小上山去茶莊了，就有些坐不住。

「來人。」劉爽喊道。

侍侍衛推門而入，劉爽吩咐道：「備馬，本殿要出去轉轉。」

雲舒等人因準備上山去茶莊安住，需要許多生活用品和食物，於是叫上墨勤、大平和毛大叔一起上街採購。

墨非夫婦要照顧自己的新生兒，丹秋則有傷在身，雲舒怕默默覺得自己被冷落，到哪裡都帶著他。

坐在馬車上，雲舒撩起簾子，跟默默說起窗外的人和物，教他說話。

默默時不時發出一些「門」、「人」之類的發音，讓雲舒十分高興。

眾人來到一間米店，雲舒下車進去買茶莊眾人需要吃的米，正挑著，忽見店裡的一個婦人直勾勾地望著默默，而後上前拉住雲舒說：「唉唷，這孩子不是楊二家的狗娃嗎？聽說不見了，怎麼在妳手上？妳是不是拐孩子的，快跟我去見官老爺。」

雲舒嚇了一跳，墨勤反應神速，上前就握住那個婦人的手臂，只聽「唉呀」一聲，那個婦人立即鬆開了雲舒。

那個婦人看雲舒身旁跟著幾個男人，她一個婦人家明顯不是對手，嚇得立即往後面院子裡喊：「當家的、大毛、二毛，快來啊，有人拐子來了！」

不過片刻，米店的男人們都出來了，把小小的店面塞得嚴嚴實實。

雲舒見狀不對，忙上前說：「大嬸，別誤會，我們不是壞人。這個孩子是我在山裡撿到的，我並不知道他是哪家的孩子，若您認識他，我們去縣衙核對後，自然會還給孩子的父母。」

米店當家的男人認出雲舒是山上茶莊的生意人，聽說是有官家背景的，於是不敢胡來，把自己家的婦人拉下去後，對雲舒說：「這孩子是楊二家的娃，去年楊二喝醉酒，把自己女人打死了，被關進牢裡，那時這娃就不見了。因這孩子的娘以前經常抱著孩子來我們店借米，所以我們認識，絕不會有錯。」

雲舒皺起眉，沒想到默默以前的家庭環境這麼不好。

她問道：「那這個楊二現在在哪兒？還被關在牢裡嗎？」

米店的人說道：「也死了，他不知做了什麼歹事，官差捉他的時候，自己摔下山死了。」

旁邊有人七嘴八舌地說：「聽說是被砍死的……」

當家的人喝道：「不要亂說！」

雲舒把默默抱在懷裡，真是個可憐的孩子，沒想到他父母是這樣的情況。

那男人看默默被雲舒整理得乾乾淨淨，又想到雲舒是有錢人，於是感慨道：「這孩子命苦，這位姑娘如果能收養他，也是他的福分。」

雲舒點點頭說：「我會去縣衙核對他的情況，若真是如你們所說父母雙亡，我會把他養大的。」

買了米，雲舒眾人離開米店往縣衙去。

雲舒不確定默默剛剛聽懂了多少，於是摸著他的頭問：「默默，以前的事情，你還記得嗎？」

出乎意料的，他竟然點頭。

雲舒詫異極了，如果他父親真的殺了他母親，這件事對默默來說，是多大的打擊和傷害？

她把默默抱在懷裡，低聲說：「別怕，都過去了……」

默默躺在她懷裡一動不動，只聽到車輪聲悠悠往前轉個不停……

雲舒一行人在縣衙門口碰到劉爽，劉爽看到雲舒，顯得很高興，騎在馬上問道：「幾天不見，我的茶葉準備好了沒有啊？」

雲舒不得不賠禮說：「現在茶葉著實不好找，還請太子殿下再寬容些時候。」

劉爽早聽劉陵說雲舒交不出來，他故意端著架子說：「交不出來，即是違約，妳怎麼都不來跟本殿親自說一聲？」

雲舒只好說：「太子殿下見諒，我明日一定登門道歉。」

劉爽發現雲舒面露憂愁，看起來有些鬱結，覺得此刻不是跟她開玩笑的好時機，於是轉而問道：「妳來縣衙有事？」

雲舒點了點頭。「嗯，我找縣令大人詢問一些事情。」

劉爽趕緊說：「妳的事情已經了結了，還來問什麼，回去吧。」

雲舒搖了搖頭。「不是我的事，是這個孩子的身世。」

劉爽看看雲舒牽著的默默，翻身下馬說：「我跟妳一起進去看看。」

雲舒不知劉爽為何對她和默默的事情這麼關心，但劉爽要管，她也沒辦法，只好跟著他往裡走。

縣令聽說劉爽來了，於是放下手頭的事情來見他們。

聽聞雲舒要查默默的身世和楊二的死因，他十分詫異地說：「楊二就是綁架妳的綁匪呀，妳說這個孩子是楊二的兒子？」

「是他?!」雲舒如同梗了一顆核桃在喉頭一般，半天說不出話來。

想起那一晚噴灑而出的血霧，以及握在斧柄上的小手，雲舒半晌才敢確認一件事……默默親手殺死了他的生身父親！

雲舒雙手捂著嘴，瞪大眼睛看向默默，不確定他是否清楚自己之前做了怎樣一件恐怖的事。而默默只是平靜無波地回視雲舒，那眼神絲毫不像一個小孩子。

在震撼中，雲舒跟縣衙的人核對完卷宗，確認默默雙親皆亡，沒有其他親戚，從而被雲舒收養。另外，雲舒從戶籍上發現，默默今年竟然已經五歲了。

看著他瘦小的身板，雲舒實在沒想到他已經五歲，之前她以為他不過三歲。五歲，該是記得事情的年紀了，雲舒心中不由得升起一絲擔憂，默默母親被父親殺死，而父親又死於他手，這兩件可怕的事情，他記得多少？又明白多少？會對他的心靈造成怎樣的傷害？

雲舒不敢斷定默默長大後會怎樣，但是她已決定，以後要加倍給他溫暖，盡可能減少這些往事對他的影響。

在核對默默的身分時，劉爽眼神深沈地看著雲舒，待雲舒準備離開時，劉爽喊住她，有話要單獨對她說。

雲舒把默默交給墨勤，要他們在馬車上等一下，而後隨著劉爽來到縣衙內小院一棵大槐樹下。

劉爽的侍衛守著小院的門口，官差、僕從都被隔在外面，聽不見人聲喧鬧，只聞槐樹葉子被風吹出的沙沙聲。

在寧靜中，劉爽開口說：「那個孩子，妳找個好人家收養，不要自己養了。」

雲舒已經打定了主意要自己好好撫養默默，很奇怪劉爽為什麼會插手管這件事，於是問道：「默默是我撿回來的，我自然要對他負責，怎麼能把他丟給別人？殿下為什麼覺得不妥？」

劉爽憂心忡忡地看了雲舒一眼。「妳殺楊二的時候，這個孩子就在妳身邊吧？若是別人也就罷了，他偏偏是楊二的兒子。妳別以為他小，不記得事情，等長大以後，他想到妳是他的殺父仇人，會對妳有危害。」

雲舒恍然大悟，原來他是這麼想的！她內心很感激劉爽，不管怎樣說，他是在為她著想。

「殿下放心吧，我會對默默好的，他是個知好歹的孩子。」雲舒輕聲說道。

劉爽見她如此執拗，不得不說：「這個孩子可不是妳想得那麼簡單！我查看過楊二以前的卷宗，他的妻子是被他虐殺致死，身體千瘡百孔，慘不忍睹。在楊二被抓捕後，那個孩子就不見了，直到這次被妳找到。他小小年紀，卻在野外獨自生活了一年，加上之前生長的環境，我實在很難想像這個孩子的內心世界會是怎樣黑暗恐怖。」

有些事情劉爽不說，雲舒並未深想，此時回想起來，雲舒心裡起了一絲絲漣漪……

她回想到默默一直藏身在茅草屋內，與楊二生活在同一屋簷下，楊二沒發現，他就那樣一個人活了下來。他是因為母親的死而害怕，在躲避自己的父親嗎……

雲舒再回憶起默默在茅草屋看楊二屍體時的欣喜表情，瞬間明白，默默一直都很清楚自己在做什麼，他是因為母親的大仇得報而欣喜，因為報了仇，所以他才乾脆跟隨雲舒離開那個地方……

想起這些細節，雲舒深深震撼到了。她的確小看了默默，默默有一顆極為強悍的心，想到這裡，雲舒心中百般滋味。

「妳明白我的意思嗎？那個孩子並不單純，妳把他留在身邊太危險了。」劉爽不遺餘力地勸說著。

雲舒深吸了一口氣說：「殿下毋庸多慮，其實默默的父親不是我殺的，所以他不會找我報仇，而且我相信他能明白我對他的好，更不會恩將仇報。」

過去的生活愈是黑暗，就愈是珍惜眼前的幸福……

劉爽微愣，神情帶著一絲難以置信。「凶手果然是這個孩子嗎……」

他一直都知道凶手不是雲舒，因為雲舒沒辦法從楊二背後下手，但除了雲舒，能夠懷疑的人只剩下默默這個小孩子。劉爽雖然想過，卻一直不肯相信，此刻聽雲舒親口說出來，他只得信了。

雲舒並未回答劉爽的問題，而是說：「孩子還小，我不會放棄他，我會好好教導他的。」

劉爽盯著雲舒轉身離開的背影，不理解這個女人怎麼這麼倔，明明可以丟掉的包袱，卻硬要揹在自己身上。

雲舒離開小院來到縣衙外，正看到默默無聊地趴在車窗邊張望，見到她來了，立即直起身子，打起精神。

雲舒爬上車，從袖子裡取出一塊竹牌，那是默默的收養契。雲舒將竹牌在默默面前晃了晃說：「有了這個東西，默默就能永遠跟我在一起了，默默說好不好？」

默默眼神晶亮地看著雲舒，撲過去抓住雲舒手上的竹牌，連連點頭。

雲舒笑著將默默摟在懷裡。「默默想跟我在一起的話，就要聽我的話哦，以後我會告訴你哪些事情能做、哪些事情不能做，默默要聽話慢慢學，好不好？」

默默點點頭，欣喜地拿著收養契，抱在懷裡不肯給雲舒。

離開縣衙後，雲舒繼續採購，待買了足夠的用品後，眾人就開始收拾行裝，準備第二天上山去茶莊安頓。

雲舒在驛館裡收拾東西時，對默默說：「快去把你的寶箱拿出來，我們今天要離開這裡，等我們到了新的住處，你再找個地方藏起來。」

默默不等雲舒離開房間，就跑去床後面把箱子找出來，然後放到雲舒手上。

雲舒看著默默交出命一樣珍貴的箱子時，又驚又喜，問道：「要我幫你保管？」

默默點了點頭，雲舒更歡喜了，伸手抱了抱默默，誇獎道：「真乖！」

雲舒打開箱子看了看，箱內有一個碎布縫的圓球，球上的穗子已經黑得看不出顏色，應該是默默小時候的玩具。

箱子裡還有幾支鐵、銅、木頭做的髮簪，樣式十分粗糙，估計是尋常農婦戴的首飾，雲舒猜測可能是默默生母的東西。

除了這些，還有一些吃了一半的食物，雲舒認出其中一些是他們這幾天吃的點心，看來默默以前經常挨餓，養成儲存食物的習慣，到現在也會存一些。

她挑出這些快要壞掉的食物，對默默說：「我們以後不會挨餓了，默默不用存這些東西，想吃什麼就跟我說，我們把這些壞掉的扔了好不好？」

默默盯著食物一直看，猶豫了好久好久，神情十分莊重地點了點頭。

雲舒看得想笑，卻又泛出一些心酸。挨餓是多麼可怕的一件事，她很清楚……

第八十二章　去而復返

從鄳縣的驛館搬去茶莊住下後，雲舒開始教墨非管理茶莊，並讓他自己招募挑選手下，另外還跟採茶女一起炒茶葉，探討改進炒製的方法。

茶莊裡已經開闢出相當大一塊梯田，墨非看到梯田，知道是雲舒要工人開墾出來的，對她相當佩服。他父親種果樹種了一輩子，都沒解決坡地種植的問題，這些困境竟然在梯田面前迎刃而解。

墨非對雲舒很崇敬，雲舒對墨非也很賞識，關於茶樹繁殖、養護、防凍等問題，墨非都比較有經驗，另外看他在招募人和安排事情的時候，十分穩妥，雲舒也就放心把茶莊交託給他打理了。

雲舒覺得這裡的事情已經差不多處理好，便開始考慮起下一站去哪裡。

思索了兩天之後，雲舒帶著茶莊裡弄出來的五盒茶葉下山去找劉陵和劉爽。

她先是找了劉陵，將她準備離開鄳縣的事情告訴她。

「妳準備去哪兒？」劉陵問道。

雲舒說：「我原打算去一趟黃山，但是現在帶著孩子，我妹妹身上又有傷，所以決定直接去會稽郡安定下來。」

雲舒原打算去找黃山毛峰或廬山雲霧茶，但經過這次進山找茶的事情後，她覺得深山裡實在不安全，尤其是在現在環境這麼不發達的情況下。

細想一番之後，她決定把重心放在會稽郡，那裡有西湖的龍井跟太湖的洞庭碧螺春，茶的資源集中又安全，再好不過。

劉陵聽了便說：「要去會稽的話，會路過淮南國，我們一道走吧，路上也有個伴。」

兩人商量了一會兒，劉陵看到雲舒手中拿的茶，向她討要，雲舒苦著臉說：「我差殿下三十盒茶，這才湊齊五盒，翁主快快手下留情，不然我真不知道怎麼跟殿下交代了。」

劉陵嬉笑道：「好，妳趕緊把這茶給他，我再去問他要，看他敢不給？」

辭別了劉陵，雲舒找到劉爽，將茶葉奉上。

劉爽故意為難道：「明明說好三十盒，為何才五盒？」

雲舒賠罪道：「秋天不宜過度採摘茶葉，不然茶樹受損，來年春天就採不到好茶了。請殿下見諒，能夠寬容些時間，等來年春天，我加倍還你，如何？」

劉爽眼神一亮。「好，明年春天，我等妳加倍奉還！」

見劉爽答應，雲舒鬆了口氣，不然若他死不鬆口，他們就走不了了。

雲舒乘機辭別道：「我和淮南翁主已商定三日後啟程前往淮南國，今日順道向殿下辭行，近日多得殿下照拂，雲舒銘記於心。」

劉爽驚詫問道：「你們要走了？」

雲舒點頭說：「我在這邊的事情已安排妥當，只待明年春天再來，到時候我會將茶葉送至衡山國，交到殿下手上，殿下儘管放心。」

劉爽這會兒想的不是茶葉，而是琢磨著另外一件事。「我離城多日，打算明天就回去，來不及送妳和阿陵了。」

雲舒以為她已經夠急了，沒想到劉爽比她還急，明天就走。禮貌性地道別後，雲舒就回到茶莊準備離開的行裝。

墨非聽說雲舒要走，心中微微忐忑，他初至此地接手新莊園，原本以為雲舒會監督他一年半載，沒想到這麼幾天就決定放手不管。

趁著雲舒等女眷收拾行裝的時候，墨非找到墨勤的房間，在他門外求見。

墨勤雖然在雲舒身邊沈默寡言，毫無架子，但在墨家中，他卻是威嚴十足的矩子，門下百至上千人，調動、召集等，都是令出即行。

墨非站在墨勤面前，長揖行禮道：「矩子，非心中惶恐。」

墨勤端坐在房裡，看著墨非問道：「為何惶恐？」

墨非說：「我初至此地，矩子和雲莊主就要離開，非擔心難以擔此重任。」

墨勤似是料到他會有這一說，於是問道：「你是不會種樹？還是不會馭人？」

墨非早年跟隨父親種植果林，經驗豐富，在加入墨家後，又跟隨幾位師兄，讀了頗多墨家前輩的心得筆記，雖不敢誇大，但他對種植的確頗有把握。

至於馭人，墨家本就是個有組織的團體，墨非身處其中多年，也耳濡目染受了不少教育，應當不成問題。

此刻被矩子反問，墨非一時不敢隨意回答。

墨勤見他思索不定，鼓勵道：「祖師有言，非命、尚賢，你有能力勝任，難得又有人肯重用你，你為何要妄自菲薄？」

墨子教導門人，人的命運可以透過自己的努力改變，是為非命；不分貴賤，唯才是舉，是為尚賢。

墨非聽了墨勤的教導，又行長揖之禮。「矩子一席言，如醍醐灌頂，非知道該怎麼做了。」

看著墨非走出去，墨勤微微皺了皺眉頭，他雖然如此勸導墨非，但實際上，他自己也不太明白雲舒怎能如此輕易放手……她真的放心？

其實，雲舒把茶莊交給墨非，她一點也不擔心，因為她夠信任墨家人的誠信，而在個人能力方面，管理這個茶莊不需要多大的技術，只是找人種茶樹，她看了墨非幾天，覺得他完全能夠勝任。

而且她一向奉行「知人善用」和「用人不疑」，過於嚴厲的教養，有時候還不如放養來得好。

待雲舒留下茶莊營運所需的費用後，就帶著隨行之人，與劉陵一起離開郿縣。

劉陵叫雲舒跟她同乘，路上有個伴好說話，於是雲舒就帶著默默來到她的香車中。

郿縣縣令帶著眾人送行，劉陵望著送行之人，哀怨地說：「十六哥何等薄情，竟然不送我們，搶在我們前面回去了！」

雲舒寬解道：「許是有什麼急事呢。」

劉陵悠悠道：「他是個閒散太子，能有什麼急事？他自己走也罷了，還把劉孝那個呆子也強行拖走，現在旅途連個消遣的人兒都沒有，好無聊。」

雲舒暗暗驚訝，她只聽過「閒散王爺」，倒沒聽說過「閒散太子」的說法，難道劉爽不用幫衡山王處理事務，管理衡山國嗎？還是說衡山王的諸子之間另有爭鬥？

衡山國是西漢諸郡國中一個小國，關於它的事情，雲舒並不清楚，想了半天也沒有頭緒，只好作罷。

劉陵和雲舒話著家常，默默就安靜地坐在雲舒身邊吃點心，一小團梅花糕捧在手裡，吃得很仔細，連落下的碎屑也不放過。

劉陵見默默長得好看，安靜又乖巧，於是起了逗弄的心思，伸手掐了掐默默尖瘦的下巴說：「這孩子好乖，叫什麼名字？」

雲舒剛要回答，卻聽一個細弱但堅定的聲音突然說：「雲默。」

雲舒訝異極了，默默竟然自己冠上了「雲」姓！她低下頭瞧默默，卻見默默抬頭看著她，眼神中帶著希冀，讓雲舒難以拒絕。

於是，雲舒高興而感動地說：「嗯，他叫雲默。」

劉陵點點頭說：「嗯，這名字好聽，長大之後該是個美男子。」

雲舒笑著說：「男孩子要長相有什麼用，以後得找先生教他讀書才行。」

說到先生，劉陵就說：「我的三名文士中，左吳先生的學問最好，為人也實在，反正路途無聊，妳就把雲默送到他那裡去受啟蒙吧。」

雲舒覺得這是個好建議，打算先跟默默溝通好，再去拜訪左吳先生。

離開酈縣路途歇息的第一站是個叫「新息」的縣城。

在夜色中，車隊進入城中，引起不小的轟動，劉陵按照慣例包下新息縣最好的驛館，命廚房準備最好的酒肉，以慰勞趕了一天路的人馬。

驛館外已有侍衛站崗，劉陵就帶著雲舒等人直接在大廳坐下。正在等待晚膳時，驛館外突然一陣騷動，吵鬧和撞擊聲傳到大廳裡，使眾人紛紛向外看去。

「何事吵鬧？」

劉陵剛喝問出聲，大廳門口就衝進一堆人，劉陵和雲舒看到那帶頭之人，都嚇了一跳，驚呼出聲。

「十六哥？」

「殿下？」

劉爽穿了一套武士服，按著腰中的劍大步走了進來，環視廳中眾人一圈，看向劉陵問道：「哥哥車馬勞頓，想討妹妹一頓飯吃，不知行還是不行？」

劉陵招呼劉爽坐上主位，歡喜地笑著說：「自然行，只是十六哥你不是回衡山國去了嗎？怎麼又來了這裡？」

劉爽笑說：「我才回邾城，就接到父王的指示，要我拜訪大伯父去，這才急忙追上你們。」

劉陵更好奇了，問道：「你要去拜訪我父王？」

劉爽點頭說：「怎的，妳都去過我們衡山國了，就不許我去你們淮南國走走？」

劉陵趕緊說：「自然不是，只是我得提前知會我父王一聲才行。」

淮南王劉安與他的三弟衡山王劉賜，因禮節問題鬧翻，多年沒有來往。

劉陵這次因文士告密的事情故意與淮南王鬧脾氣，轉而去拜訪衡山王，沒想到衡山王派太子回訪，這舉動也許有希望促成兩家恢復交往。

只是劉陵有點拿不準她父王是否會坦然接受衡山王示好，從此化干戈為玉帛。只不過，親姪兒都上門了，他不至於攆劉爽出門吧？

一群人熱熱鬧鬧聚在一起用膳，劉陵一邊吃一邊問劉爽：「怎麼就你一個人？劉孝不來嗎？」

劉爽挑眉反問道：「妳很想要他來？」

劉陵努嘴說：「人多熱鬧一些嘛，而且他待在郝城能有什麼事？還不如去我們壽春玩玩呢。」

劉爽搖搖頭說：「父王說他性子不定，要徐姬幫他說親呢，他哪有時間！」

雲舒耳朵尖，捕捉到「徐姬」兩個字，心中疑竇叢生。劉孝的親事怎麼會交給一個姬妾打理？

再聽他們聊天，劉陵一副很不屑的樣子說：「那個女人啊……她能給劉孝說怎樣的親事？你要幫他看看才是。」

看來這位徐姬的出身一定不好，不然怎麼會惹得劉陵和劉爽如此鄙視？

劉爽點點頭說：「倒也不用擔心，有父王把關，不至於太離譜，而且妳也知道二弟，只要漂亮，其他的他一概不介意。」

雲舒在心中偷笑，沒想到劉爽會這樣說自己的弟弟。

劉陵忍不住得意起來，之前劉孝一直寸步不離的黏著她，是因為……她漂亮吧？

雲舒安靜地吃飯，悄悄聽劉爽和劉陵兩人說話，卻聽劉爽忽然把話題轉到雲舒身上。

「妳這次是去壽春還是盧山？」

「盧山？」雲舒微愣，不知劉爽為何突然有這一問。

劉爽見她吃驚，以為雲舒不知盧山雲霧茶，於是獻寶似地說：「聽聞盧山所產之茶很好，因生長於濃霧中，味道格外香冽，若用妳的法子製作出來，味道必定更佳，妳不準備去盧山看看嗎？」

雲舒沒想到盧山雲霧茶這麼早就有了，心中微驚，說道：「原本打算去一趟盧山，但是因上次進山出事，所以就不準備再進山找茶了。我打算直接借道壽春，繼續東去，一直到會稽郡的太湖，在那裡再做打算。」

「太湖？那麼遠……」劉爽微微憂愁，想了想說：「妳既然跟阿陵是好姊妹，何不在淮南國做生意，盧山是她的地盤，妳能出什麼事？左右多找些人跟著就是了。」

雲舒有自己的打算，她不想留在淮南國，一是因為那裡並不是最好的茶葉產地，再者是因為淮南王和卓成這兩個危險因素。

她沒辦法具體跟劉爽解釋，只好謝過他一番好意，執意說要去會稽郡看看。

劉爽見雲舒固執，微微有些惱了，雲舒怕繼續說下去更惹他生氣，就藉口說要照顧孩子，先退了下去。

待只剩劉爽和劉陵兩個人了，劉爽抱怨道：「這個女子也太固執！」

劉陵卻覺得好笑。「她自由行商，十六哥為何要管她去哪裡？我看固執的是你呢！」

劉爽悶著頭不說話，劉陵眼珠滴溜一轉，湊上前問道：「十六哥，你不想要她遠行，不會因為是捨不得吧？」

「別瞎說，我怎麼會捨不得她？只是看她一個女子東奔西走，怎麼就沒家人管她？」劉爽駁斥道。

「聽說是孤女，沒有家人，從小就被人撿回去當丫鬟，最近才自己出來做生意。」

劉爽之前沒聽劉陵提起過，因他看雲舒出手大方，又跟劉陵稱姊道妹，以為她家境還不錯，不說有背景，至少應該是富商之女。現在乍一聽來，頗覺得難以置信。

「孤女？」一介孤女，無依無靠，若無才能，如何敢出來打拚？因為是孤女，所以才執意要收養孤兒，所以才格外重視自由嗎？

想了想，劉爽嘆了口氣。

劉陵問他為何而嘆，劉爽說：「我可憐她是孤女，可是想想，我比她又好多少？」

劉陵捶了他一下說：「你個不孝的，三王叔健在，你卻說這樣的話，若傳到他耳中，有你難受的。」

劉爽反而冷笑。「反正他現在眼中只有徐來那個女人，早看我不順眼了。」

劉陵憤恨地說：「縱使三王叔再喜歡那個女人，難道敢立她為王后，敢立她的兒子為太子？你可是乘舒王后的長子，誰能動你的地位？」

她一席話說得劉爽心情順暢了一些，他舉杯敬劉陵說：「我竟然沒有陵妹妹想得清楚，是我愚鈍了，該罰！」

而在雲舒的房中，雲舒正在向墨勤打聽衡山王的家世，她原本只是隨口問一問，沒想到墨勤真的知道不少。

「衡山王的乘舒王后去世了好幾年，為衡山王留下兩子一女，長子就是外面那位太子。不過聽聞有一名徐氏姬妾，乘舒王后在世時，徐姬就一直很受寵，王后去世這幾年，她隱隱坐穩王府女主人的位置，她四名兒女也很得衡山王喜歡，家中爭鬥頗為複雜。」

雲舒驚嘆道：「哇，墨大哥你知道得真多！」

墨勤繼續說：「乘舒王后十分賢德，在世時為衡山國百姓做了不少好事，我也是聽衡山國的墨家弟子口耳相傳，才知道這些事。因為乘舒王后的賢名，很多百姓都很擁護衡山太子。」

雲舒回憶著跟劉爽認識的這段日子，從最開始輕佻地對待她、捉墨勤入獄，到後來對她隱約透露出來的關心，雲舒不知道這樣一個讓她捉摸不定的人，是否能成為一個合格的王侯。好在他這個人不算壞，雲舒願意用最大的善意期待他。

第八十三章　勢不兩立

趁著天沒有全黑，雲舒打算帶著默默去找左吳先生，商量一下為默默啟蒙的事情。

在去左吳先生房間的路上，雲舒哄著默默說：「默默要跟著先生念書學東西，這樣長大了才能做個有用的男人，成為男子漢大丈夫，好不好？」

沒承想默默都聽得懂，而且十分順從地點頭。雲舒原怕默默不願跟陌生人交流，沒想到事情這麼順利。

雲舒高興地蹲下去，在默默臉上親了一口，興奮地說：「這麼乖，太惹人疼了！」

默默被她親了這麼一口，有點發愣，沒想到下一刻，他也回親了雲舒一下，只是……親的是嘴。

雲舒驚訝地捂著嘴唇，大叫道：「小屁孩，我的初吻吶！」

默默看她急得跳腳，不知不覺間，臉上的笑容愈來愈燦爛。

就在兩人打鬧時，卓成冷不防出現在小路上，他不近不遠地用冷漠嘲諷的眼神看著雲舒說：「初吻？不是給我了嗎？」

此人一出現，雲舒的心情立即盪到谷底。她指著卓成說：「你別亂說話，我什麼時候跟你接吻了？」

卓成挑了挑眉，笑著說：「不記得了嗎？我們去電影院看電影後，來到這裡，在沙漠裡相擁的那一夜……」

提起沙漠裡的事，雲舒就止不住顫抖，哪裡還記得初吻的甜蜜和當時的信任？

「呸，就當被狗咬了一口！」雲舒憤憤地說。

卓成卻一臉得意。「妳的身體我都看過，妳是想說全身都被狗咬了嗎？」

雲舒憤怒得要崩潰了，死後分屍的時候看過也算?!

「你、你真是個變態！」雲舒不太會罵人，氣了半天，只憋出這麼一句話。

卓成似乎已經不在乎顏面問題，而是十分無賴地說：「變態又怎樣？只要能活下去……」

雲舒的拳頭握得死緊，她努力深呼吸，控制了一下情緒，冷靜地說：「卓成，你殺我、吃我、害我、不肯放過我，我日後定要讓你怕我、求我、後悔曾經折磨我。我們兩個人走著瞧，來日方長！」

尖銳而飽含恨意的眼神，低沈且堅定的話語，讓卓成覺得有些可怕，他一直都覺得雲舒是他的手下敗將，更認定古代是男人的世界，所以他向來都只擔心雲舒會破壞他的好事，從沒想過自己會栽在雲舒手上。

可是這一刻，他真的擔心了。

在兩人爭吵時，他們都沒有注意到站在雲舒身後的雲默經歷了怎樣跌宕起伏的心情。

電影院、電影、殺人、吃人……

雲默小小的臉上充滿了震驚，他從雲舒背後看著她單薄的背影，緊緊握住了拳頭，順便記下卓成那張可惡的臉。

「默默，我們走，別理這個瘋子！」雲舒拉起雲默的小手，越過卓成，走向左吳先生的房間。

卓成被雲舒擠到路邊，微微有些發怔，他竟然被她的氣勢鎮倒了。

低頭琢磨了一下，他又抬起頭看向雲舒，卻發現一道狠辣的眼光射向自己……那個孩子？

卓成有些懷疑自己眼花，再次看向雲舒手中牽著的雲默，只見這一大一小兩個背影，漸漸離他而去，根本沒有剛剛他感覺到的那個狠辣眼神。

「我這是怎麼了？為什麼要心慌？人不為己天誅地滅，我沒有做錯什麼事，不要慌……」

他不斷自我催眠，看看月亮漸漸高升的夜幕，卓成長吸一口氣，轉身回到自己房中。

次日早上，隊伍整裝出發，雲舒一個人來到劉陵的馬車裡。

劉陵看她沒帶孩子，問道：「雲默呢？」

雲舒說：「昨天帶他去見了左吳先生，從今天開始，他就跟著左吳先生在後面馬車上認字。」

劉陵十分驚訝地說：「這孩子沒吵沒鬧？」

雲舒笑著說：「沒呢，我讓他跟著先生唸書，他很高興呢。」

劉陵正色說：「這孩子好好培養，以後應該有番大作為。當初我幼弟進學時，把家裡鬧得天翻地覆，別提有多折騰人了。」

雲舒笑了笑，不好多說什麼。她不求雲默有什麼大作為，只求他能夠不要被幼年的陰影所影響，安然走上正途，她就安心了。

車隊離開新息縣，下一個休息地點是陽泉城，依照車隊的速度，要馬不停蹄地趕路，才能趕在入夜前抵達城內，所以白天一路上，眾人都沒有休息。

劉爽是從邾城騎馬趕來的，沒有帶馬車。早上趕路沒一會兒，他就嫌熱，跳到劉陵的馬車上，強行鑽了進來，跟劉陵、雲舒一起聊天說話。

劉陵和劉爽都不是寡言少語之人，一路上十分熱鬧，雲舒不用說什麼話，光聽他們說，都覺得很有意思。

待晚上到了陽泉城，雲舒去左吳先生馬車上接雲默，詢問雲默的學習情況。

左吳先生是個很和藹低調的文士，他摸著雲默的頭問道：「這孩子以前真的不識字嗎？」

雲舒點頭說：「是呀，以前吃穿都顧不上，哪有機會識字呢。」

左吳先生嘆道：「看來是這孩子聰明的緣故，我今天教他識字，他學習的速度非常快，不僅認會我教給他的那些，他還主動要求提筆學寫，只是……呵呵……」

聽先生誇雲默聰明，雲舒很開心，但是對最後這個轉折詞有點忐忑。「怎麼？默默做錯什麼事了嗎？」

左吳先生尷尬地笑了笑，說道：「也不是什麼大事，只是馬車顛簸，雲默失手把硯臺打翻在晉昌身上，鬧了些不愉快。不過，小孩子嘛，不怪他……」

雲舒忙道歉說：「啊，實在太對不住，給你們添麻煩了，我回頭去向晉昌先生賠罪。」

領默默離開後，雲舒低聲問默默：「你真的把硯臺打翻到晉昌身上了？」

雲默點頭，說：「嗯，全部。」

「他有沒有打你？」雲舒擔憂地問道。

雲默搖搖頭說：「先生不許。」

看來是左吳先生護著雲默，卓成才忍下了脾氣。

雲舒在心中偷笑，差點就想誇默默做得好。她忍了忍，心想不能教壞孩子，於是嚴肅地說：「嗯……晚膳想吃什麼，烤羊腿好不好？」

聽到雲舒的話，雲默嘴角微微上揚了。

陽泉城離淮南國的都城壽春已不遠，明天趕得緊一點，晚上就能到，若劉陵不想趕路，也許會隔天再到。

雲舒不知劉陵的打算，但她得先做好進城後的打算，於是找來大平，要他明天一早先騎馬趕去壽春，提前找好驛館，定下住處，再到城外接他們。

大平正在照顧身上有傷的丹秋用晚膳，接了雲舒的吩咐後，頗為擔憂地說：「那丹秋怎麼辦？我提前離開，就沒人照顧她了。」

雲舒嗔怪道：「我還在吶，怎麼會忘記丹秋？你只管去，我來照顧她。」

從丹秋受傷的這段日子來看，大平對丹秋格外用心，雲舒正是看大平服侍得那樣周到，才放心去跟劉陵同乘，她這樣做，也是有點小心思的。

因為大平明早要趕路，雲舒早早便攆他去睡覺。

等趕走他，雲舒回到丹秋房裡說：「大平挺關心妳的。」

丹秋低頭應了一聲。

雲舒見她有些不自在，越發感興趣了，於是故意挑開來說：「丹秋，妳今年也十九歲了，妳看大平怎麼樣，他待妳好，能力也不錯，以後會有出息的。」

丹秋的臉倏地發紅，她受驚似地抬起頭看向雲舒說：「雲舒姊姊，妳別瞎說，我把他當弟弟看。」

雲舒才不信姊姊弟弟哥哥妹妹這一套，繼續說：「妳才比他大兩歲多一點，年齡根本不是問題，關鍵看妳喜歡不喜歡。若是喜歡就別錯過，若你們的事情定下來，等我們回長安，就幫你們辦喜事！」

丹秋支支吾吾，沒有拒絕，卻是羞得說不出話，講來講去，只說自己比大平大，不合適。

雲舒看她過不了這個心結，拿出殺手鐧，沈下臉說：「妳的意思是女子比男子大就不合適嗎？那就是說，我跟大公子也是注定不合適的……」

丹秋忙揮手說：「不是不是，我不是這個意思……雲舒姊姊，妳知道我不是……」

雲舒看她差點把丹秋嚇哭了，忙笑著說：「既然不是這樣，那何苦用年齡問題為難自己？」

丹秋沈默了半晌，終於說出自己的心事。

「大平跟著雲舒姊姊做生意，我相信他以後一定會有出息。可是我什麼本事也沒有，從小就被賣給桑家做丫頭，爹娘早不知道哪裡去了，我配不上大平……」

雲舒也擺出一副哀苦的模樣說：「大公子跟著皇上辦差，我相信他以後一定會有出息。可是我什麼也沒有，無父無母孤兒一個，我配不上大公子……」

丹秋這才發現自己又說錯話，忙拍拍自己的嘴說：「雲舒姊姊妳別這麼想，妳有本事、會識字、會算帳，還能賺那麼多錢，我怎麼能跟妳比……」

雲舒伸手抱了抱丹秋。「我把妳當親妹妹，希望妳能得到幸福。妳要對自己有信心，現在沒擁有妳想要的東西，並不代表妳永遠都得不到，只要努力就能得到。再說，愛情方面沒有什麼配不配的，只要他喜歡妳，妳喜歡他，其他問題都能夠想辦法克服。」

丹秋淚眼矇矓地問道：「真、真的嗎……」

雲舒點點頭說：「妳這些年跟著我，也學了不少東西，以後如果想學什麼、做什麼，只管跟我說，誰說妳配不上大平？我還捨不得把妳給那個傻小子呢！」

丹秋終於破涕為笑，使勁地點了點頭。

第二天早上，大平在準備出發之前，突然衝到雲舒面前，格外興奮地對雲舒說：「雲姊姊，我先去壽春了。」

雲舒點點頭說：「嗯，去吧，路上注意安全。」

大平興沖沖地騎上馬，想想不對，又跳下馬跑到雲舒身邊，十分彆扭地感謝道：「謝謝雲姊姊，丹秋她終於答應我了，嘿嘿！」

雲舒衝他皺了皺鼻子說：「傻小子，她能不能跟你，以後還得我點頭呢，還不快辦事去！」

「是！」大平中氣十足地應了一聲，惹得雲舒和馬車內的丹秋都大笑不已。

「什麼事這麼開心？」劉爽不知什麼時候出現在雲舒馬車邊。

雲舒笑著說：「我弟弟妹妹們逗我開心呢。」

看著周圍忙碌準備出發的人，雲舒又說：「殿下快去前面馬車吧，隊伍馬上要出發了。」

劉爽看雲舒文風不動，問道：「妳不過去？」

雲舒指指車廂說：「我要照顧我妹妹，今天就不過去了。」

「哦。」劉爽頗覺得失望，緊接著補充了一句：「我還想喝妳泡的茶呢……」

雲舒昨天在馬車上幫劉陵和劉爽泡了不少壺茶，看來喝茶也會上癮。

雲舒笑著說：「還有機會的，以後再幫殿下泡茶。」

劉陵在前面喊劉爽上車，他這才走開，雲舒也轉身進了馬車。

丹秋半躺在馬車裡，抱住雲舒一隻胳膊說：「雲舒姊姊，離這個太子遠一點。」

雲舒疑惑道：「怎麼？」

丹秋危險意識超強地說：「他堂堂太子殿下，卻對雲舒姊姊一點架子也沒有，還對妳這麼好，肯定意圖不軌。」

「是嗎？」雲舒倒沒太在意，她以為劉爽不對她擺架子，是因為劉陵的面子呢。

「當然！這些王公貴族都這樣，但凡見到合心意的女人，就想帶回家。雲舒姊姊妳可不能被他騙走，妳是大公子的。」丹秋緊張地說道。

雲舒噗哧一笑，問道：「大公子給了妳多少好處，妳這麼維護他？」

丹秋頗覺得委屈地說：「我是為雲舒姊姊好，大公子肯不顧一切娶妳為正妻，多難啊，他才是會一輩子對妳好的人！」

雲舒摸索著袖中的玉梳，有些想念大公子了。「嗯，放心吧，姊姊我心裡很清楚，明白得很呢。」

第八十四章 白衣男子

劉陵等人趕到壽春時已是亥時，城門早已落鎖，可這對劉陵來說，根本不是問題。

雲舒透過馬車，看到劉陵的侍衛官騎馬到城門下揚聲喊道：「翁主回城，還不速速開門！」

城樓上值夜的士兵一陣張望，速速派人下來核查，在見到劉陵的權杖後，立即打開城門的主門洞，燃起火把迎駕。

夾道迎接車駕的城防兵都舉著火把，將城門照得通亮。

雲舒細細打量起淮南國的軍士，一個個訓練有素，絲毫不比長安的軍士差，看來淮南王在治軍上面下了一些工夫。

劉陵回城的消息迅速傳到淮南王府，雲舒看著浩蕩排開前來迎駕的隊伍，這才感覺到一個翁主該有的氣派。

這裡是淮南國，劉陵是淮南王最寵的女兒，雖然只是翁主，可是在這裡，只怕比公主還要尊貴吧？

遠遠的，雲舒就看到掛滿燈籠的淮南王府大門，成批侍女、僕婦在門前相候，雲舒只怕自己的馬車會跟著劉陵的馬車一起被迎進王府，於是急忙差人上去知會劉陵，告知她不進府之事。

劉陵聽說雲舒要辭行，頗覺得意外。她停下隊伍，將雲舒喊到面前問道：「為什麼不進王府？」

雲舒感激地辭謝道：「翁主盛情相邀，對我來說是莫大的榮幸和關懷，與翁主同行至此，已省卻我一路上許多麻煩，我豈能再厚顏地給翁主添麻煩？」

劉陵倒真沒覺得雲舒給她添了什麼麻煩，反正自有下面的人安排好一切。「這有什麼麻煩？府裡的房子多得是，住妳一個又不多。」

劉爽跟劉陵在一輛馬車中，也在旁注視著雲舒。

雲舒推辭說：「殿下到淮南作客，翁主想必有很多事情要忙，我豈能添亂？再者……住在王府裡，進出不便，對於我一商人來說，多有禁錮，還請翁主諒解。」

劉陵想想也是，她還不知淮南王見了劉爽會是什麼反應，也許顧不了雲舒，於是說：「那妳住在哪兒？也好知會我一聲，我還有事找妳呢。」說著指了指後面文士乘坐的馬車。

雲舒心想可能是為了勸解淮南王罷用晉昌之事，便說：「嗯，明早就會給翁主送信過來。」

「好，那妳去吧，如有事，只管報我名號，在這裡，還無人敢對我不敬。」劉陵笑道。

聽到劉陵自信滿滿的話，雲舒笑著退下，在左吳先生那裡接了雲默之後，駕車退到路邊，為劉陵的隊伍讓道。

目送劉陵等人進了王府，雲舒這才讓毛大叔驅車去接大平，豈料不等他們去找，大平已從旁邊溜了出來。

雲舒驚訝地說：「這麼晚了，你怎麼還等在這裡？」

大平笑著說：「我算了算時間，你們要不是今夜到，就是明天中午到，我怕你們晚上進城找不到我，在關城門之後，就到王府前等著了。」

雲舒讚賞地拍了拍他的肩膀，帶上他一起上馬車往大平訂好的客棧行去。

壽春不愧是淮南國的都城，亥時已到，街上依然有不少燈火。大平訂的客棧在壽春城最熱鬧的豐秀大街，名字就叫做豐秀客棧。

城門關了很久，要投宿的早已投宿，客棧內雖然有燈，但是門板已經半闔。大平進去找了夥計，有人出來幫忙搬運雲舒等人的行李，另有人帶馬車去後院停放。

雲舒一手牽著雲默，一手扶著丹秋，隨著店夥計往內走。

客棧大廳中坐著兩個相貌普通的男子，他們的案桌上放著一壺清酒，時不時對飲著。看到雲舒等人進來，其中一名穿白衣的男子抬頭看向他們，看到這一行人中，有受傷的女眷，還有那麼小的孩子，頗覺得訝異。

白衣男子的手指在案桌上敲了敲，琢磨了一下，向雲舒等人走去。「這位姑娘，還請留步。」

雲舒聽到這個聲音，嚇了一跳，因為他的聲音給她一種十分熟悉的感覺，就像老朋友重逢一般。

雲舒回頭打量身後的男子，他身形挺拔，長髮烏黑，氣質也很好，只是長得太黑太平庸，給人一種不太協調的感覺。

「這位公子有什麼事嗎？」雲舒問道。

白衣男子說：「我看妳的朋友有傷在身，恰好我的朋友醫術高明，不妨讓我朋友幫她看看，不知可否方便？」說著指了指依然在案桌旁坐著的青衣男子。

雲舒十分疑惑，這人無事獻殷勤，想幹什麼？是騙子嗎？可是他的聲音讓雲舒覺得特別親切和熟悉……

丹秋在旁邊扯了扯雲舒的衣袖提醒她，雲舒回過神來說：「我妹妹的傷已無大礙，有勞費心。」說完又看了白衣男子一眼，才轉身隨夥計繼續往房間走去。

恰巧墨勤、大平和毛大叔放好馬車，帶著行李走了進來，見有人糾纏，速速過來攔在中間。墨勤冷目盯著白衣男子，銳利的眼神中微微帶著一絲疑惑。

白衣男子見雲舒同伴已來，只好作罷，回到青衣男子身邊，兩人繼續坐在大廳裡對飲。

在客棧裡安置好之後，雲舒出門向店夥計要熱水，再次在走廊上碰到白衣男子，只見他站在走廊的一頭微笑注視著雲舒，他渾身散發出來的氣質，使雲舒十分願意親近，但出門在外，又豈能輕信陌生男子？

雲舒低頭不再看他，匆匆避開之後，找到墨勤說：「墨大哥，你注意到大廳裡的兩名男子沒有？」

墨勤點頭說：「那兩個人看起來有點奇怪，自從我們住進客棧，他們就一直關注著我們。特別是白衣男子，雖然感覺不到他有敵意，但是渾身透著古怪。」

雲舒點頭說：「我也是這樣覺得，而且……」

雲舒欲言又止，墨勤仔細地問道：「怎麼了？」

「而且他的聲音很像大公子……我一開始聽到他喊我，還以為是大公子。」雲舒微微有些臉紅，自嘲地說：「我真是昏頭了，大公子在長安準備邊疆之事，怎麼可能在這裡出現……」

這世界十分玄妙，長相相似的人都有，何況聲音相似？之前雲舒看過不少模仿歌手的綜藝節目，驚嘆大家學得很像，現在她竟然會因為聲音相似，就對那個奇怪男子產生親切的感覺。

墨勤聽了她的話卻沈思起來，不時往外面看去。

第二天早上，雲舒派大平去淮南王府送信，告知劉陵她的住處。誰知中午時，劉陵就帶著劉爽來到豐秀客棧找她。

劉爽剛來第一天，不是應該拜見淮南王嗎？他們怎麼有時間來這裡？

不等雲舒詢問，劉陵就苦著臉對雲舒說：「父王聲稱朝廷近日要派御史到淮南國來，很忙，沒時間見十六哥，氣死我了，妳快幫我想想辦法吧。」

雲舒想了想，說道：「只怕是淮南王與衡山王之間的心結難解，若能找出癥結所在，對症下藥就好了。」

劉爽大概是被淮南王拒於門外頗為不爽快，他心情很不好地說：「妳這說了不是白說嗎？我和阿陵都知道問題所在，還用來問妳？」

說罷，他又不耐煩地對劉陵說：「我都說找她沒用，妳偏要來問問，這種家醜，何以要到處張揚？」

劉陵被劉爽訓得不爽，頂嘴道：「我很樂意找雲舒，你不願意的話，離開好了。」

劉爽氣得轉身，走了一步，卻又回頭，硬著頭皮坐了下來。他不能就這樣回衡山國，不然的話定會被衡山王訓斥沒能力，還要被徐姬恥笑。

雲舒怕他們在客棧吵起來，忙勸道：「翁主和殿下稍安勿躁，我們三人再商議商議，定能想出法子的。」

客棧人來人往，不是說話的好地方，雲舒提議出去找個能坐下的地方說話，再慢慢商議。

劉陵是東道主，自然難不倒她，立即起身帶著雲舒和劉爽往外走去。

幾人出門時迎面碰上昨晚看到的白衣男子，他看到雲舒跟劉陵劉爽一起出門，顯得有些詫異。

劉陵並未注意到這個人，但劉爽倒細心看到了，於是問道：「那個人是妳認識的人？」

雲舒回頭看了一下，見白衣男子還是瞧著她，於是疑惑地搖頭說：「不認識，怎麼了？」

劉爽說：「他看妳的眼神，不太一樣。」想了想，他又補充道：「住在外面，需多加小心，不行的話還是住到王府裡比較妥當。」

雲舒笑了笑，說道：「不過歇幾天，就要繼續東行，不用打擾翁主了。」

劉爽微怔，嘴唇嚅動了一下，但也沒說什麼。

劉陵領著他們來到了一間叫做水蓉閣的藝坊，單獨要了一個院子坐下來說話。

院子裡有一汪水池，池邊建了幾座水榭，池中央則有個大大的木亭，上面可以表演。

雲舒隨劉陵坐在水榭中，不過片刻，就有人捧著牌子上來讓劉陵點舞，劉陵翻了三張牌子，隨後就有舞姬緩緩入場，在木亭中舞蹈起來。

水榭離亭子較遠，他們一面觀賞，一面說起淮南王府的事情。

悠緩而莊重的音樂縈繞在水榭中，亭中舞姬輕搖腰肢，讓雲舒領略到漢代的別緻風情。

這種環境能讓人放鬆，然而他們的心情卻不輕鬆。

劉陵抱怨道：「我父王並不是一個固執的人，怎麼在三王叔的事情上如此執拗，這麼多年沒聯繫，現在依然想不開。」

雲舒問劉陵和劉爽：「從親兄弟變成陌生人甚至仇人，當年肯定發生了什麼不得了的事情，不然斷不會完全斷絕來往。殿下與翁主身邊可找得到值得信任的老人，詢問一下當年的事情？」

劉爽自然不可能立即跑回衡山國去調查此事，所以雲舒跟他的目光不約而同落到劉陵身上。

劉陵歪頭思索片刻，說道：「我的乳娘以前是我奶奶身邊的丫鬟，從小就長在王府，當年的事情她或許知道。只不過她現在不在王府，而是跟她兒子在邵陂管理莊園，離這裡約半日路程，若有必要，我可招她回府一聚，打探一下消息。」

劉爽神色稍霽，說道：「有處可查倒也好，只要不是無處下手就行了。」

雲舒想了想，提出意見說：「招那位乳娘回王府恐有不妥，若被淮南王知道是她洩漏陳年舊事，恐怕會為她帶來災禍。」

劉陵和劉爽都愣住了，他們都沒有想過那位乳娘的境地。

劉爽嘆了一聲說道：「妳心地倒不錯。」

也許是階級和立場不同吧，所以雲舒會比他們想得多一些。雲舒笑了笑說：「既然邵陂離壽春不遠，我們不如擇一日出去秋遊，然後秘密去找那位乳娘問清楚事情。」

劉陵立即贊同。「這個主意不錯，邵陂那裡有一大片澤地，風光十分不錯，就算只是玩，也值得一去。」

眾人立刻商量起時間，因劉陵剛回來，還有些事情要跟淮南王商量，所以把出行時間定在兩日後的清早。

商量好時間之後，劉陵高興地舉杯，誰知廣袖太長，把酒壺給勾倒，美酒灑了一地，酒水流到劉爽衣襬上，瞬間濕了一片。

劉陵大呼小叫地喊來水蓉閣的侍者，要他們帶劉爽下去弄乾衣服。

趁著空檔，劉陵對雲舒招手說：「快過來，我有事跟妳說。」

雲舒見劉陵神神秘秘，起身走過去說：「翁主該不會故意把酒弄灑，讓殿下暫時離開吧？」

劉陵調皮地眨眨眼說：「他來者是客，我處處都帶著他，不能冷落他，卻沒了跟妳說私話的機會，我有件要緊的事跟妳說……」

雲舒走到劉陵身邊坐下，聽她在耳邊悄聲說：「我昨晚剛回府，就被父王叫去問話。我按照我們之前商量的，把長安諸事的過錯全推到晉昌身上，並勸父王不要再跟丞相勾結，可是父王卻覺得我是婦人之心，瞻前顧後，看不清大局。」

雲舒眼神連閃，沒想到劉安這麼不聽勸！劉安跟雲舒沒什麼關係，他的死活雲舒一點也不關心，她主要是心疼劉陵，一個好好的姑娘被父親當棋子送去做政治交易，實在太可憐。既然劉安不聽勸，她也沒必要為他費心，只需處理好劉陵的處境即可。

雲舒在心中默算，丞相田蚡沒幾年時間好活了，就算劉安想跟田蚡勾結，田蚡一死，什麼都是浮雲。「翁主不用心急，等過段時間，淮南王自己會想清楚的。」

「會嗎？」劉陵有些疑惑，她覺得她父王的心思十分堅定。

雲舒說：「皇上自親政後變化很大，他少年風發、胸懷廣大，並非庸碌之輩。但淮南王一直把他當作幾年前太皇太后護翼之下的雛鳥，所以才對他生出不敬的心思。皇上調遣兩位將軍去邊疆，說明邊疆將有戰事發生，此戰過後，淮南王就會看清皇上的鐵腕和手段，到時不用翁主多說，淮南王也會重新考慮。」

謀逆這種事，一般在新帝登基之初或是朝綱動亂之時發動，若等劉徹握緊朝政和兵權，劉安縱使再大膽，也不敢隨便行動。

劉陵點了點頭。

雲舒又說：「只是往後翁主別再去長安做棋子了，不然淮南王到最後竹籃打水一場空，反而把妳賠了進去，又是何苦？看翁主受那種委屈，我心裡難受……」

雲舒一番情真意摯的話，說得劉陵眼眶微紅。在父王的計劃當中，她根本就是犧牲品這件事，她比誰都清楚……

「嗯，我不去了，等戰後父王的決定有了分曉再說。」劉陵想了想，又擔憂地說：「這仗若打贏了，父王必然不敢再亂想，若皇上輸了，只怕更助長了父王的念頭……」

雲舒順水推舟地說：「所以說，翁主有一件事情必須做。」

「什麼事？」劉陵好奇地問道。

雲舒淺笑一下，十分堅定地說：「除掉晉昌。」

「他？」劉陵說：「他這個人的確很討厭，可他確實有些未卜先知的能力，再者父王很器重他，想除掉他並不容易。」

雲舒笑了笑說：「是啊，擁有一個未卜先知的人，就能克服一切即將發生的困難，謀反也不是難事。淮南王心中一定認為晉昌就是他成大事的關鍵之人，而且晉昌若支持淮南王，淮南王就會覺得大事更有希望，一定不會輕言放棄，又怎麼會捨得除去他這個人呢？」

劉陵表面上努力讓自己保持平靜，但心中已是驚濤駭浪。雲舒竟然把淮南王和她以前的心思猜得這麼準！

當初她接到父命要她去勾搭田蚡，她是那麼不願意，可正是晉昌用他未卜先知的能力說田蚡可助她成大事，她才勉強去做，雖然她中途放棄，但她和田蚡的事情竟然暴露了。雖然一開始只有流言，後來卻演變成人盡皆知，實在讓她抬不起頭來。

事情暴露時，晉昌露出驚詫的表情，這個表情讓劉陵明白，此事的敗露並不在晉昌的計劃當中，所以劉陵再也不相信晉昌所說的預知言論了。

面對雲舒的分析，劉陵不得不苦笑著說：「正是妳說的那樣，所以想把晉昌除掉，妳該知道有多麼困難……」

雲舒眉頭一挑，話鋒一轉。「翁主可曾換個角度來想此事？晉昌若助淮南王成事，那麼事後必然以豐功偉績自居，處處以占卜之事拿捏淮南王。若他預知淮南王大事要敗，那麼他就會在事發前先一步背叛淮南王，作出對他自己最有利的選擇。不論成敗，對於淮南王來說，這個人都是個禍害啊！」

劉陵雙拳緊握著膝上的衣袍說：「妹妹說得很對，我絕不允許此等小人在王府中作亂！」

雲舒握住劉陵的手說：「翁主對付晉昌的時候也要小心一些，不可讓淮南王知道，免得父女之間心生嫌隙。」

劉陵點了點頭，眼神漸漸恢復平靜。

第八十五章　身分揭曉

劉爽擦乾衣服回來，見她們兩人並坐在一張席子上說悄悄話，於是問道：「說什麼秘密呢？」

劉陵表情變得極快，此刻已能古靈精怪地對劉爽說：「女孩兒家的話，偏不告訴你。」

劉爽一個大男人，也不想知道她們女人家的廢話，便說：「去邵陵的事情既然已安排好，我們今日不如就在這裡好好玩玩。水蓉閣的名聲我在衡山國都聽說過，卻是第一次到這裡來。」

雲舒瞥了劉爽幾眼，心中感嘆：男人果然都一樣，到了舞館就格外興奮。但是想想又覺得不對，大公子就不會這樣，還是看人的個性吧？

在雲舒胡思亂想之際，劉爽已拍手找來在池中亭裡跳舞的舞姬到水榭中來，想要近距離觀賞。

水蓉閣果然名不虛傳，舞姬們各個美豔妖嬈，纖纖細腰不盈一握。她們表演的舞蹈非常獨特，每個舞姬都站立在一面牛皮鼓上舞蹈，或旋轉，或輕搖，或獨立，腳下踢踏出的鼓聲與肢體的動作配合起來，讓人非常驚豔，就連雲舒也忍不住叫好。

賞舞、飲酒、高歌，當三人在水蓉閣裡玩得盡興後，劉陵叫來水蓉閣老闆，要結帳並打賞。

一個體態豐潤的中年婦人扭著腰肢走了過來，因劉陵是常客，她忙滿臉堆笑地問道：「翁主今日玩得可還盡興？」

劉陵笑著打趣道：「豔九娘妳調教出來的姑娘，豈有不好？我只恨不是男兒身，不然非要向妳討要幾個姑娘回府！」

豔九娘笑得髮釵子亂顫，說道：「唉唷，多謝翁主抬舉！」

劉陵拿出一包錢幣放在案桌上說：「這是給妳的，多的就給姑娘們買花戴，她們今天跳的鼓上舞我很喜歡。」

豔九娘忙推辭道：「不可，豈能收翁主的錢？」

她這話一出來，倒讓劉陵疑惑了。水蓉閣開門做生意，怎麼會不要錢？以前豔九娘斂財可比誰都勤快啊？

豔九娘笑著說：「今兒個我們少東家來了，他聽聞翁主前來作客，特地叮囑不能收翁主的銀子，全當是他一片心意。」

「哦？你們少東家？」劉陵很好奇，她一直都不知道水蓉閣的真正老闆是誰，更不知他們的少東家是誰，於是收起錢袋說：「那好，我也不辜負你們少東家一片心意，但要讓他來見見我，我好記著他的人情。」

劉陵喜善交遊，在長安時她各類朋友頗多，更何況是在她自己的地盤上？既然聽聞水蓉閣少東家在此，她當即要求見見對方。

豔九娘笑著扭了兩下說：「是，我這就去請我們少東家過來。」

三人重新在水榭坐下，沒多久，一白衣公子就從水池上的木橋上走了過來。

雲舒驚訝地看著白衣公子翩翩走來，此人正是她之前在豐秀客棧見到的男子！

白衣男子對劉陵和劉爽抱拳行禮，說：「草民參見殿下、翁主。」

劉陵打量了白衣男子一番，見他長相雖普通，但渾身氣度不凡，賞識地問道：「你就是水蓉閣的少東家？怎麼稱呼？」

白衣男子微微頷首道：「在下鄭弘。」

劉陵說：「原來是鄭公子。水蓉閣在我淮南國已立足十餘年，卻鮮少聽聞鄭家的事情，你們不是本地人吧？」

鄭公子笑著點頭說：「翁主猜得很對，鄭家遠在千里之外的洛陽，這裡一切全交由豔九娘打理，家父和我極少來此。」

劉陵點點頭說：「難怪。」

此時劉陵忽記起一事，轉頭瞧著雲舒問道：「妳以前的東家似乎也是洛陽人？」

雲舒點點頭，抬頭望向鄭弘說：「不知鄭公子可知洛陽桑家？」

鄭公子笑著回道：「自然知道，鄭、桑兩家還有姻親關係，我與桑家長子桑弘羊是表親關係。」

雲舒一聽，忙向鄭公子補施一禮。「雲舒見過表公子。」

劉陵在旁聽了笑道：「真是巧得很！來，快坐下，我們再暢飲幾杯。」

雲舒起身把席位讓給鄭弘，自己轉而坐到鄭弘的下首。

鄭弘跟劉陵、劉爽侃侃而談，說起水蓉閣的來歷及行商的趣聞。

雲舒聽著那無比熟悉的聲音，常誤以為是大公子就在身旁，不由得有些出神。她的手收在廣袖之中，輕輕摩挲著溫潤的玉梳，心思飄向遠方。

不知大公子在長安可曾被家人逼去相親？

不知大公子在皇上面前辦事可還順暢？

不知他何時啟程去邊疆督辦糧草？

不知他……可曾想過她？

劉爽坐在雲舒對面，看她盯著酒樽發呆，於是用箸敲敲桌子問道：「雲舒，問妳呢，妳說好不好？」

「啊？什麼？」雲舒猛然回神，發現自己根本沒聽到他們聊什麼。

劉爽說：「鄭公子聽阿陵說妳製作的茶葉別具一格，水蓉閣想預訂一些，問妳的意見。」

雲舒覺得十分抱歉，眾人在說她的事，她竟然出神了。「當然好，只不過我現在手上沒有現貨，可能要等到明年春天，不知鄭公子是否介意？」

鄭弘笑著說：「無妨，我想先預訂二十斤茶，不知要付多少訂金？」

雲舒沒想到鄭弘如此爽快，可是她茶都沒找到多少，怎能收取訂金？能有銷路，她就已經很滿意了。

「表公子太客氣了，都是親戚，哪裡需要收什麼訂金？等明年出了新茶，我保證第一個出售給水蓉閣。」
鄭弘笑著說好，一旁的劉爽不悅地說：「別忘了還有我的茶，妳說過要加倍奉還的。」
「是、是，忘不了的，殿下放心。」雲舒笑道。
眾人攀談了一會兒，劉陵準備回府了，鄭弘送他們出門上馬車，因雲舒跟劉陵不同路，恰好在兩個不同的方向，就沒有與他們同乘。
待送走劉陵與劉爽後，鄭弘上前對雲舒說：「我也住在豐秀客棧，一起走吧。」
雲舒有些拘謹，但一來想到他是表公子，再來她不熟悉壽春的路，有點怕走丟，於是點頭說：「多謝表公子照拂。」
水蓉閣準備好馬車，雲舒和鄭弘兩人先後上車，馬車便開始在青石板路上行走起來。
雲舒坐在馬車最外面，鄭弘坐在馬車最裡面，兩人沒怎麼說話，但雲舒感覺到鄭弘的眼神一直放在她身上。
她正覺得怪異，鄭弘忽然忍不住笑了出來，繼而頗為無奈地喊了一聲：「雲舒……」
「表公子怎麼了？」雲舒十分不解地看向鄭弘。他為什麼笑？這麼曖昧地喊她，又是為什麼？
鄭弘抿嘴笑道，輕聲說道：「是我，妳真的認不出來嗎？」
雲舒盯著鄭弘，這個人她理應認識嗎？
的確……他渾身的氣息讓雲舒十分熟悉，聲音也讓她覺得親切，可是這張臉，她著實不認識。

見雲舒想得糾結不已，鄭弘看不下去了，朗聲笑道並向雲舒伸出雙手說：「好了，不逗妳了，來，過來。」

雲舒反而往馬車外挪了一挪，皺眉說：「表公子，我們今日初次相識，請注意您的言行……」

鄭弘指著自己的臉說：「我是桑弘羊啊，這張臉是陸先生幫我易的容。」

雲舒驚呼出聲，又是驚喜，又不敢相信。

難怪他會給她這麼熟悉的感覺，難怪聲音一模一樣！可是他真的是大公子嗎？他怎麼會來淮南國？

雲舒猶豫地想靠過去，卻又怕被騙，一時激動得不知該如何是好。「真、真的是大公子？」

鄭弘彎腰把自己的衣襟掀開，拉起褲管，小腿上，一道淺粉色的疤痕赫然在目。「這個傷妳還記得吧？」

當然記得！那是大公子當年下水救雲舒時，被河底的尖石劃傷的。

雲舒看著這道傷口，再抬眼看大公子，眼眶不知怎的濕潤了。分別月餘，竟像是已數年，在她以為還要熬很久的時候，他卻這樣不經意地出現在她面前！

「大公子……」

雲舒向桑弘羊挪去，桑弘羊笑著，伸手把雲舒拉入懷中。他一手摟著雲舒，一手按著她的後腦勺，像是要把她緊緊扣入懷中一樣。

「妳最近好嗎？路途順利嗎？我看到你們進客棧時，丹秋身上有傷，妳又帶了個孩子，到底發生什麼事了？」

溫暖的問話在耳邊響起，雲舒不想讓大公子擔心，便說：「沒什麼，丹秋在山裡摔了一跤，那個孩子是我路上撿的孤兒，我們一切都好。」

大公子並不知道在郿縣發生的事情，說道：「我一直在打聽妳的消息，一開始沒想到妳會跟劉陵同行，所以找不到，直到太平到壽春的豐秀客棧，我才重新得到你們的消息。」

「啊？」雲舒有些驚訝，沒想到大公子這麼留意她的行蹤。「大公子你是怎麼知道的？」

大公子笑著說：「豐秀客棧是桑家的產業，想知道你們投宿的消息，並不難。」

雲舒恍然大悟，她又問道：「那水蓉閣也是？」

大公子點頭道：「水蓉閣倒真的是鄭家的，不過當初作為我母親的陪嫁，已經留給我了。」

雲舒這才想起，大公子的母親姓鄭，難怪他要化名為「鄭弘」。

雲舒想到他們昨晚就見面了，但大公子一直易容騙她，就問道：「大公子，你怎麼會到這裡來？又怎麼會易容？」

大公子說：「戰事將起，皇上派我到各諸侯國徵收糧草，淮南王接到旨意之後，說淮南去年大災，上繳的糧食非常少，所以我就易容來打探一番，看看情況是否屬實。」

雲舒點了點頭說：「原來如此。」

大公子輕輕挑起車簾看了一眼，說道：「快到客棧了，一會兒下車之後，對墨勤、大平他們都不要提起我，我依然是鄭弘。」

雲舒輕輕點了點頭，在淮南國的地盤上謹慎一些是對的。

她整理了一下情緒準備下馬車，忽然低聲問道：「如果……如果我想找您，怎麼辦……」

大公子開心地笑了。「長安派來的御史隊伍三天後會抵達壽春城，在那之前，我跟妳一樣住在豐秀客棧，妳若想找我，隨時都可以來。還有，昨晚妳見到的那名青衣男子，就是陸先生。」

雲舒淺淺一笑，待馬車停穩後，下了車，和大公子一起向客棧裡走去。

墨勤帶著雲默在大廳裡等雲舒，見她和白衣男子一起回來，十分詫異。墨勤起身看著她走過來，而雲默已撒腿跑向雲舒。

「娘，您回來了！」雲默乖巧地喊道。

這一聲「娘」喊得雲舒很有壓力，不過既然收養了雲默，他這樣喊也沒有錯，少不得要慢慢習慣，於是摸摸雲默的頭，問他今天有沒有好好吃飯。

鄭弘站在雲舒身旁，雲默喊雲舒的那一聲「娘」聽得他有些恍惚，一時愣在原地。

墨勤上前疑惑地問雲舒：「妳不是跟淮南翁主一起出去嗎？怎麼會跟這位公子一起回來？」

雲舒點頭說：「翁主回府了。」而後轉身介紹道：「墨大哥，這位是大公子的表親，鄭公子。」

墨勤顯然沒料到是這麼一回事，皺著眉向鄭弘點了點頭。

鄭弘跟墨勤打過招呼，看看雲舒手中的雲默後，對雲舒說：「雲姑娘，我先回房了，若有需要幫助的地方，儘管發話。」

雲舒躬身謝道：「多謝表公子。」

鄭弘回房後，雲舒跟墨勤一起朝丹秋房裡走去，路上墨勤說道：「竟然這麼巧，在這裡能碰到桑公子的表親？」

聽出他語氣裡的不信，雲舒笑著說：「可不是嘛，今天知道的時候，我也嚇了一跳。」

墨勤卻警戒地說：「最好還是寫信跟桑公子確認一下。」

雲舒回頭看向墨勤，淺笑道：「好。」

秋夜靜美，雲舒立在窗邊欣賞月亮，而雲默則已經在床上睡著了。

客棧有夥計來敲門添熱水，雲舒開門接過銅壺，道謝時，卻聽見那送水的夥計輕聲對她說：「我們少東家請姑娘去琴波亭一敘。」

大公子找她？

雲舒問道：「琴波亭在哪兒？」

夥計說：「姑娘從南邊的窗戶望去，就能看到。」

雲舒道謝後，來到南邊的窗前推開一看，窗外就是一汪水域，而在水域的對面，的確有一座亭子。

深夜，水面上已經起了霧，雲舒努力向遠方看去，果然見到一抹身影在亭子裡徘徊。她關上窗，看看雲默依然睡熟後，便出門向琴波亭走去。

大公子背手站在亭中，這裡視野很遼闊，可以看到周圍各種動靜。當雲舒出現在亭外的橋上時，大公子第一時間提步走上前去。

雲舒見大公子的面色有些倉皇，問道：「大公子急著找我，出了什麼事嗎？」

大公子看到她，心情突然平靜下來，微微嘆了一口氣，說道：「其實也不是什麼急事……我們沿著湖邊走走吧。」

雲舒點點頭，和大公子在夜月下散起步。

兩人並肩走著，大公子輕輕牽住雲舒的手，感覺到她的手有些冰涼，於是問道：「現在剛剛入秋，怎的手這麼冰？」

雲舒有點面紅心跳，趕緊說：「沒什麼，除了夏天，我的手腳一直都是涼的。」

大公子擔憂地說：「抽個時間讓陸先生幫妳看看，開幾副藥調理一下吧。」

雲舒早先每月痛經，吃了陸先生的藥之後，痛經緩解了很多，但依然有些氣血不暢，導致四肢發涼。見大公子如此關心她，她便順從地點了點頭。

兩人靜靜走著，輕聲說著話。雲舒的心一直不能平靜，她跟大公子這樣散步，實在像在夜裡幽會，這對他們來說，還是頭一遭呢……

走到水中一座石拱橋上，大公子停下腳步，面對著雲舒說：「雲舒，有一事，我想跟妳商量……」

雲舒提神看向大公子，今晚他猶豫良久，原來是真的有話要說。她有點緊張地問道：「什麼事？」

大公子輕聲說：「其實也不是什麼大事，只是聽說卓成這次跟淮南翁主一起回了壽春。我看妳跟劉陵走得很近，擔心妳被卓成傷害，我……想除掉他。」

大公子平穩略顯冰涼的聲音在夜色中更顯得清冷，雲舒的心不由得一緊。除掉卓成？雲舒也很想除掉卓成以絕後患，可是真的能夠除掉他嗎？

說真的，她寧願卓成以晉昌的身分活在她眼皮子底下，也不希望卓成可能重生到一個未知的人身上，畢竟敵暗我明最為危險。

雲舒想了想說：「不瞞您說，我也在想辦法讓淮南翁主除掉卓成，只不過我要的東西還沒到手……這件事有點困難，我一直沒想到比較好的辦法，所以能不能只監禁他？」

大公子發覺雲舒三番兩次拒絕除掉卓成，有些想歪了。他想到雲舒跟卓成的同鄉情分，甚至想到雲舒之前所說的婚約對象，極可能就是卓成……他以為雲舒是念在這些情誼上，不願取卓成性命。

悶聲嘆了口氣，大公子說：「我明白妳的意思了，我會想些辦法的。」

雲舒沒有察覺到大公子的失落，只感覺到他對自己深深的關懷，不由得感激地說：「大公子公事本就繁忙，我還讓您這樣操心，真的很過意不去。」

大公子伸手摟住她，兩人在橋上輕擁，他在雲舒耳邊說：「我們兩人何須如此客氣？只有妳安好，我才有心思去做其他事情，若不知道妳的近況，我日夜難安。」

雲舒在他懷裡點頭道：「嗯，我會好好待我自己的。」

兩人在湖邊說了許久的話，墨勤在湖邊遙望著那兩個相依的身影，心中浮起層層疑惑，不知雲舒怎會跟這個人如此親密……

他注視著兩人在琴波亭邊分開，直到雲舒回到房間，他才關上窗吹燈休息，可是盤旋在他內心的疑雲，卻是怎麼也散不開。

在他眼裡，雲舒絕不是見異思遷的女子，她雖與大公子分別月餘，但之前的情愫絕不可能這麼快拋於腦後。只是……他們剛剛分明就……抱在一起，究竟是為什麼？

墨勤靜靜躺在床上，腦海中忽閃過一段話……

「他的聲音很像大公子……我一開始聽到他喊我，還以為是大公子。」

墨勤從床上坐起，想到雲舒曾對他說的話，心中生出一個想法……莫非那個人就是大公子？

易容術對墨勤來說並不算陌生，墨俠之中也有善易容者。

回想起那位「鄭弘」公子的一舉一動，墨勤愈來愈覺得他像大公子，也只有這種可能性，才能解釋雲舒的舉動。

他輕輕吁了一口氣，在黑暗中笑了一下，為自己剛剛懷疑雲舒的想法而感到羞愧。

第八十六章　湖中爭執

翌日清晨，眾人吃早飯時聽客棧的夥計說，今日是壽春擺集市的日子，比平日要熱鬧許多。

雲舒閒著也是閒著，想帶雲默去玩，順便叫上墨勤，為明天去邵陂出遊買一些東西。

雲舒前腳剛出門，劉爽就來豐秀客棧找她，敲了半天房門也沒有人應答，只見大平從旁邊的房間裡探出頭來。

兩人對望一眼，見是劉爽，大平出來行禮問道：「殿下來找雲姊姊嗎？」

劉爽點頭說：「嗯，她好像不在？」

大平應道：「今天是趕集的日子，雲姊姊說要上街買些東西，出去了。」

「哦。」劉爽頗覺得無聊，劉陵在府裡忙著跟淮南王商量事情，劉爽就想找雲舒一起上街，誰知撲了一場空。

他悻悻掉頭離開客棧，剛出門，大公子就從對面房裡出來，看著他的背影出了一會兒神。

待雲舒下午回來時，大平告知她劉爽來過，雲舒並未放在心上，只想著明天他們會一起去邵陂，有什麼事見了面都可以說。

邵陂位於壽春之南，清晨出門，不到中午就能到達。劉陵、劉爽在客棧接了雲舒之後，三人就從南城門出去。

在馬車上，吹進車廂的清風撩動著雲舒的青絲，雲舒撥弄了一下臉頰上的髮絲，問劉爽：「聽說殿下昨天找我？什麼事？」

劉爽搖搖頭說：「沒事，只是一個人待得無聊。」

雲舒不疑有他，但劉陵在一旁聽了，卻是動了動眼珠子，想起昨天王府發生的事情……

劉陵昨日一早就被淮南王叫去密談，說到中途，王府管家著急地來書房尋她，說衡山太子跟他們自家太子打了起來……

劉陵雖然知道自己的弟弟劉遷一向任性妄為，但是聽聞打架之事，依然嚇了一跳。淮南王劉安也是氣得粗喘，他原本就不待見劉爽這個不請自來的姪子，現在見他敢在王府裡撒野，更是怒喊要攆他走。

當劉陵匆匆來到他們打架的地點時，劉爽已經不在了，只剩被打青了一隻眼睛的劉遷在那裡大哭。

見姊姊來了，劉遷抱住劉陵的腿，「阿姊、阿姊」地大喊，但劉陵問他們為何事打架時，劉遷卻咬牙不肯說。

劉陵晚上找到劉爽時，劉爽絕口不提白天打架之事，也不說他出府去了哪兒，劉陵見他心情不好，哪敢多問。

但今日看來，劉爽昨天出府，應該是去找雲舒了，可惜雲舒不在，不然也許能知道他們堂兄弟打架的原因。

劉爽今天的心情依然不怎麼好，他靠在車窗邊看著外面出神，縱使劉陵那樣一個活潑的人，現在也不敢招惹他，只拉著雲舒話起家常。

雲舒不知昨天發生了什麼事，只感覺到劉爽的異常，於是小聲問起劉陵：「殿下怎麼了？看起來心情很糟糕……」

劉陵點點頭說：「許是一個人背井離鄉，想家了吧。」

雲舒被劉陵逗得想笑，劉爽一個男人，這才出來幾天，怎麼就想家了？

劉陵又說：「不管他了，我們一會兒到了邵陂，要乳娘採菱角給我們吃，雖然那是便宜東西，但是我們莊上養的菱角，跟別人塘裡的不一樣，乳娘每年秋天都會送幾盆到王府，我最愛吃了。」

不知劉陵是故意活絡氣氛，還是內心的小孩子脾性又出來了，總之她這一番話讓馬車裡的氛圍好了許多。

待到了邵陂，劉陵的乳娘一家聽說他們要來，十幾人便整整齊齊站在莊子門前迎接。

待馬車停穩了，莊上的人都跪下迎接劉陵，劉陵一眼就看見跪在中間的一位婦人，上前扶起她說：「乳娘快起來，何必跟我客氣？」

婦人滿臉笑容地站起來，握著劉陵的手說：「許久不見翁主，翁主又變美了，您能來看老身，老身實在太高興了。」

看得出婦人臉上的歡喜是發自內心的，從小帶大的孩子，感情必然不一般。

兩人熱絡了一會兒之後，那位乳娘看著雲舒和劉爽問道：「翁主，這兩位貴客是誰？」

劉陵指著劉爽說：「您沒見過他，但您肯定知道，他是我三王叔的長子，衡山太子殿下。」

「啊……」婦人臉上有一絲驚慌，彎腰就要朝劉爽跪下。

劉爽伸手阻攔婦人的行禮，說道：「免禮。」

劉陵把乳娘拉起來，指著雲舒說：「這位是雲舒姑娘，我的好姊妹，陪我過來玩的。」

雲舒與婦人互相施禮，但她明顯感覺到婦人有些心慌意亂，眼神一直看向劉爽。

三人被莊子的人迎進了正廳，乳娘走在劉陵身旁，問道：「翁主怎麼到這裡來了？鄉下地方沒好吃的，也沒好玩的，委屈了翁主可怎麼是好？」

劉陵眉飛色舞地說：「怎麼沒有吃的玩的？我記得以前乳娘帶我坐船去撈菱角，又甜又脆，我就饞這一口。」

乳娘很是欣慰，她把劉陵奶大，劉陵並沒有因為長大而忘記她。「只要翁主喜歡吃，要多少我都去撈。」

劉爽在一旁聽了，說道：「我們一早從壽春趕來，已經餓了，先去準備飯菜吧，待我們吃飽後，弄條小船，我們到湖裡玩一玩就行。」

劉陵有一瞬間的疑惑，但跟劉爽對視一眼後，也點頭說：「嗯，就按他說的去安排，我們今天晚些時候就回去，免得乳娘勞頓。」

「不勞頓、不勞頓。」乳娘趕緊應道。

乳娘匆匆下去準備飯菜，劉陵、劉爽、雲舒三人則在莊子裡暫歇。

劉陵低聲問劉爽：「你真的要下湖玩？我們不是來打聽事情的嗎？」

劉爽悶悶的，興致明顯不高。「問話需要多久時間？就怕她知道也不說，不如先散散心。」

雲舒覺得劉爽好奇怪，之前他迫不及待想知道長輩產生隔閡的原因，怎麼現在反而像是不想知道一樣。

劉陵也覺得古怪，跟雲舒對視一眼之後，看見彼此的疑惑，於是暗暗琢磨起來。

莊子為了款待劉陵等人，特地殺了雞和鴨，並煮了豬蹄膀，案桌上俱是葷菜，雖然油膩，但看得出底下人的實誠。

三人吃過飯後，隨乳娘來到邵陂的湖邊，那裡泊著一艘船，一個少年拿著長篙站在船上。

乳娘介紹道：「這是我的小兒子朱旺，是個撐船好手，今天就讓旺兒為翁主撐船吧。」

劉陵打量了船上的小子一下，跟乳娘一樣長了個圓臉，有幾分相似，便笑著說：「好，我們走。」

一艘尖尖的小船，載著四人向湖中划去。

劉陵挽起袖子玩水，她半趴在船舷上，歪著腦袋看向鬱鬱寡歡的劉爽，問道：「十六哥，什麼事讓你這麼憂心啊？從昨兒到今兒個，你就沒說幾句話。」

劉爽側頭看著波光粼粼的水面，心不在焉地說：「沒什麼，就是有點悶。」

「還悶呀？我們這不是出來玩了嗎？」劉陵不解地說。

雲舒也說：「殿下若有心事，還是說出來好，一直憋在心裡，也想不出解決的辦法。」

劉爽突然勃然大怒道：「別說了，妳們這群女人懂什麼？」

劉陵氣得在船上站起來，插腰道：「哼，凶什麼凶，不想說我們也不想知道！雲舒，我們別理他，採菱角去。」

雲舒看小船搖搖晃晃，實在怕劉陵掉下去，趕忙拉著劉陵坐下。「兩位別吵了，咱們就是出來玩的，別這麼掃興。」

為了緩解氣氛，雲舒絞盡腦汁找出話題。「之前我在老家時，也有人採菱角，還編出一詩，我說給你們聽好不好？」

劉陵聽了挺有興趣的，她只當雲舒會行商算帳，沒想到還會詠詩。「什麼詩？唸來聽聽。」

雲舒清了清嗓子，唸道：「小庭亦有月，小院亦有花。可憐好風景，不解嫌貧家。菱角執笙簧，谷兒抹琵琶。」

雲舒剛唸幾句，劉爽就出言打斷，感慨道：「好個小庭亦有月，小院亦有花！若能得一寧靜庭院，過著悠然生活，丟掉繼承王位的機會，生活貧困又如何？」

他突如其來的感慨惹得劉陵大笑，伸手指著劉爽笑到發顫。「我的太子殿下，這真是你說的話嗎？這可一點也不像你啊！你出生到現在都沒過過苦日子，還說什麼貧困又如何？」

劉爽氣得臉紅。「妳笑什麼笑，我是說真的。」

劉陵收了笑容，斜睨著劉爽說：「我也是說真的，你安生做你的太子殿下吧，什麼悠然貧困的生活，最好別想了。你說這些，對得起九泉之下的乘舒王后嗎？」

不說乘舒王后還好，一說到劉爽的亡母，他一下子就跳了起來，怒道：「不許提我母后！」

劉陵不解地說：「我提她又怎樣？我又沒說她壞話。」

劉爽喘氣不止，他對撐船的少年說：「把船划回去，靠岸。」

劉陵跟他槓上了，也大聲說道：「繼續划，我還沒採到菱角，不許回去！」

劉爽望著劉陵，瞪大了眼睛，兩人劍拔弩張，場面很是驚悚。

雲舒站起來攔在他們中間勸解道：「殿下、翁主，一人少說一句吧，出來的時候好好的，怎麼到了湖上卻吵了起來呢？」

劉爽不知怎的，這會兒脾氣格外大，他隔著雲舒對劉陵吼道：「你們家沒一個好東西，從上到下，從男到女，各個都一樣，也不積點口德！」

劉陵被他罵得火氣直沖，也站起來喝問道：「我說了什麼？怎麼就不積口德了？劉爽，我告訴你，今天把話給我說明白，你憑什麼罵我全家？」

兩人指手畫腳地爭吵起來，雲舒攔在中間，被他們左推右扯，只聽見「啊」的一聲，她竟然被劉爽大力推下湖了！

劉陵看到水花飛濺，大叫道：「劉爽，你敢推人下水？」

劉爽瞪大眼睛說：「誰推了？明明是妳！」

劉陵才不管這些，她見雲舒在水中撲騰，反手就把劉爽推下去，喝道：「愣什麼，還不快救人？」

雲舒本諳水性，但是劉爽突然被劉陵從船上扔了下來，又害她砸進了水裡。偏偏劉爽是個不會游泳，最後反倒成了雲舒救劉爽。劉爽沒命地撲騰，險些把雲舒也按到水下，最後還是撐船的少年下水把兩人弄了上來。

雲舒趴在船上大口吐水，劉陵幫她拍背，緊張地問道：「怎麼樣？有沒有嗆到？」

劉爽在一旁緩過神來，掙扎著起來指著劉陵說：「妳……妳竟然推我……」

劉陵嘴硬說道：「我是要你去救人！」

見他們沒完沒了，雲舒伸開雙手攔住他們，大聲吼道：「好殿下、好翁主，你們什麼也別說了，我們上岸，回去再一條條說清楚。」

兩人悻悻地閉上嘴，待到了岸邊，個個如落湯雞似的，把劉陵的乳娘嚇得不輕。匆忙準備了乾燥的衣物，當雲舒換好衣服擦乾頭髮出來時，劉陵已跟劉爽大眼瞪小眼地在廳裡坐著了。

雲舒嘆了口氣說：「都別氣了，吵架的事情，沒有絕對的對錯，大家都有責任，我們還是先想想今天來這裡的目的吧。」

劉爽把頭扭到一旁說：「不打聽了，上一輩的恩怨關我何事？不來往就不來往，我明天就回衡山國去。」

真是夠孩子氣的！

雲舒望向劉陵，劉陵說：「你不想知道，只管回去，我去找乳娘問清楚，等我知道了，絕不告訴你。」

說著，劉陵就起身要去找她乳娘。

劉爽從後面拉住劉陵的胳膊，喝道：「不許問！」

劉陵反推劉爽一把。「你管得著我？我愛問，怎麼樣？」

劉爽氣得揚起手，嚇得雲舒趕緊跑過去把他的手抱住。

劉陵氣到不行，反笑道：「唷，有出息了，打女人？你倒是打我試試看？我做錯什麼事了，讓你對我大呼小叫，還要打人？」

劉爽瞪了劉陵半天，最後洩氣地放下手說：「好，問就問，我們一起問！」

劉陵重重「哼」了一聲，掉頭就走，把劉爽甩在身後。

幾人找到乳娘，把她喊來亭裡問話，乳娘感覺到氣氛不對，一時有些拘謹，直直立在一旁，眼神都不敢亂飄。

劉陵稍微平息了一下火氣，軟聲喊道：「乳娘，妳還記得我父王是為什麼事情跟三王叔吵架的嗎？」

聽到這個問題，乳娘迅速抬起頭，看了劉陵一眼，眼中帶著驚慌。

劉陵看到這個眼神就知道，乳娘一定知道原因，於是追問道：「乳娘，到底是為什麼呀？妳難道不疼阿陵了嗎？」

「沒有，可是翁主……這件事情王上下過令，誰也不許再提啊……」乳娘遲疑地答。

劉陵笑著說：「妳放心，父王不會知道是妳說的，我今天到這裡來，他都不知道，我騙他說我去別的地方玩了。」

乳娘依然低著頭，絞著手指不肯說。

雲舒想了想，開口連哄帶嚇的說：「這位大嬸，淮南國危矣，這個時候，我們唯有讓淮南王和衡山王消除芥蒂，兄弟同心才能一起克服難關，不然淮南王和翁主都會有危險啊……」

「啊？發生了什麼事？」乳娘果然被雲舒嚇到了。

劉陵乘機說：「乳娘別擔心，只要父王和三王叔冰釋前嫌、兩人同心，一定能克服困難的，只是我現在需要知道他們當初為什麼吵架，才好讓他們重歸於好啊。」

乳娘低聲說：「這件事情奴婢也不是十分清楚，只是聽說衡山王奪了王上的女人，兩位王上才會離心。」

雲舒和劉陵驚訝地對望一眼，沒想到他們兄弟竟然是為爭女人爭到互不相容！

劉陵追問道：「是哪家小姐？」

乳娘說：「就……就是衡山國後來的乘舒王后……」

雲舒向劉爽望去，他側著頭不看眾人，抿嘴盯著地面，臉上一片肅然。他的樣子一點也不驚訝好奇，似是之前就知道了一樣。

劉陵聽到這個結果，也不知道該怎麼問下去了。感情問題最難解決，她之前還妄想讓兩家重修舊好，然而現在看來，只怕不可能了……奪妻之仇，只怕很難忘懷。

就在大家沈默想心事的時候，劉爽突然開口問：「聽說我父王迎娶母后時，我母后已懷有四個月的身孕，是不是真的？」

雲舒還沒來得及消化這個重大問題，劉陵已跳起來說：「不可能，劉爽，你怎麼能這麼說你母親？」

若是帶著身孕嫁過去，那這孩子到底是淮南王的，還是衡山王的？然而不管是誰的，這種說法都對乘舒王后的名譽有巨大的損傷。

劉爽不理會劉陵，對乳娘喝問道：「到底是不是真的？」

乳娘顫抖地跪在地上說：「殿下饒命啊，當年服侍王后，知道情況的人已經都死了，老奴是無意聽到太王后提起，才知道的……」

「哈……哈哈哈……」劉爽笑了起來。「原來真是如此，我還以為是遷弟故意辱我母后，沒想到真是如此！」

劉陵驚訝得不得了，問道：「劉遷？他怎麼會知道？你們昨天就是為這事情打架的？」

劉爽狂笑不語，癲狂的樣子讓劉陵和雲舒十分心驚。

突然間，雲舒理解了他今天的種種反常。

不願意向乳娘打探真相，是不想面對現實；不願聽劉陵提起乘舒王后，是害怕從她口中再聽到什麼可怕的話語……

乘舒王后，劉爽心中最愛的母親形象，在這一刻，崩壞。

大概是因為心情不同，從邵陂回壽春的路顯得格外漫長。

劉爽不願跟她們坐一輛馬車，自行騎馬回去了。雲舒和劉陵坐在馬車裡，雖然有從農莊帶回的新鮮菱角，但是吃在嘴裡，卻味同嚼蠟。

「唉……沒想到是這麼一回事。妳說……劉爽他會是我親哥哥嗎？」劉陵冷不防向雲舒問道。

雲舒想了想，說道：「應該不會吧，若淮南王知道乘舒王后懷有身孕，且孩子是他的，他怎麼會割愛？一個男人也許會捨棄自己的女人，但我覺得他絕對不會把自己的血脈拱手讓人。」

劉陵想了想，點頭說：「嗯，也是……那就是說，乘舒背著我父王，跟三王叔做出苟且之事，我父王才不得不成全他們？」

雲舒覺得很可能就是這樣，但這種事情沒有證據，怎能亂說？雲舒只好說：「不知道呢……」

「唉，真煩！早知道當初就聽我父王的話，直接回淮南，幹麼要跑去衡山國玩……不找劉爽他們，也不會有今天的事了。」劉陵心煩意亂道。

雲舒勸解道：「一切皆有因果，有當年的因，才有如今的果，這一切也許是無法避免的，翁主不要太介懷。」

「因果？」劉陵琢磨著這兩個字，緩緩點了點頭。

第八十七章 心結難解

暮色中，雲舒和劉陵回到了壽春城。

淮南王府的管家在門口等候劉陵回府，劉陵看到管家畏畏縮縮的樣子，便知情況不好，問道：「發生什麼事了？」

淮南王府的管家是個高高瘦瘦的中年人，他湊到劉陵跟前低聲說：「翁主殿下，衡山太子殿下一個時辰前回來，帶走了隨從和行裝，任小的怎麼攔都攔不住。小的派人偷偷跟去，發現他帶著隨從住進了豐秀客棧，您說這可怎麼辦才好？」

劉陵揚聲問道：「住進豐秀客棧了？」

她還以為劉爽會賭氣回衡山國，沒想到不是……

管家很怕是自己哪裡做得不好，沒有招待好太子殿下，戰戰兢兢等著劉陵訓斥，誰知劉陵只是淡淡揮揮手，說道：「我知道了，你退下吧。」

管家如獲大赦般退下，劉陵卻突然喊道：「等等，回來。」

管家臉上的笑容轉瞬即逝，立即老老實實回頭聽劉陵說話。

「遷兒在哪兒？」劉陵問道。

管家回稟道：「太子殿下在後花園練劍。」

劉陵哼了一聲，說：「去，告訴他，要他到我的琴閣候我。」

「喏。」管家領命退下。

吩咐完後，劉陵轉身，一臉無奈地對著雲舒說：「劉爽現在肯定不想見我，我如果去找他，只怕會被他攆出來。這兩天有勞妳寬慰他一番，我待他消氣再過去。」

雲舒點了點頭，這種事情雖然很難辦，但是也不容拒絕。她確實有些放心不下劉爽，劉陵會想到劉爽究竟是誰的兒子這種問題，他自己只怕想得更多。

劉陵命令屬下駕車送雲舒回豐秀客棧，而後提了提裙子說：「哼，劉遷這個混蛋小子，我得問問他到底從哪兒聽來那些渾話。」

劉陵怒氣沖沖地走了，待雲舒回到豐秀客棧時，果然見到客棧大廳、房門口、院子四周，零零散散站著一些守衛，都是劉爽帶來的人。

客棧裡的人顯然都被驚動了，墨勤、鄭弘等人都在大廳裡等雲舒，直到看見雲舒安然回來，才鬆了一口氣。

墨勤上前迎了幾步，問道：「妳不是跟衡山太子一起出門的嗎？他回來好久也不見妳的蹤影，很讓人擔心啊。」

雲舒說：「殿下騎馬先行一步，我跟翁主坐馬車稍慢一些，沒什麼，別擔心。」

她的聲音不大不小，剛好能讓一旁的鄭弘聽見。

鄭弘聞言，默默端起案桌上的水樽，喝了點水，目送雲舒回房。

在丹秋的房裡，雲默坐在床邊玩彈子，大平忙著幫雲舒倒水。

雲舒見眾人都好，便坐到丹秋身邊問道：「傷怎麼樣？聽說壽春有個出名的郎中，我們找他看一看好不好？」

雲舒指的人就是陸笠，然而丹秋不知，只說：「不用再看郎中了，我頭上的傷已經好了，就是有些癢，總想抓一抓，可是大平每次見我弄傷口，就打我的手。」

說著，丹秋瞪了大平一眼。

大平才不怕丹秋告狀，反而問雲舒：「雲姊姊，妳倒是幫我作主，看我有沒有做錯？」

雲舒看他們打打鬧鬧，覺得很開心，笑著說：「大平說得對，妳不該碰傷口，癒合的時候有點癢是正常的，妳去碰它，反而好不了。」

丹秋吐了吐舌頭，自知說不贏他們兩人，只好乖乖聽話。

雲舒又望了望丹秋的腿，問道：「腿呢？好些了嗎？」

丹秋點頭說：「嗯，腳踝不疼了，今天我還起來走了兩步呢。」

見她恢復得很好，雲舒也就放心了。

突然間，一道亮光刺進雲舒眼角，雲舒伸手去擋，仔細辨認下，才看清原來是雲默手中的黃金彈珠折射來的光。

她大驚失色地問道：「雲默怎麼在玩金丸？誰給的？」

大平一直陪著丹秋在房內，沒怎麼注意，墨勤聽到問話，這才說：「這金丸是鄭公子給雲默的，我原不准雲默收，但是他拿了就跑，實在拿他沒辦法。」

雲舒問道：「鄭公子？是鄭弘表公子？」

墨勤點了點頭。

雲舒又問：「因何給雲默金丸？」

墨勤回憶道：「雲默今天在客棧玩，鄭公子看到他便逗弄他，因雲默詢問菜牌上的字是什麼，鄭公子便起了教他認字的心思，但雲默卻說，若鄭公子能答出他出的問題，他就讓鄭公子教他。」

雲舒聽得一愣一愣的，一向內向的雲默，竟然能跟陌生人說出這麼多話來？「然後呢？出什麼問題？」

墨勤說：「我起初沒注意聽，只知道是馬駒和母馬的問題，雲默，你來說說看……」

雲默收起手中的金丸說：「娘，鄭叔叔沒答出來呢，我也考考妳。」

雲舒詫異地笑了，大公子竟然被一小孩難倒，真是沒面子呀！她現在興趣十足，於是說：「好啊，默默說來聽聽。」

雲默用稚嫩的聲音緩緩說道：「馬場裡有一百匹馬駒和一百匹母馬，要找出哪匹駒是哪匹母馬生的，該怎麼做呢？」

雲舒聽了，不由得坐直身體，驚詫地望向雲默，問道：「表公子是怎麼回答的？」

雲默說：「他想了半天，最後說不知道。娘，您說該怎麼分辨？」

雲舒平靜地說：「先把馬駒和母馬分開關起來，隔了一夜，再把母馬一匹匹放到馬駒中去。馬駒一見自己的媽媽來了，會撲上去吃奶，就這麼一匹匹地放，一匹匹地找，不一會兒就全分出來了。」

「默默，你說是嗎？」雲舒說完後，看向雲默問道。

雲默點頭笑著說：「娘真聰明，左吳先生就是這麼說的。」

「是嗎？」

雲舒有些出神，這馬駒的問題，是個有名的故事。唐朝時，西藏王松贊干布聽說文成公主漂亮能幹，就派大臣祿東贊前去求親，馬駒的問題是唐太宗故意為難祿東贊而想出來的。

這個情節雲舒在電視劇看過，所以有印象，但是現在她卻疑惑了，雲默怎麼會知道這個問題？是巧合嗎？他真的是從左吳先生那裡聽來的？抑或左吳先生是聽卓成說的？

她思來想去，來源只可能是卓成，這才漸漸放下心中的疑惑。

雲舒對雲默伸出手說：「來，金丸交出來，我替你保管。」

雲默把金丸捏在手裡，搖著頭不肯交出來。

雲舒哄道：「我不要你的金丸，是替你收起來，這是貴重物品，不能當彈子玩，免得玩的時候弄丟了。」

雲默看了看手中的金丸，又看向雲舒，思索了一下才說：「我不玩，放到木箱裡收起來。」

帶著雲默回房把金丸放好，雲舒看到桌子上的新鮮菱角，於是去廚房要來盤子，裝了一些給丹秋他們吃，再送去一些給大公子吃。

到了大公子房中，大公子正在看書簡，見雲舒來了，就放下書簡問道：「今天玩得開心嗎？」

雲舒將菱角放在案桌上後，並不回答他這個問題，而是責怪道：「雲默還是個孩子，您怎麼能給他那麼貴重的金丸？」

大公子聽了，就說：「我是看那孩子非常聰明，喜歡他，才給他的。那幾粒金丸不算什麼。」

雲舒透過金丸想到一事，於是問道：「公子，這個金丸該不會是韓嫣弄出來的吧？」

大公子倒奇了。「妳怎知姊夫喜歡彈金丸？」

雲舒忍不住扶額，說：「曾有童謠唱道『韓家男，金為丸，一日遺失十餘丸。苦飢寒，逐金丸，撿了金丸不愁難。』此事看小不小，須提防韓大人被人彈劾啊！」

大公子凝神說：「竟然有這樣的歌謠？我倒未曾聽過，不過此事我會跟姊夫說的，畢竟不少禍事都是從坊間歌謠傳起的。」

雲舒點了點頭，歷史上韓嫣的確因「逐金丸」被彈劾過，此時既然還沒有童謠，那就說明事情還未到不能挽救的地步。

從大公子房裡出來後，雲舒路過劉爽的房間，只見兩名侍衛守在門口，房門緊閉，天已黑了，也不見屋內亮起燈光，十分讓人擔心。

她想了想，又弄了些菱角盛盤，然後來到劉爽房門口，對侍衛說：「兩位侍衛大哥，這是我今天跟太子殿下一起去邵陂帶回來的小食，我送一些來給他。」

從鄠縣到壽春，劉爽的侍衛都認識雲舒，並不為難她，由她去敲門。敲了兩次，沒有人應聲，雲舒用力推了推，誰知房門應聲而開。

她在昏暗中走進去，看著床邊黑糊糊的一團身影，問道：「太子殿下，您還好嗎？怎麼不點燈呢？」

放下裝菱角的盤子，雲舒從桌子上找到火燭，點燃了油燈。

昏黃的燈光漸漸照亮整個房間，劉爽靠著床頭坐在床邊，一腳彎起踩著床沿，閉目靜坐。

雲舒關切地問道：「殿下還沒有用晚膳吧？我差人去準備，殿下想吃什麼？」

劉爽緩緩睜開眼，眼神有些空洞。他歪頭看著雲舒，搖了搖頭說：「不想吃，妳坐下陪我說說話吧。」

雲舒知道一個人在心情不好的時候，很需要人陪，哪怕不說什麼，只要靜靜陪著他、聽他說就夠了，於是依言坐下。

劉爽低聲慘笑道：「妳知道嗎，我母后在我心中，一直是純潔神聖的，她的百姓那樣愛戴她，足以說明她是個好人，可是沒想到，來到淮南國，在這裡聽說的一切，讓我覺得我從來不曾認識我的母后。這種陌生的感覺，太可怕了……」

雲舒不同意地說：「殿下，不管乘舒王后經歷了怎樣的愛情，都不影響她成為一位好王后和好母親，您不能把這些事情混為一談。」

雲舒的話讓劉爽很是疑惑。

雲舒解釋道：「人一生中會遇到許多無法改變和克服的困難，大多數時候，人們最終會選擇改變自己以適應生活。但是一個人的感情，卻是最難屈服和改變的。

「乘舒王后敢大膽選擇您父親，說明他們的愛無人能擋，就連淮南王也不行。相愛的人想在一起，有什麼錯？

「長輩們當年的情事真相究竟如何，我們不清楚，但是乘舒王后對你如何，殿下心中明白；乘舒王后對百姓如何，百姓也十分清楚。怎能因為她大膽的愛情，而毀掉她整個人？」

劉爽愣愣地聽著，被雲舒大膽的想法和言語所震撼。

一個不忠貞的女人，怎麼可能是一個好女人、好王后和好母親？他是真的疑惑了……

劉爽埋下頭，失笑道：「無人能擋的愛？妳可知道我父王有多少女人？不說那些沒意義的女人，但看他現在疼愛徐姬的模樣，我根本無法想像他和母后當年有多相愛。」

「王后已經不在很多年了，不能因為現在的情況而否定他們當年的愛情呀。」雲舒無奈地說。

她有些無語。人心很難控制，在愛人死去很多年以後，變心是很常見的事，若非要責怪衡山王，只會加深他們的隔閡，起不到半點好的作用。

更何況，愛情的事，誰又真的能說清楚？雲舒只希望劉爽不要怪他的父母，趕緊讓心情好起來。

豈料劉爽聽了雲舒的話，反而怒吼道：「一派胡言！若我真心愛一個女人，在她為我背負了一世罵名之後，我怎麼可能去喜歡其他女人？」

看著突然站起來，有些搖晃的劉爽，雲舒趕緊伸手扶住他，喊道：「殿下，且息怒，不要多想了……」

劉爽也不知是起身太急了，還是沒吃東西的緣故，竟然眼前發黑暈厥，整個人朝雲舒身上靠去。

雲舒使勁托住劉爽，焦急地問道：「殿下，您怎麼了？殿下！」

劉爽的頭垂到雲舒肩上，炙熱的臉龐貼到雲舒耳側，雲舒只覺得如火燒的炭塊放在自己肩頭一般，她驚訝地說：「殿下，您的頭怎麼這麼燙？」

她慢慢將劉爽放在地上，讓他半靠在自己身上，而後騰出手去摸他的頭。滾燙的額頭和緋紅的臉頰，處處都顯示出劉爽發燒了。

雲舒向門外喊道：「快來人！」

門外的侍衛匆匆推門進來，看見劉爽暈在地上，急問道：「出什麼事了？殿下怎麼了？」

雲舒焦急地說：「快去找郎中，你們殿下病了！」

侍衛匆匆去街上找郎中，鄭弘因為聽到雲舒的呼喊，循聲走到了這裡。房門洞開，他一眼就看到雲舒把劉爽抱在懷裡。

他皺著眉，快步走來，問道：「雲舒，怎麼了？」

雲舒見到他，高興地說：「大公子，快幫我把他扶到床上去，他發熱暈過去了。」

大公子伸手穿過劉爽腋下，將劉爽從雲舒懷中拉出來，扛著他，將他扶到床上。

雲舒伸手幫劉爽脫鞋蓋被子，被大公子擋開。「這些讓我來吧，妳去我隔壁房間將陸先生喊來。」

雲舒眼前一亮，名醫在眼前，哪還用侍衛出去找啊，她一著急倒忘了！

待易容過後的陸先生為劉爽診病之後，大公子就拉著雲舒出房到外面，問道：「這是怎麼了？」

雲舒說：「衡山太子因一些事情心情不好，我想勸慰幾句，誰知他因發熱昏倒了。之前他掉水裡，又騎馬回來，怕是因為穿著濕衣服吹了風，導致患病發熱。」

說了沒兩句，身穿青衣的陸先生出來了，他對大公子說：「邪風入體導致發熱，我開了方子，喝兩劑祛熱，然後再換第二個方子調理幾天就行了。」

雲舒伸手要去接藥方，卻被大公子攔住。「他的病就讓他的侍衛照顧，妳別累到。」

雲舒原想說沒什麼辛苦的，但看大公子滿臉不容拒絕的表情，忽然發覺大公子是不想讓她伺候別人，便招手喊來劉爽的其他侍衛，讓他們去抓藥並照顧劉爽。

大公子看著昏睡的劉爽，對雲舒說：「他住在這裡不太妥當，妳派人去跟淮南翁主說一下，要淮南王府的人把太子殿下接過去吧。」

去了淮南王府，伺候、吃飯、喝藥都會舒適很多，雲舒想想也是，就找來大平，要他過去跑一趟。

待該做的都做了，已是深夜。

雲舒打算回房休息，大公子卻突然拉住雲舒說：「明天我就不住在這裡了，要去跟長安來的御史大人會合，要再見面恐怕不方便，妳若有什麼事要人幫忙，就給水蓉閣的豔九娘留個信，她會派人知會我的。」

雲舒忙點頭說：「好。」

她想了想，又說：「等丹秋的身體好得差不多，我就該啟程去會稽郡了，最多在這裡再多待三、五天。大公子忙著督糧，我離開的時候，就不再知會你了。」

大公子驚訝地說：「這麼急嗎？」

雲舒點頭說：「要趕在入冬之前趕到會稽郡，不然路上不好走。」

大公子只好說：「一路上，不要露宿、不要走小路，途經重要城鎮，記得住好一點的客棧。我桑家人脈頗廣，店鋪也多，只要妳進城，我就能知道妳的消息。」

雲舒感受著他的關懷，笑著點頭應了。

墨勤靠在房間木門背後，側耳聽著不遠處這兩人的對話，心中已明瞭——那個所謂的表公子，果然是桑弘羊！

他嘴角彎彎一笑，一向冷漠的臉上露出燦爛的喜色，心底也踏實許多，雲舒果然不是那種朝三暮四的女人……

第二日清晨，當劉爽醒來時，整個人頭痛欲裂。

他睜開眼，看到自己的侍衛守在床邊，而房中的景象，似乎是他之前住過的淮南王府客房。

「怎麼又回淮南王府了？」劉爽從床上坐起來，摸著又暈又痛的腦袋。

守護他的侍衛見他醒來，匆匆向外傳報，不一會兒，淮南王府的侍女便端著熱好的湯藥前來，為他檢查病情的郎中也隨之而來。

劉爽知道自己病了，卻把侍女端來的藥推到一旁不肯喝，連郎中要幫他把脈，他也不准。

他從一旁拿來自己的衣服，一面穿，一面對自己的侍衛吼道：「誰把我弄到這裡來的？你們敢忤逆我？」

侍衛抱拳半跪下去，忙說：「殿下恕罪。淮南翁主聽說殿下生病，連夜派人去客棧接您，屬下見您病得不省人事，不敢耽誤，所以才……」

劉爽大手一揮，說道：「不用說了，準備馬車，我們走。」

劉陵聽說劉爽醒了之後，從自己房裡趕到客房，正好碰上劉爽鬧著要走。她進去喝退眾人，單獨勸起劉爽。「我的十六哥，您就算再嘔氣，也不要折騰自己，待你病好了，你想回去，誰也不攔你，可是你這樣病著亂跑，萬一有個好歹，要我怎麼跟三王叔交代？」

劉爽被劉陵拉著坐在床邊，他卻倔著脾氣，偏過頭不理她。

劉陵慢慢跟他說：「我昨天回來問過我弟弟了，他前天跟你吵架，說了氣話。乘舒王后當年並沒有和我父王成婚，兩人只是有婚約。就在準備婚事時，我父王發現乘舒王后有了身孕，追查之下才知道是三王叔的骨肉。這種事情，你明白的，我父王知道自己被弟弟和未婚妻背叛，自然氣得不得了，所以從此不跟三王叔聯繫，但乘舒王后跟我父王什麼事都沒有……」

劉陵仔細地解釋，無非就是想告訴劉爽，他母后自始至終只有他父親一個男人，所以不是什麼不忠貞的女子。

豈料劉爽彆扭起來，什麼道理也說不通，他冷笑說：「那又怎樣，她始終是跟自己的小叔發生苟且之事！」

「你……」劉陵氣得指著他說：「你就鑽進這個死理裡面不出來了？那你想怎麼樣？這事都過去二十年了，乘舒王后也過世了，你說你想怎樣？」

想怎樣？劉爽冷笑連連，他什麼也不想，只是覺得失望透了。

以前衡山王府裡會流傳一些不好聽的話，說他是乘舒王后跟外面男人生的野種。聽到這種話，他一向都是毫不手軟，捉住一個殺一個，然而現在回想起來，他明白為什麼會有這些流言了……

乘舒王后成婚後五個月生子，知道的人都會多想，而寵妾徐姬知道這種事情，又怎麼會放過打擊他的機會？

劉爽想了一會兒，因為燒仍未退，頭又開始暈。

劉陵將藥放到他面前說：「聽說發熱久了，會變傻子的，不想變傻的話，就快點喝藥。我現在也忙著呢，沒空跟你吵架。」

劉爽哼了一聲，終究是接過湯藥喝了。

見他喝了藥，劉陵就說：「你好好休養兩天，我會派人服侍你湯藥，你別亂跑。說來我們家也沒什麼對不起你的，我弟弟說錯話，對乘舒王后不敬，我也替他道過歉了，你就別跟我鬧脾氣了。」

劉爽既不看她又不理她，劉陵說得自己沒意思，便揮了揮手。「歇著吧，我去忙了。」

第八十八章 危機再起

劉陵是真的忙，劉徹從長安派來的御史團到淮南國徵糧，淮南王在王府裡設宴為眾官員洗塵，她得奉命出席作陪。

待劉陵回房換上衣服，梳妝打扮完畢，來到宴廳時，眾人都已經坐好了。

她上前對淮南王盈盈一拜。「參見父王，女兒來晚了，還請父王勿怪。」

淮南王呵呵一笑，指著左手下方三位官員說：「這位是御史秦大人、侍中桑大人和衛大人，妳在長安可認識他們？」

劉陵朝他們望去，秦大人和衛大人她不太認識，但後面那位年輕的桑大人，她卻認得。他正是雲舒的舊東家，桑弘羊。

在劉陵打量時，三位官員對她行禮，她還禮道：「幾位大人有禮。」

致禮過後，劉陵到右列入席坐下。

御史秦大人為了徵糧之事，頭疼了一段時間。淮南國是富裕之地，卻交不出糧食，導致他無法向皇上交代。此刻他見了淮南王，自然是百般勸說，滿嘴大義凜然的話。

劉陵無意聽他們談這些，而是打量著桑弘羊，總覺得他有些熟悉，卻又說不上哪裡熟悉，似乎很像她最近見過的一個人……

坐在劉陵下方一個戴金冠的俊美少年，他循著劉陵的眼神看了看桑弘羊，而後湊到劉陵耳邊問：「阿姊，妳看上這個男人了？侍中……官很小呢。」

劉陵伸手拍了這個少年一下，說道：「去，別亂講。」

這少年正是劉陵的弟弟，淮南國太子，劉遷。

淮南王因不想聽秦大人說話，趁著空隙，就要劉陵獻舞助興。按理說她是翁主，沒必要跳舞給官員看，但既然是淮南王開口，劉陵自然乖順地出列，招來樂師和舞女跳了起來。

劉遷在劉陵跳舞時，一直注意著對面的桑弘羊，只見他一直低頭吃菜，不禁低聲取笑道：「嘖，到底是不是男人，竟然看都不看我阿姊一眼。」

宴後，大公子跟著御史秦大人從淮南王府回到官驛時，秦大人氣得吹鬍子瞪眼睛。「這隻狡猾的老狐狸，竟然毫不鬆口，一點糧食也不肯拿出來！」

大公子卻一點也不心急，低聲說：「秦大人勿憂，微臣這裡查的事情馬上就有結果了，再等幾天，到時淮南王為了堵我們的口，自然會上門跟我們商量捐糧的事。」

一旁的衛侍中聽了有些不安，小聲問道：「桑侍中，淮南王真的用糧食換鐵礦，秘密打造兵器？」

這位衛侍中名叫衛長君，是衛子夫和衛青的長兄，也在宮裡做了侍中，這次劉徹派他和桑弘羊兩人跟著秦大人出來督促徵糧之事。

大公子笑著說：「侍帳簿送來了，大人看到便知……」

衛長君憂心地點了點頭，目視大公子回房休息。

待大公子回了房，就有一位暗羽從門外閃進屋內，向大公子稟報道：「回稟桑大人，楓連山中秘密打造武器的兵工廠已經找到具體位置，鐵礦交易帳簿已經追到，不過還需兩日才能送到壽春。」

大公子點點頭說：「嗯，做得好。還有什麼事嗎？」

暗羽猶豫了一下，補充說：「還有一件小事……衡山太子今天傍晚，又從淮南王府搬回豐秀客棧了。」

「又去客棧了？」大公子細長勻稱的手指輕輕敲著案桌，心中慢慢琢磨起這件事情。

大公子一向很信任自己的感覺，從不會放過任何細微的感覺。

劉爽對雲舒的信任和依賴，雲舒對劉爽的照顧和體貼，讓他覺得很不安。他雖然很信任雲舒，卻不信任劉爽……

命暗羽退下之後，他站起身在窗前長吁了一口氣，低聲自語道：「罷了，也許是我想多了，雲舒馬上就要離開壽春，劉爽不會再跟著她，我又在擔心什麼呢……」

豐秀客棧中，雲舒詫異地看著門前的劉爽，問道：「太子殿下？您怎麼又來客棧了？」

劉爽臉色蒼白，身體虛弱。「在這裡，我也許睡得著，在淮南王府，我寢食難安。」

雲舒扶著劉爽進屋坐下，不知他是跟誰憋著一口氣，也不知道該說什麼。

劉爽又說：「那天我暈倒，聽說是妳請的郎中為我開藥方，多謝妳。」

雲舒有些忐忑，劉爽對她道謝，如此客氣的模樣反而讓她很害怕。「太子殿下太客氣了，這是我應該做的。」
劉爽除了道謝，還有一事找雲舒。他微微一笑，對雲舒說：「之前聽妳說要去會稽郡，打算什麼時候啟程？」
雲舒算了一下時間。「我妹妹已經能下地走路了，這兩天我們上街補充一些東西，準備三天後出發。」
劉爽點頭道：「三天後……好，到時候我跟你們一起。」
「殿下？」雲舒詫異極了。
劉爽看向雲舒，說道：「我這幾天會好好喝藥，三天足夠我康復了，不會拖累你們的。」
雲舒搖頭說：「我不是說這個問題，只是……只是你為什麼要去會稽郡？」
劉爽看向遠處的地面，目光失了焦距。「我想儘快離開這裡，卻不想回家，只想到外面四處走走。妳若討厭我，只管明說，我不跟著妳就是了。」
「不是。」雲舒急忙解釋道：「並不是討厭殿下，只是太過詫異。」
雲舒憐憫地看著劉爽，他彷彿是處於青春期的叛逆孩子，為了一點事情，會跟家人和自己為難，連「離家出走」這一招也用上了。
不過，四處散散心也好，也許心情轉變了，這段時間發生的事就會淡化。
劉爽起身說：「那說定了，到時候我跟妳一起上路。」
雲舒點點頭，送劉爽回房。

次日一大清早，雲舒就被街上的喧鬧聲給吵醒了。她起身問客棧的夥計，得知這一天是趕集的日子，商販們早早就出來擺攤，而百姓們也都出動挑選商品。

雲舒正好要準備路途上的用品，於是邀墨勤一起，帶著雲默上街去。

街上趕集的人非常多，萬頭攢動，雲舒怕雲默被人踩到，於是將他抱在手中。

在墨勤眼裡，雲舒本就是個瘦弱女子，見她抱著孩子被人擠得左右搖晃，立刻接過雲默放在肩頭，另外在一旁護著雲舒，以免她被人擠到。

雲舒擦了擦頭上的汗，說道：「沒想到趕集的人真不少。」

墨勤淡淡地說：「人多繁雜，妳當心些，別被人撞到，也要把錢袋護好。」

雲舒握了握袖中的錢袋，點頭繼續在人群中奮戰。

墨勤抱著雲默在雲舒身後保護她，忽然聽到雲默喊道：「娘，您看那裡！」

雲舒從攤位上回過頭，順著雲默手指的方向看去，街頭不知何故亂成一團，間或夾雜著馬匹的嘶鳴聲。

「難道有人在鬧市中騎馬？」雲舒覺得很是奇怪。

雖然疑惑不解，但人實在太多，雲舒沒想過要湊熱鬧，她正要朝人少的地方走去，卻看到墨勤站在原地不動，一直往那邊看。

「墨大哥，怎麼了？」雲舒問道。

墨勤不太確定地說：「人群中的人，似乎是旺叔……」

「旺叔？」雲舒反問道。

雲舒還在長安時，旺叔一直服侍著大公子出行，並幫陸笠管理回春堂的藥材，現在在這裡出現，是跟大公子有關吧……

雲舒這麼想著，就不由自主地向熱鬧處的中心走去，墨勤緊隨其後，一路擠了進去。待擠進去看清了，發現人群中的人果然是旺叔，他牽著馬，撞翻了一個攤位的貨物，小商販拉著他索要賠償，哭鬧得不成樣子。

「旺叔！」雲舒喊了一聲，趕緊走上前去。

旺叔滿臉滄桑和疲憊，看到來者是雲舒，頓時喜出望外。「雲舒，遇到妳真是太好了！」

雲舒關切地問道：「發生什麼事了？」

旺叔焦急地說：「我從外地趕來，要送一件要物給大公子，誰知碰上趕集，不慎撞翻了攤子，偏偏出來得急，身上的錢帶得不夠，妳看……」

旺叔的忙，雲舒自然要幫，她二話不說，上前問那小商販：「你要多少？」

小商販擦了一把眼淚，正經八百地跟雲舒算起貨物的價錢，雲舒知道旺叔著急辦事，於是打斷他道：「我們趕時間，你快點報一個價格出來。」

小商販見他們衣著普通，想著隨便要點賠償也就算了，便伸手一攤說：「五百錢。」

雲舒把手伸進衣袖，摸索了一番之後，拿了一袋錢給他，草草解決此事。

帶著旺叔離開後，雲舒說：「大公子現在住在官驛，就在前面，街上人多，騎馬不方便，我們一起開道，趕緊過去吧。」

「嗯，好。」旺叔點了點頭。

小商販看著他們的背影離開，嘴裡念念叨叨，早知道對方給錢這麼爽快，他應該開高價才是。

他一面叨唸，一面去撿散落在地上的物品，準備擦乾淨再賣出去。誰知剛要撿，就闖來一群面露凶光的大漢，將他的東西踩了個稀爛。

小商販上前抓住一人的袖子喊道：「欸，你們怎麼能踩我的東西，快賠錢！」

那凶狠的大漢揚手一甩，把小商販丟在街邊，理也不理，只對自己的同伴說：「就是那個人，小心一點，一定要把東西奪回來！」

「是！」

說著，一群人一下子四散在人群裡，那小商販摔了個七葷八素，從地上爬起來後，就不見眾人的蹤影了，只好大呼倒楣，收拾了一下攤子，回家去了。

——未完，待續，請看文創風142《丫鬟我最大》4

慧心巧思、獨樹一幟／凌嘉

穿越時空／靈魂重生／政商鬥爭／婚姻經營之傑出作品！

丫鬟我最大

全套五冊

知悉歷史，讓她洞燭先機、如魚得水；
運用智慧，計謀信手拈來、無往不利。
是個丫鬟又怎樣？她可不會那麼輕易就低頭認輸！

文創風 139 **1**

雲舒作夢也想不到，她不過是去相親，卻穿越時空來到漢朝！
原本身旁還有個看似可靠的相親對象陪伴，
結果他竟狠下心殺了她，只為了在沙漠生存下去！
痛苦絕望之中，她覺得自己的意識正一點點抽離肉體……
再次醒來，一雙小小的手與未發育的身材告訴雲舒，
她重生成一個十來歲的小女孩了！

文創風 140 **2**

收拾完幾個不識相的傢伙，雲舒在桑家的地位已不可同日而語，
然而大公子在仕途上的平步青雲，卻引來各方人士覬覦，
拉攏的人不怕死，說親的人厚臉皮，
就連雲舒本人的詢問度都大增，著實讓她嚇出一身冷汗。
只是幾年過去，兩個人都還抱持單身主義，
一個不嫁、一個不娶，看起來，似乎有點意思……

文創風 141 **3**

就在雲舒為這段戀情努力打拚的時候，
死亡的陰霾卻如影隨形地籠罩在她身邊……
當初殺害她的仇人，就像打不死的小強，一次次捲土重來，
教人防不勝防，時時刻刻提心弔膽！
老天啊，既然重新賜給她這條生命，還讓她找到真愛，
為什麼就不能善待她一些呢？!

文創風 142 **4**

眼看大公子無可避免地被捲入其中，
雲舒冒著生命危險趕到戰地，只為見他一面，
卻沒料想到他身邊竟有個才貌兼備的女子……
真是太讓人失望了！不給個合理解釋，她就跟他沒完！
什麼？兩年之約不算數？這玩笑也開得太大了吧？
在雲舒默默接受事實，聽從桑弘羊安排時，宮中傳來消息——
皇上召見她？這到底是怎麼一回事……？

文創風 143 **5** 完

她重生的這個身體，竟是漢朝皇室流落在外的公主！
雲舒除了震驚，再也找不到別的形容詞。
原來上天還是待她不薄，只是多花了點時間而已！
這下她不但被迎回宮中居住，還能風風光光嫁給桑弘羊，
看到老夫人面如土色，卻不得不恭恭敬敬接受她這個孫媳時，
長久以來的怨氣真是一吐而盡！

妙趣橫生的種田文／玖藍／祝你持家不敗

年年有魚

全套五冊

小小女子為自己掙得一片天，掙得深情體貼好夫君……

熟讀此持家寶典，愛自己過好日，永遠不嫌晚啊!!

萬物齊漲！

這年頭兒日子不好過，求生存不容易啊！

東方不敗有了葵花寶典，成了武林不敗，

姊妹們，想掙錢、理家、財庫年年有餘，

還想嫁個好人家，成就女人不敗，

就不可少了這部「持家寶典」，

保妳活得生氣盎然，心滿意足！

文創風 134 1

投身農家的杜小魚發現，原來小農女真不是那麼好當的！
地少要買田，沒肉吃要開源，看病沒錢要自個兒學醫……
光靠天吃飯絕不靠譜，靠自己真個實在……

文創風 135 2

她整日埋首農書，種這種那地攢銀子，
沒想到連親姊姊的情事也落到她來操心，
加上山上來了隻吃人猛虎，壞了她採草藥掙錢的大計，
她得說服初來村裡的那位神秘的「高手」上山打老虎，
這農家日子過得可精采了……

文創風 136 3

她杜小魚年紀小小，做起生意倒是很有一套，
這村裡村外，誰不知她杜家有個會掙錢的小女兒，
因為太會掙錢、太會理家，她成了理想的媳婦人選，
對於只想掙錢不想嫁人的她，一點也不高興成了搶手貨，
掙錢不難，怎麼掙得單身的權利真是難倒她了……

文創風 137 4

打小一起長大的二哥，竟然不是爹娘親生的，
身家還顯赫得很，這已經夠教她驚訝，
更驚訝的是二哥對她的情意！
她不是不心動，只是一時轉不過來，
從二哥變成夫君，對於這個親上加親，還真的有點羞呢！

文創風 138 5 完

唉！嫁了個人見人愛的男人，果真不是簡單的事！
不過，她打小就不是個怕麻煩、怕事的，
能被這麼優秀出采的男人看上，她當然也不是個草包村婦，
她可不能辜負夫君的疼愛，
以及那些出難題的「長輩們」的期待、情敵的暗算，
她決心要做到讓所有人心服口服，小人通通退散……

文創風
141
丫鬟我最大 3

國家圖書館出版品預行編目資料

丫鬟我最大 / 凌嘉著. --
初版. -- 臺北市 : 狗屋, 民102.12
冊 ; 公分. --（文創風）
ISBN 978-986-328-199-3（第3冊：平裝）. --

857.7　　102023098

著作者	凌嘉
編輯	連宓均
校對	黃薇霓　周貝桂
發行所	狗屋出版社有限公司
地址	台北市104中山區龍江路71巷15號1樓
電話	02-2776-5889～0
發行字號	局版台業字845號
法律顧問	蕭雄淋律師
總經銷	知遠文化事業有限公司
電話	02-2664-8800
初版	102年12月
國際書碼	ISBN-13　978-986-328-199-3
原著書名	《大丫鬟》，由起点中文网〈www.qdmm.com〉授權出版

定價250元

狗屋劃撥帳號：19001626

網址：love.doghouse.com.tw　E-mail：love@doghouse.com.tw